ro
ro
ro

MANUELA INUSA

Ein Ort für Träume

LAKE PARADISE

ROMAN

Rowohlt Taschenbuch Verlag

Originalausgabe
Veröffentlicht im Rowohlt Taschenbuch Verlag,
Hamburg, September 2023

Covergestaltung ZERO Werbeagentur, München
Coverabbildung Shutterstock
Satz aus der DTL Documenta
bei Pinkuin Satz und Datentechnik, Berlin
Druck und Bindung GGP Media GmbH, Pößneck
ISBN 978-3-499-00750-7

*Für meine treuen Leser*innen,*
ohne die ich keine Autorin sein könnte

1

Es war ein gewöhnlicher Donnerstagmorgen in Lake Paradise, Nebraska, einem Viertausend-Einwohner-Städtchen, das auf den meisten Landkarten nicht einmal zu finden war. Doch wer diesen idyllischen Ort kannte, der wusste, dass er etwas ganz Besonderes war. Dass man hier auf die freundlichsten Menschen stieß, auf die sympathischsten Geschäfte, auf den schönsten Stadtplatz – jetzt im Sommer mit fröhlichen bunten Blumen geschmückt – und auf einen See, der nicht nur zum Schwimmen oder Kanufahren, sondern auch zum Spazierengehen und Picknicken einlud. Lake Paradise war ein Städtchen, das seinesgleichen suchte, und die Bewohner wussten zu schätzen, welch wundervollen Heimatort sie sich zum Leben ausgesucht hatten.

«Guten Morgen, Ladys, wie geht es euch heute?», begrüßte der Inhaber des *Paradise Cafés* seine drei treuesten Gäste. Murielle, Delores und Sadie waren jeden Morgen um acht im Café anzutreffen. Die drei waren auch als das Tratschtrio der Stadt bekannt und wussten immer die aktuellsten Neuigkeiten zu erzählen.

«Uns geht es ganz wunderbar, Nolan, danke», erwiderte Delores, mit dreiundsiebzig die Älteste der drei. «Und dir?»

«Mir geht's super», sagte Nolan.

Das zu hören, machte Delores glücklich, denn Nolan hatte es die vergangenen zwei Monate nicht leicht gehabt. Nachdem herausgekommen war, dass er schon seit einiger Zeit eine heimliche Affäre mit Jamie hatte, dem Restaurantbesitzer von nebenan, war ein riesiger Aufruhr in ihrem sonst so harmonischen Städtchen ausgebrochen. Jamies Frau Ricarda hatte ihren untreuen Gatten rausgeworfen, und die Pizzeriainhaberin Halle, die gut mit Ricarda befreundet war, hatte Jamie und Nolan Hausverbot erteilt. Aus Solidarität, versteht sich. Der Supermarktbesitzer Rupert, der mit Halle liiert war, hatte daraufhin dasselbe getan – aus Solidarität zu Halle. Zwei ganze Monate hatten sich die Lager in Lake Paradise gespalten, man war entweder Team Ricarda oder Team Nolan & Jamie.

Natürlich war es schrecklich, was passiert war, und Ricarda tat Delores leid, doch wie viel schlimmer wäre es gewesen, wenn die Arme ein ganzes Leben mit einem Mann verbracht hätte, der sich verstellte? Sobald sie über den Betrug und den Verlust hinweggekommen wäre, würden Delores, Sadie und Murielle schon ein wenig nachhelfen und Ricarda einen netten neuen Mann finden. Einen, der nicht schwul war.

Murielle würde sich ja am liebsten jetzt schon auf die Suche machen, das wusste Delores, doch es war noch zu früh. Bis es so weit war, sollte ihre Freundin schön weiter nach einer neuen Frau für ihren Sohn Wyatt Ausschau halten, den Sheriff der Stadt, der, wie sie alle fanden, endlich wieder jemanden an seiner Seite brauchte.

«Man sieht dir an, dass es dir besser geht», sagte nun Sadie zu Nolan. Sadie war die Inhaberin des *Ice Cream Paradise* und arbeitete als Einzige der drei noch in Vollzeit. Delores war bereits in Rente, und Murielle half lediglich an drei Vormittagen in der Woche in der Stadtbücherei aus.

«Ja, das finde ich auch», meinte Murielle. «Und sag mal, Nolan, kann es sein, dass ich dich gestern in Ruperts Supermarkt gesehen habe?»

Nolan, der heute eine grüne Fliege zu seinem schwarzen Hemd trug, strahlte. «Ja, er lässt mich endlich wieder rein. Und das ist wirklich gut, denn er hat diese Woche meine Lieblingsgummischlangen im Angebot. Die sauren.»

Murielle lachte. «Ja, die mag Abigail auch am liebsten. Ich habe gleich zugeschlagen und fünf Tüten gekauft.» Abigail war Murielles fünfjährige Enkelin, die sie immer dann betreute, wenn Wyatt für Recht und Ordnung sorgte.

«Ich bin froh, dass sich die Dinge wieder normalisieren», sagte Sadie, und die anderen konnten ihr nur zustimmen.

«Also, was darf ich euch denn heute bringen?», fragte Nolan und hielt Notizblock und Stift bereit.

«Ich hätte gerne einen Milchkaffee und ein Croissant», sagte Delores.

«Hast du heute wieder diese leckeren Plunderteilchen mit Aprikose da?», erkundigte sich Sadie.

Nolan drehte sich zur Theke. «Du hast Glück, zwei sind noch übrig.»

Sadie lachte. «Eins reicht mir, danke. Und dazu möchte ich einen Früchtetee, bitte.»

Nolan notierte es und wandte sich Murielle zu.

«Ich nehme einen Latte macchiato und einen Bagel mit Lachs und Frischkäse», sagte sie.

«Alles klar, kommt sofort.» Nolan ging hinter die Theke, und die drei wandten sich wieder wichtigeren Themen zu.

«Sagt mal, habt ihr Lexi in letzter Zeit gesehen?», fragte Murielle. «Also, entweder hat sie zu viel gefuttert oder …»

«Du willst doch nicht etwa andeuten, dass …?» Sadie sah ihre Freundin mit großen Augen an.

«Was denn?», fragte Delores, die wie immer ein wenig schwer von Begriff war.

«Na, sie könnte schwanger sein», meinte Murielle.

«Huch!», machte Delores. «Sie und Aaron sind doch erst seit letztem Herbst ein Paar.»

«Na und?», fragte Murielle. «Ich würde mich für die beiden freuen.»

Als Nolan kurz darauf mit ihren Getränken kam, wurde er natürlich gleich ausgequetscht.

«Ich weiß von nichts», sagte er, obwohl es nicht stimmte. Denn Lexi, die eine gute Freundin von ihm war, hatte ihm bereits vor einigen Wochen gestanden, dass sie Nachwuchs erwartete. Er hatte sich gewundert, warum sie gar keinen Kaffee mehr bestellte, und da hatte sie ihm anvertraut, dass sie, seit sie schwanger war, versuchte, auf Koffein zu verzichten.

«Wie schade, dass du auch nichts weißt», sagte Sadie genau in dem Moment, als Trish Price durch die Tür trat.

Wie passend, dachte Murielle, denn Trish war Lexis beste Freundin, solange sie denken konnte. «Guten Morgen, Trish!», rief sie der vierundzwanzigjährigen Brünetten zu.

«Guten Morgen, ihr drei.» Trish trat zu ihnen.

«Du, sag mal, kannst du uns sagen, weshalb Lexis Bauch auf einmal so … rund aussieht?»

«Rund?» Trish lachte. «Na, dann hat sie wahrscheinlich zu viel Sushi gegessen oder so.» Sie zwinkerte Nolan zu.

«Sushi, ja?» Sadie schüttelte enttäuscht den Kopf.

«Na, ich bin mir da nicht so sicher, ob ihr uns nicht doch etwas verheimlicht», meinte Murielle und sah von Trish zu Nolan, die beide ganz unschuldig dreinblickten.

«In spätestens neun Monaten werden wir es wohl erfahren», sagte Delores, zuckte die Achseln und nahm einen Schluck ihres Milchkaffees.

«Wenn sie jetzt schon einen runden Bauch hat, dann wird es wohl keine neun Monate mehr dauern», sagte Murielle.

Und während die drei noch weiter über Lexis Bauch fabulierten, wandte Trish sich an Nolan.

«Kann ich einen Pfefferminztee und einen Blaubeermuffin zum Mitnehmen haben?»

«Aber sicher.»

Nolan schenkte Trish ein Lächeln, und sie lächelte zurück. Ja, das Leben war schön. Wie könnte es anders sein am freundlichsten Ort der Welt?

2

Trish schloss die Tür ihres Tiersalons auf, des *Animal Paradise,* den sie vor fast genau zwei Jahren eröffnet hatte. Wie jeden Morgen war sie guter Dinge und freute sich, den Tag nicht nur mit den Tieren der Stadt und ihren Besitzern verbringen zu dürfen, sondern auch mit ihrer besten Freundin Lexi, die sie seit letztem Jahr bei der Arbeit unterstützte. Lexi hatte zuvor im Maismuseum gearbeitet, das aber kaum Besucher hatte, weshalb leider kein Budget mehr für zwei Angestellte vorhanden gewesen war. Die Leiterin Edda hatte Lexi schweren Herzens verkündet, dass sie sie gehen lassen musste, und diese hatte daraufhin ohne Job dagestanden. Trish hatte ihr natürlich sofort angeboten, bei ihr im Tiersalon mit einzusteigen, da es nicht nur mehr als genug zu tun gab, sondern auch weil sie ihre Freundin zu gerne an ihrer Seite hatte. Schon bei der Eröffnung hatte sie Lexi ein Jobangebot gemacht, doch diese hatte lieber im Museum bleiben wollen. Trish konnte es ja verstehen, die Arbeit im Maismuseum hatte Lexi aus der schlimmsten Phase ihres Lebens geholfen. Denn es war eröffnet worden, kurz nachdem Lexis Verlobter Keith tödlich verunglückt war. Das Renovieren, Einrichten und schließlich die Beschäftigung als Kassiererin und Museumsführerin hatten ihr einen neuen Sinn im Leben gegeben – deshalb hatte Trish sich auch sofort Sorgen gemacht, als ihrer Freundin gekündigt wurde. Glücklicherweise hatte sie Lexi dann schnell überzeugen können, doch noch bei ihr im *Animal Paradise* anzufangen. Und seitdem machte die Arbeit gleich doppelt so viel Spaß.

Nachdem sie ihr Frühstück genossen hatte, zog sich Trish ihre pinkfarbene Schürze über und bereitete alles für die ersten Besucher vor.

«Guten Morgen», hörte sie wenig später ihre Freundin durch den Salon rufen.

«Du bist zu spät!» Trish spielte die strenge Chefin.

«Nur zehn Minuten», erwiderte Lexi.

«Zehn Minuten sind zehn Minuten, die ziehe ich dir vom Lohn ab.»

Lexi machte ein Gesicht wie einer der kleinen Welpen, die sie oft badeten und frisierten. «Es tut mir leid. Verzeihst du mir?»

«Na gut. Aber nur, wenn du mir erzählst, weshalb du zu spät bist. Deine Morgenübelkeit hast du doch überwunden, dachte ich?»

«Ja, die ist zum Glück vorüber», sagte Lexi, nahm ihre Schürze vom Haken und band sie sich um. «Aaron und ich waren die halbe Nacht wach, weshalb ich heute Morgen verschlafen habe.»

«Oho! Ihr wart die halbe Nacht wach?» Trish zwinkerte ihrer Freundin zu.

«Haha. Nicht, was du gleich wieder denkst. Es ging um Aarons Umzug. Er muss jetzt nur noch einmal zurück nach

New York und ein letztes Projekt abschließen. Dann mietet er sich einen Möbelwagen und bringt all seine Sachen her.»

«Und dann bleibt er für immer hier!» Sie freute sich für Lexi, dass es endlich so weit war. Denn die letzten vier Jahre hatte Aaron in New York gelebt und dort als Architekt gearbeitet. Er stammte zwar aus Lake Paradise, war aber als Sohn des reichsten Mannes der Stadt aufgewachsen und mit dreizehn Jahren aufs Internat geschickt worden. Ganze zwölf Jahre war er seinem Heimatstädtchen und auch seiner Familie ferngeblieben, hatte gleich nach dem Internat in Yale studiert und war anschließend nach New York gegangen. Er war letztes Jahr eigentlich auch nur nach Lake Paradise zurückgekehrt, weil sein Grandpa Alfred gestorben war und Aaron zur Beerdigung gehen wollte. Bei der Gelegenheit hatte er Lexi wiedergetroffen, die er noch aus der Grundschule kannte, und sie hatten sich ineinander verliebt.

«Ja, ich kann es kaum erwarten», erwiderte Lexi.

«Ich habe das noch vor ein paar Monaten nicht für möglich gehalten», sagte Trish. «Ich meine, Aaron war einfach so ein typischer New Yorker. Und ich kann mir bei ihm nicht vorstellen, dass er in einer der Maisfabriken seines Dads eine Stelle als Vorarbeiter annimmt oder so.»

«Oh Gott, nein, das wird auch niemals passieren. Aaron ist Architekt mit Leib und Seele.»

«Also will er den Beruf hier weiter ausüben?» Trish wiegte den Kopf hin und her. «Versteh mich nicht falsch, aber wer will denn hier schon was gebaut haben – außer einer neuen Scheune oder einem Schuppen in seinem Garten?»

«Hm, ja, es wird sicher nicht ganz leicht.» Lexi kaute auf ihrer Lippe herum. «Aber außerhalb der Stadt bauen sie doch seit Jahren diese neuen Wohnviertel. Vielleicht findet sich da Arbeit für ihn. Oder er nimmt Projekte an, die etwas weiter weg sind, dann würde er halt pendeln. Aber erst mal hat er ja eh vor, das Haus seines Grandpas umzubauen, das er geerbt hat.»

Trish kannte das Haus gut, das eigentlich eher eine Villa war. «Wollt ihr etwa da einziehen?»

Lexi strahlte, wie nur eine Schwangere es konnte. Ihre Wangen schimmerten rosa, und ihre Augen funkelten. «Das haben wir uns so gedacht, ja.»

«Wow! Das hast du ja noch gar nicht erzählt!»

«Das haben wir ja auch erst letzte Nacht so richtig festgelegt», sagte Lexi.

«Das finde ich super, ehrlich. Aber was passiert dann mit deinem Haus?» Darin hatten früher einmal Lexis Großeltern gewohnt, doch seitdem Ursula verstorben und Murphy ins Seniorenheim am See gezogen war, wohnte Lexi dort. Eigentlich hatte sie in der Paradise Street zusammen mit Keith eine Familie gründen wollen, doch dann war alles anders gekommen.

«Helena könnte einziehen», meinte Lexi.

«Bleibt sie denn jetzt sicher hier?» Trish wusste, dass Lexis ältere Schwester den Sommer mit ihren Kindern in Lake Paradise verbrachte, weil sie Eheprobleme hatte.

«Ich hoffe es. Ich möchte nicht, dass sie und die Kinder zurück nach Kansas City gehen.»

Ja, das konnte Trish gut verstehen. Nicht nur, weil Helenas Mann sie betrogen hatte, sondern auch, weil Lexi ihre

Schwester die letzten Jahre so vermisst hatte und sie viel lieber wieder um sich hätte. Besonders jetzt, wo sie schwanger war.

«Du, übrigens ...» Trish nestelte an ihrer Schürze herum.

«Oh-oh. Was ist passiert?» Lexi sah sie ängstlich an. Sie ahnte es wohl schon.

«Die Tratschtanten wissen Bescheid.»

«Oh, Mist!», entfuhr es ihrer Freundin. «Wer hat es ausgeplaudert?»

«Niemand. Sie sind ganz allein darauf gekommen. Murielle hat mich gefragt, wieso dein Bauch so rund ist.»

Lexi blickte an ihrem Bäuchlein hinunter, das wirklich ein wenig runder war als sonst. Allerdings hatte sie gehofft, es noch ein paar Wochen verstecken zu können. Denn obwohl die ersten drei Monate bereits überstanden waren, wusste Trish, dass Lexi noch immer voller Furcht war, sie könnte wieder eine Fehlgeburt erleiden – wie nach dem Tod von Keith. Damals hatte sie von einem Tag auf den anderen ohne Verlobten und ohne Baby dagestanden. Es war also nur allzu nachvollziehbar, dass ihre Freundin besorgt war. Aber leider war es nun aus mit dem Versteckspiel.

«Fällt es denn wirklich schon so sehr auf?», fragte Lexi und strich sich über den Bauch.

«Nur wenn man es weiß. Na ja, und jetzt weiß es bald die ganze Stadt.»

«Hast du Murielles Verdacht etwa bestätigt?»

«Nein, natürlich nicht! Ich hab gesagt, du hättest wahrscheinlich nur zu viel Sushi gegessen.»

Lexi lachte. «Ausgerechnet Sushi? Dir ist schon klar, dass ich das überhaupt nicht mehr esse, oder?»

«Wieso denn das? Du und Aaron, ihr liebt es doch! Du hast extra für ihn einen Sushi-Kurs belegt.»

«Ja, schon. Aber als Schwangere darf ich keinen rohen Fisch zu mir nehmen.»

«Aaah! Na, es gibt ja aber auch Sushi ohne Fisch. Ich esse gerne das mit Avocado.» Trish war schon ihr halbes Leben lang Vegetarierin.

«Ja, da hast du recht. Aber ich mag halt das mit Lachs am liebsten, und weil Aaron das weiß, haben wir dem Sushi während der Schwangerschaft abgeschworen.»

«Oh Gott, wie süß. Er macht da mit?»

«Ja. Ist er nicht ein Schatz?»

«Und ob! Aber weißt du denn wirklich, ob er in New York nicht heimlich welches isst?» Trish zwinkerte ihr schelmisch zu.

Lexi rollte die Augen. «Ich denke, ich könnte es ihm verzeihen. Ist ja nicht dasselbe wie etwa eine Affäre.»

Sie mussten wohl beide an die arme Helena denken.

«Da hast du auch wieder recht», stimmte Trish ihr zu. «Auf jeden Fall solltest du dir schon mal überlegen, wie du reagierst, wenn Murielle, Sadie oder Delores dich ansprechen. Denn das werden sie ziemlich sicher bald tun.»

Lexi seufzte.

In dem Moment betrat Howie den Laden. Der Supermarktbesitzer hatte seinen Hund Flax dabei, weil der gebadet werden sollte.

«Guten Morgen, Howie», begrüßte Trish ihn.

«Guten Morgen, ihr beiden. Kann ich Flax bei euch lassen und ihn in einer halben Stunde wieder abholen? Ich muss dringend nach nebenan zu Rupert, denn ich habe gehört, dass der doch tatsächlich ab heute frisch gebackene Brezeln anbietet. Davon muss ich mich mit eigenen Augen überzeugen.»

Die beiden Supermarktbesitzer waren seit Jahren verfeindet und immer darauf aus, den anderen in allem zu überbieten.

«Mhmmm, frische Brezeln», sagte Lexi, und Howie sah sie böse an. «Was denn? Sind doch lecker», verteidigte sie sich.

Trish musste sich ein Lachen verkneifen, denn sie hatte gelernt, dass weder Howie noch Rupert es lustig fanden, wenn man über solche Dinge lachte. «Wir kümmern uns um Flax, Howie», sagte sie daher schnell, nahm die Leine entgegen und kraulte den Collie hinterm Ohr.

«Danke euch.»

Howie war schon fast aus der Tür, als Lexi ihm hinterherrief: «Grüß Rupert von mir!»

Der Supermarktbesitzer blieb kurz stehen, und Trish konnte sehen, wie sich sein Nacken verkrampfte, doch dann lief er auch schon weiter.

«Du solltest es dir nicht mit ihm verscherzen», mahnte Trish. «Sonst bekommst du noch Hausverbot.»

«Glaubst du wirklich, Howie würde einer Schwangeren Hausverbot erteilen?»

«Er weiß doch aber gar nicht, dass du schwanger bist», warf sie ein.

«Sagtest du nicht, das Tratschtrio ahnt etwas? Dann, glaube mir, wird auch Howie es spätestens heute Abend wissen.»

«Ja, da könntest du allerdings recht haben.»

Lexi blickte Howie gedankenverloren durchs große Fenster hinterher. Dann stutzte sie plötzlich. «Oh, guck mal,

Wyatt steht da draußen und winkt.» Sie winkte zurück. «Wie niedlich, oder?»

«Was ist daran *niedlich*?», fragte Trish, während auch sie eine Hand hob.

«Na, er wirkt beinahe schüchtern, wie er da so steht und dir zuwinkt.»

«Also, erstens winkt er doch ganz offensichtlich uns beiden zu, und zweitens sieht er nicht besonders schüchtern aus. Wäre auch ein bisschen blöd, wenn er als Sheriff so wirken würde.»

Lexi schaute sie stirnrunzelnd an. «Also, dass du das nicht siehst ...»

«Na, was denn?»

Ihre Freundin schüttelte den Kopf. «Ach, gar nichts.»

«Nun sag schon!»

«Nichts, Trish. Wahrscheinlich bilde ich es mir ja auch nur ein. Komm, lass uns jetzt Flax baden.»

Mit diesen Worten wandte sich Lexi ab und begann damit, die Wanne für den Hund vorzubereiten.

Trish starrte ihre beste Freundin sprachlos an. Lexi konnte doch nicht irgendwelche Andeutungen machen und dann einfach das Thema abhaken, ohne ihr irgendeine Erklärung zu liefern. Aber schließlich schob sie es schlicht auf die Hormone. Immerhin war Lexi schwanger und benahm sich schon seit einiger Zeit ein wenig seltsam. Und ja, sie könnte recht haben, bis heute Abend würde es die ganze Stadt wissen.

3

Wyatt senkte seinen Arm. Er stand auf dem Stadtplatz und sah nach dem Rechten. In seiner Sheriffuniform hatte er Einfluss, das wusste er, und immer wieder kam jemand zu ihm, um ihm irgendetwas zu berichten oder sich über irgendjemanden zu beschweren.

«Aus Moeshas Haus war gestern Abend ganz schön laute Musik zu hören», hatte der alte Hank heute Morgen auf dem Weg zur Bio-Bäckerei geklagt.

«Sie hat bestimmt nur für den Gospelchor geprobt», hatte Wyatt erwidert.

«Aber muss sie das denn abends machen? Kannst du nicht mal mit ihr sprechen und ihr sagen, dass sie dieses Proben auf den Nachmittag verlegen soll?»

«Nachmittags steht sie doch in ihrem Blumenladen», erinnerte er Hank.

«Na, wenn sie es schon abends machen muss, dann soll sie wenigstens leiser singen.»

«Okay, okay, ich rede mit ihr.»

Bei dem Gedanken an das Gespräch seufzte Wyatt innerlich und fragte sich gleichzeitig, warum Hank seine Nachbarin nicht einfach selbst bitten konnte, ein wenig leiser zu singen.

Aber so war das in ihrem hübschen Städtchen, die Leute wollten keinen Streit – abgesehen von Howie und Rupert, die ständig miteinander zankten. Ansonsten war aber jeder auf Harmonie aus, und wenn dann doch mal jemand unglücklich wegen seines Nachbarn war, musste halt Wyatt ran. So wie in der letzten Woche, als Delores und George sich bei ihm beklagt hatten, dass Shane Doyle, der Sohn vom Bürgermeister, seine Unterhosen zum Trocknen in den Garten hängte. Sie fühlten sich beim Nachmittagskaffee auf der hinteren Veranda gestört, wenn diese «Reizwäsche» dort einfach so hing und im Wind hin und her wehte. Ob es denn wirklich Reizwäsche sei, hatte Wyatt nachgefragt, wie Tangas etwa? «Nein, nein», hatte Delores erwidert. «Aber die Boxershorts haben Tiger- und Zebramuster und sehen sehr nach Stripclub aus.»

Wyatt hatte lachen müssen, denn woher wollte Delores bitte wissen, was Stripper trugen? Die Frau war dreiundsiebzig und seit über fünfzig Jahren verheiratet, und sie sah nicht gerade danach aus, als wenn sie die Nächte in irgendwelchen Stripclubs verbringen würde. Mal davon abgesehen, dass es in Lake Paradise überhaupt keine solchen gab.

«Ja, Delores, ich werde mit Shane sprechen», hatte er gesagt und es dann auch getan.

Denn darin bestand Wyatts Hauptaufgabe: mit den Bewohnern von Lake Paradise reden, Streit schlichten und für Harmonie sorgen. Dass wirklich mal etwas passierte, das man auch nur ansatzweise als Straftat bezeichnen konnte, kam äußerst selten vor. Zuletzt war es Gene Keller gewesen, der auf den neuen Partner seiner Ex-Frau Savannah losgegangen war. Wyatt hatte Gene über Nacht in die Zelle stecken müssen. In die einzige Zelle, die das kleine Polizeirevier hergab.

Das Revier befand sich an der Ecke Paradise Boulevard und Paradise Place, gleich neben der Autowerkstatt und gegenüber der *Paradise Tavern*, der einzigen Kneipe der Stadt. Was gut war, denn so konnte Wyatt – oder wer auch immer gerade Dienst hatte – ein Auge darauf haben. Hin und wieder trank jemand zu viel und machte Radau, und ab und zu gab es sogar eine Prügelei, doch die meiste Zeit über war alles friedlich. Wyatt saß abends meist in seinem Büro und löste Kreuzworträtsel oder las ein Buch. Dann und wann kam es sogar vor, dass er an seinem Schreibtisch einnickte, einfach weil so unglaublich wenig passierte in einem Städtchen wie Lake Paradise. Als er noch Streifenpolizist in Omaha gewesen war, hatte das ganz anders ausgesehen. Da hatte es immer was zu tun gegeben.

Vor rund zehn Jahren, gleich nach der Polizei-Ausbildung, war Wyatt nach Omaha gezogen, wo er eine Anstellung gefunden hatte. Dort hatte er in einem Kino Hannah kennengelernt, sie war ihm in der Popcornschlange aufgefallen. Sie hatten sich unterhalten und Nummern ausgetauscht. Ein paar Jahre waren sie wirklich glücklich gewesen, doch dann war Hannah schwanger geworden und hatte sich von Grund auf verändert. Es war ihm so vorgekommen, als wenn sie gar keine Mutter sein wollte, als wenn sie keine Verantwortung tragen und den Rest ihres Lebens gar nicht mit ihm und dem Kind verbringen wollte. Ihrem zauberhaften Mädchen, dem sie den Namen Abigail gaben. Schon direkt nach der Geburt verhielt sich Hannah abweisend der Kleinen gegenüber, sie kümmerte sich nicht, schien sich nichts aus ihrer Tochter zu machen. Wyatt nahm an, dass es sich um eine postnatale Depression handelte – und sprang ein. Er nahm eine berufliche Auszeit und sorgte für Abigail, während Hannah sich mit Freundinnen traf, nach Miami reiste oder die Nächte durchfeierte. Mehr als einmal fragte er seine Frau, was denn nur los sei und was er tun könne, um sie wieder glücklich zu machen, doch sie wusste selbst keine Antwort. Eines Tages dann, als er von einem Parkspaziergang mit Abigail zurück nach Hause kam, waren Hannahs Sachen weg, und es lag ein Brief auf dem Küchentisch.

Lieber Wyatt,
ich muss gehen. Ich bin einfach nicht dafür bestimmt, Ehefrau und Mutter zu sein. Du bist so ein guter Vater, ich bin mir sicher, du schaffst das auch allein.
Ich werde euch nie vergessen.
Hannah

Das war's. Nur diese wenigen Zeilen. Kein *Es tut mir leid.* Kein *Ich liebe dich.* Kein *Ich komme zurück, wenn es mir besser geht.* Er hatte nie wieder etwas von Hannah gehört und eine Weile lang nicht einmal gewusst, wo sie sich aufhielt. Er hatte seine Tochter von da an allein aufziehen müssen – was blieb ihm auch anderes übrig?

Als Abigail knapp ein Jahr alt war, stand er vor der Wahl, ob er sie in eine Kita in Omaha geben sollte, um seine Arbeit wieder aufzunehmen, oder ob er zurück in seine Heimatstadt kehren sollte, wo seine Mutter ihn nur liebend gern unterstützen würde. Wie es der Zufall – oder das Schicksal? – wollte, war Sheriff Morgan in Lake Paradise kurz davor, in Rente zu gehen, und suchte nach einem Nachfolger. Und so ergaben sich die Dinge: Wyatt und Abigail zogen nach Lake Paradise, seine Mom freute sich wie verrückt, und er schlüpfte in die braune Sheriffuniform.

Ein paar Tage nachdem er zurück war, stieß er in *Jamie's Food Paradise* auf Trish und Lexi, die am Nebentisch saßen. Wyatt aß gerade einen Burger mit seinem alten Freund Eric, und er konnte nicht anders, als immer wieder zu Trish zu schielen. Er hatte sie als junges Mädchen in Erinnerung – immerhin war sie acht Jahre jünger als er –, doch jetzt war sie eine wunderschöne junge Frau.

Klar, Trish war eigentlich viel zu jung für ihn, gerade einmal zwanzig, und sie würde sich ganz bestimmt nicht auf einen alleinerziehenden Vater einlassen. Aber sie ging ihm von da an nicht mehr aus dem Kopf. Wenn er sie traf, wurde ihm ganz warm ums Herz, und wenn sie ein paar Worte miteinander sprachen, musste er sich zwingen, tief durchzuatmen und ihr in die Augen zu sehen. Trish war etwas ganz Besonderes. Sie war schön, freundlich, immer gut gelaunt. Und sie war so stark. Wyatt hatte natürlich auch von dem Unglück gehört, bei dem Trishs Eltern ums Leben gekommen waren. Seitdem kümmerte sie sich um ihre beiden jüngeren Schwestern Becky und Annie, und sie machte das ganz wundervoll. Trish war die geborene Mutter. Wie sehr wünschte Wyatt sich jemanden wie sie für seine kleine Abigail. Nein, nicht jemanden wie sie – er wünschte sich Trish! Und nicht nur für seine Tochter, sondern auch für sich, als Frau an seiner Seite.

Leider sah Trish die Sache ein wenig anders beziehungsweise ihn. Sie sah ihn nämlich gar nicht. Für sie war er nicht viel mehr als der Sheriff der Stadt, einfach jemand, der nach Lake Paradise gehörte wie der Cafébesitzer Nolan oder der Supermarktbesitzer Rupert. Doch er war niemand, in den sich eine junge Frau verliebte, nein, davon war er weit entfernt. Und Wyatt wusste nicht, ob sich das jemals ändern würde.

Wieder blickte er zu ihr hin, sah sie durchs Schaufenster des *Animal Paradise*, wie sie mit Lexi lachte und begann, Howies Hund einzushampoonieren. Flax schüttelte sich, und Trish wurde ganz nass, doch sie schien es nicht zu stören, ganz im Gegenteil: Sie lachte nur noch mehr.

Er wandte sich ab, ließ seinen Blick über den Stadtplatz wandern. Es war ein wirklich heißer Sommertag, die Schulferien waren noch in vollem Gange, und ein paar Kinder fuhren mit ihren Fahrrädern den Paradise Boulevard entlang. Sie hielten vor der Eisdiele, die Sadie in den Sommermonaten immer schon ein wenig früher öffnete. Nachdem sie die Kinder bedient hatte, entdeckte sie Wyatt und winkte ihn herbei.

Er schlenderte über den Platz. «Guten Morgen, Sadie.»

«Guten Morgen, Wyatt. Ist es nicht ein schöner Tag?»

«Allerdings. Meine Mom will heute mit Abigail zum Schwimmen an den See gehen.»

«Ja, das hat sie eben beim Frühstück erzählt. Wie schade, dass du Dienst hast und nicht mitgehen kannst.»

«Ach, vielleicht schaue ich später einfach mal am Lake Paradise vorbei. Womöglich gibt es dort Streit um die Liegeplätze, oder einer nimmt dem anderen seinen Wasserball weg. Da muss ich doch einschreiten.» Er zwinkerte ihr zu.

«Na, und ob.» Sadie betrachtete ihn. «Du, sag mal, was gab es denn da eben so Spannendes?»

Verwirrt sah er Sadie an.

«Na, ich hab dich beobachtet. Du konntest deinen Blick ja gar nicht vom *Animal Paradise* abwenden.»

Wyatt merkte, wie er errötete. «Ach», winkte er ab. «Flax hat Trish und Lexi mit Wasser nass gespritzt, das war lustig anzusehen.»

«Soso …» Sadie schmunzelte. «Na komm, mein Guter, ich geb dir ein Eis aus. Welche Sorte hättest du gern?»

«Um zehn Uhr morgens?» Er lachte.

«Warum denn nicht? Es ist schon jetzt so heiß.»

«Na gut, zu einem Gratiseis sollte ich wohl nicht Nein sagen.» Er lächelte und betrachtete die verschiedenen Sorten. Abigail nahm in letzter Zeit am liebsten das blaue Bubblegum-Eis. Wyatt entschied sich aber für Zitrone.

«Danke, Sadie», sagte er, als er die Waffel entgegennahm.

«Aber gerne, mein Lieber.»

Er leckte an seinem Eis und marschierte los. Immer dem Ärger entgegen, den es in Lake Paradise so selten gab. Was zwar an sich eine gute Sache war, doch als Polizist war es manchmal doch ganz schön eintönig.

Als er am *Animal Paradise* vorbeikam, sah er noch einmal unauffällig hinein. *Trish.* Ach, wenn sie ihn doch endlich wahrnehmen würde.

4

Trish hatte kaum die Haustür geöffnet, als ihre jüngste Schwester ihr hysterisch entgegengelaufen kam.

«Trish, Trish, es ist was passiert!»

Sofort stieg große Sorge in ihr auf. «Was denn, Annie, was ist passiert?»

«Die Toilette ist verstopft, und das Wasser läuft über! Das ganze Bad ist schon überflutet!»

«Warum hast du mich denn nicht angerufen?», fragte Trish und lief in schlimmster Erwartung in Richtung Bad.

«Es ist gerade erst passiert», sagte die Fünfzehnjährige.

Trish blieb in der Badezimmertür stehen und wagte einen Blick hinein. Puh! Es war weit weniger schlimm als befürchtet. Das Bad war nicht überflutet, wie Annie gesagt hatte, sondern der Boden war nur ein wenig nass.

«Okay, das kriegen wir wieder hin. Wo ist der Pümpel?»

«Damit hab ich es schon versucht», erzählte Annie und reichte ihr das Teil, das hinter der Tür stand.

Trish seufzte und machte sich selbst daran, das Problem anzugehen. So hatte sie sich ihren Feierabend zwar nicht vorgestellt, aber was sollte sie tun? Sie war nun mal das Oberhaupt dieser Familie.

Leider war es ihr auch nach fünf Minuten Pumpen nicht gelungen, die Verstopfung zu lösen. «Sag mal, was steckt denn da nur fest? Hast du irgendwas ins Klo geworfen? Eine Binde oder so?»

«Nein! Ich weiß auch nicht, wie das gekommen ist. Vielleicht ist etwas reingefallen», vermutete Annie.

Trish legte die Hände an die Hüften und überlegte. Irgendetwas war anders als sonst, sie wusste nur nicht genau, was. Dann wurde es ihr schlagartig klar. «Der Spülstein ist weg! *Er* muss reingefallen sein.»

«Oh nein, du hast recht. Tut mir leid, falls ich das war.»

«Alles gut, Süße. Wir müssen nur irgendwie Hilfe beschaffen, damit wir wieder aufs Klo gehen können.» Leider war ihr Haus schon ziemlich alt – eines der ältesten in Lake Paradise –, und es verfügte nur über ein einziges Bad.

«Sollen wir Halle anrufen?», fragte Annie und begann, an einer ihrer blonden Haarsträhnen zu kauen. Im Gegensatz zu Trish und Becky war sie nicht brünett.

«Lass das!», sagte Trish und zog ihrer Schwester die Strähne aus dem Mund. «Hm. Eigentlich würde ich Halle nicht so gerne anrufen.» Das tat sie nur im Notfall, einfach weil sie nicht wollte, dass ihre Tante dachte, sie kämen nicht allein zurecht.

Damals nach dem Tod ihrer Eltern hatte Halle, die jüngere Schwester ihrer Mutter, die Fürsorge für sie, Becky und Annie übernommen und war sogar für ein paar Monate bei ihnen eingezogen. Trish hatte aber gleich gemerkt, dass Halle im Grunde kein Muttterersatz sein wollte, und so hatte sie, sobald sie die Highschool beendet hatte, vorgeschlagen zu übernehmen. Halle war zwar noch der offizielle Vormund für ihre Schwestern, aber Trish kümmerte sich von nun an um sie, was ihr auch überhaupt nichts ausmachte, da sie sich schon immer nahegestanden hatten und durch das tragische Unglück nur noch enger zusammengewachsen waren. Halle wiederum war die Erleichterung anzusehen gewesen. Sie war wieder ausgezogen, hatte sich um ihr eigenes Leben gekümmert und die Pizzeria eröffnet. Es war, als wäre ihrer Tante klar geworden, wie schnell alles vorbei sein konnte, und als wollte sie nur noch Dinge tun, die sie glücklich machten. Und drei Mädchen im Alltag zu versorgen, stand nun mal nicht auf ihrer Liste. Es war okay, Trish war ihr nicht böse. Wie hätte sie es sein können? Denn Halle hatte sichtlich ein schlechtes Gewissen, rief täglich an und erkundigte sich, ob es ihnen gut ging. Oder sie brachte eine Pizza vorbei. Sie unterstützte Trish und ihre Schwestern auch finanziell, nachdem die Ersparnisse der Eltern aufgebraucht waren. Alison und Cooper Price hatten leider keine Lebensversicherung hinterlassen – wie hätten sie auch ahnen sollen, dass ihr Flugzeug abstürzen würde?

Und nun war Trish halt zuständig für alles. Seit sie den Tiersalon eröffnet hatte, kamen sie auch gut über die Runden. Außerdem hatte sich Trish alle möglichen Kenntnisse und Fähigkeiten angeeignet, die im Alltag gebraucht wurden. Doch verstopfte Toiletten waren leider noch immer nicht ihr Fachgebiet.

«Wir fragen Zac», beschloss sie. Der Automechaniker, der seine eigene Werkstatt leitete, wohnte glücklicherweise gleich gegenüber und hatte ihnen schon mehrfach aus der Patsche geholfen.

«Gute Idee», sagte Annie und lief gleich los, um bei ihrem Nachbarn anzuklopfen.

Keine drei Minuten später kam ihre Schwester, mit Zac im Schlepptau, zurück.

«Hey, Trish», sagte er und grinste sie an. «Ich höre, ihr habt ein kleines Problem?»

Trish strich sich das dunkelbraune Haar hinter die Ohren und deutete zu der Toilette, die bis obenhin mit Wasser gefüllt war.

«Na, das sollten wir doch wieder hinbekommen», meinte Zac und griff nach dem Pümpel, den Annie ihm sogleich reichte.

Trish beobachtete Zac dabei, wie er über der Kloschüssel stand und seine starken Arme auf und ab bewegte. Ihr Nachbar war ein wirklich heißer Kerl mit seinem dunklen Haar, das ihm immer ein wenig ins Gesicht hing, mit der Jeans, dem weißen T-Shirt und den Timberland-Boots – ein Outfit, das er in seiner Freizeit fast immer trug. Er wirkte auf sie wie eine Mischung aus James Dean und John Travolta in *Grease*, und Trish war schon einige Male schwach geworden. Wenn sie es richtig in Erinnerung hatte, waren Zac und sie bereits viermal zusammen in der Kiste gelandet, wovon Annie natürlich nichts wusste.

«Problem behoben», sagte Zac nach nicht einmal zwei Minuten und trat beiseite.

Trish staunte nicht schlecht. «Wie hast du das denn bitte hinbekommen? Du hast auch nicht viel mehr gemacht als ich zuvor.»

«Tja, das ist Können, meine Liebe.»

«Klar! Wahrscheinlich hatte ich alles schon so weit gelockert, dass es für dich ein Klacks war», erwiderte sie spöttisch.

Zac lachte. «Wenn du es so sehen willst, dann bitte. Hier ist übrigens der Übeltäter.» Er hielt ihr den Spülstein hin.

Trish nahm den kleinen Kosmetikmülleimer, und Zac ließ das Ding hineinfallen. Dann wusch er sich die Hände und ging aus dem Bad, während Annie sich daranmachte, das Wasser vom Boden aufzuwischen.

«Lass nur, Annie, ich mach das gleich.»

«Nein, nein, schon gut. Ist ja meine Schuld.»

So war Annie. Für alles übernahm sie die Verantwortung, und sie wollte immer alle zufriedenstellen. Becky war da ganz anders. Auch sie war ein liebes Mädchen, und doch war sie ein bisschen eigennütziger und selbstverliebter als ihre jüngste Schwester. Na ja, mit siebzehn durfte man das vielleicht auch sein. Da hatte man viel im Kopf: Jungs und Mode und auf welches College man nach dem letzten Highschooljahr gehen wollte. Trish war das nie vergönnt gewesen, sie hatte mit siebzehn ihre Eltern verloren, und ihr ganzes Leben war auf den Kopf gestellt worden.

«Danke, Zac, dass du deinen Feierabend geopfert hast», sagte Trish und geleitete ihn zur Haustür.

«Hab ich doch gerne gemacht.» Er blieb vor ihr stehen und sah ihr ins Gesicht. «Vielleicht revanchierst du dich ja irgendwann bei mir?»

Sie lachte. «Wenn deine Toilette mal verstopft ist?»

«Du weißt doch, was ich meine.» Er trat ein wenig näher an sie heran und legte eine Hand an ihre Hüfte.

Schnell machte sie sich los, Annie war schließlich in der Nähe. «Ja, vielleicht irgendwann mal. Im Moment habe ich da … so eine Art Beziehung, weißt du?» Trish datete zwar gerne und viel, aber wenn etwas Festes lief, dann waren andere Männer tabu.

«Ach ja? Mit wem denn?»

«Du kennst ihn nicht.»

«Woher willst du das wissen?»

Sie seufzte. «Er heißt Simon, lebt in Swan City und arbeitet als Laborassistent – kennst du ihn?»

«Nee, ich glaube nicht. Ich meine, ich kenne zwar etliche Typen namens Simon, die Laborassistenten sind, aber keiner von denen wohnt in Swan City.»

«Haha.»

«Und du bist sicher, dass Simon was dagegen hätte, wenn wir uns ein bisschen amüsieren würden?»

«Ganz sicher sogar.»

Zac verzog den Mund. «Na gut. Dann sag mir Bescheid, wenn es aus ist zwischen euch.»

«Mache ich.»

Tatsächlich könnte das sogar ziemlich bald der Fall sein, dachte Trish, da sie nämlich nie sehr lange mit einem Mann zusammenblieb. Sie fand einfach keinen, mit dem sie es länger aushielt als zwei, drei Monate. Irgendwie hatten sie alle etwas an sich, das sie störte. Caleb sprach mit Ende zwanzig schon davon, was er alles vorhatte, wenn er eines Tages in Rente ging, Emilio wollte sie beim zweiten Date schon seiner Mutter vorstellen, und Steven hatte sich die Fußnägel im Bett geschnitten! Dazu kam, dass die meisten der Typen nicht verstanden, dass Trish sich um ihre Schwestern kümmern musste. Dass sie auch mal ein Date absagte, weil Annie eine Theateraufführung in der Schule hatte oder weil Becky unter Liebeskummer litt. Aber ihre Schwestern standen bei ihr nun mal an erster Stelle. Immer. Und wer damit nicht klarkam, war sowieso gleich raus.

«Schönen Abend noch, Zac. Ich zeige mich noch auf andere Weise erkenntlich, ja?»

«Ja? Wie denn?»

«Ich backe dir einen Kuchen. Welchen isst du am liebsten?»

«Hmmm ... eine Schichttorte. Erdbeer-Sahne. Mit meinem Namen in Blattgold draufgeschrieben.»

Sie konnte nur den Kopf schütteln. «Bist du wieder lustig.»

Zac zeigte ihr ein breites Lächeln. «Kauf mir einfach einen Muffin bei Nolan, und alles ist cool.»

«Wir werden sehen. Jetzt aber gute Nacht.» Sie musste ihn quasi aus dem Haus schieben, weil er gar nicht gehen wollte.

«Gute Nacht, Trish. Ich werde von dir träumen.»

Sie schloss die Tür und lehnte sich von innen dagegen. Ihr war richtig heiß geworden bei Zacs eindeutigem Angebot. Und das war wahrscheinlich schon Grund genug, nicht länger mit Simon zusammenzubleiben, oder?

Sie hörte im Bad etwas scheppern und erinnerte sich wieder an Annie, die am Boden hockte und das Chaos zu beseitigen versuchte. Und deshalb eilte sie ihr nun zu Hilfe. Denn das war jetzt ihr Leben. Sie kannte gar kein anderes mehr.

5

Delores trat durch die Tür ins Café. Heute war wieder einer dieser Tage, an denen ihre Knie ihr zu schaffen machten. Vielleicht lag es an der schwülen Hitze, vielleicht aber auch nur an ihrem Alter. George hatte sie gebeten, heute doch mal zu Hause zu frühstücken, aber ausgerechnet heute wollte sie unbedingt ihre Freundinnen sehen – es hatte sich nämlich seit gestern einiges getan. Trotzdem hatte sie sich wie jeden Morgen zusammen mit George an den Küchentisch gesetzt, einen Kaffee getrunken und ein wenig Obst gegessen, und dann war sie zum *Paradise Café* geeilt, natürlich nicht, ohne ihrem Liebsten das Versprechen zu geben, heute besonders gut auf sich aufzupassen und nach dem Frühstück noch bei Eric in der Praxis reinzuschauen.

«Delores! Da kommst du ja endlich!», rief Murielle ihr entgegen, als sie sich erschöpft auf den Stuhl fallen ließ.

«Meine Knie …», gab sie zur Antwort und versuchte durchzuatmen.

«Oje, du Arme», sagte Sadie. «Ist es heute so schlimm?»

«Ja. Ich will auch gleich noch zu Eric. Vielleicht kann er mir eine neue Salbe verschreiben. Aber egal jetzt, lasst uns über Wichtigeres reden. Was wissen wir Neues von Lexi?» Sie sah

Sadie an. «Du hast mich ja gestern Abend noch angerufen und mir erzählt, dass Savannah die Schwangerschaft quasi bestätigt hätte.»

Savannah war Sadies Nichte und die Inhaberin des einzigen Hotels der Stadt, des *Paradise Inn* – und sie war die beste Freundin von Lexis Schwester Helena. Wenn es also eine wissen musste, dann Savannah.

«Nun ja, sie hat es zumindest nicht abgestritten», korrigierte sich Sadie, bei der es am Vorabend noch ganz anders geklungen hatte.

«Na, wie auch immer», meinte Murielle und verschränkte ihre Hände. «Ich habe gestern noch mit ein paar Leuten gesprochen, und Lori aus der Drogerie meinte, dass Lexi schon seit Wochen Vitamintabletten dort einkauft.»

«Also, das sagt dann ja wohl alles, oder?», meinte Sadie.

«Oh, wie schön, dann ist es also wahr?» Delores war voller Vorfreude, denn sie liebte Kinder, auch wenn sie leider nicht mit eigenen gesegnet war. Doch sie verbrachte nur zu gerne Zeit mit ihnen und vergötterte auch Murielles Enkelin Abigail, die ihrer Meinung nach viel zu selten mit ins Café gebracht wurde.

«Offensichtlich!» Murielle nickte überzeugt. Dann winkte sie Nolan herbei. «Delores ist jetzt da, wir würden also gerne bestellen.»

Heute war Freitag, und da hatte sie nicht allzu viel Zeit, da sie um halb zehn in der Bibliothek sein musste. Es waren neue Bücher eingetroffen, Spenden von Vincent Highmore, die katalogisiert, mit einem Aufkleber versehen und in die Regale eingeräumt werden mussten.

Nolan trat an ihren Tisch und nahm ihre Bestellung auf. Er

sah Murielle auf diese bestimmte Weise an, die wohl sagen sollte: *Na, hast du wieder keine Ruhe gegeben, bis du hattest, was du wolltest?*

«Möchtest du mir etwas sagen, Nolan?», fragte sie freiheraus.

Doch der Cafébesitzer winkte ab. «Nein, nein, alles gut. Gebt mir fünf Minuten für eure Bestellung.»

Sobald Nolan wieder hinter der Theke stand und zusammen mit seiner Mitarbeiterin Rhonda das Frühstück für die drei Tratschtanten zubereitete, rümpfte Murielle die Nase. Sie wollte gerade etwas sagen, als die Tür geöffnet wurde. Sogleich sahen alle drei Tratschtanten hinüber zu den beiden Frauen, die jetzt eintraten.

«Donna! Helena!», rief Sadie ihnen zu. «Was für eine Überraschung, euch hier um diese Uhrzeit zu sehen.»

Das Mutter-Tochter-Gespann trat näher. «Guten Morgen, ihr drei», sagte Donna. «Ja, Ian unternimmt heute einen Angelausflug mit Leslie und Mattie, und daher dachten wir uns, wir frühstücken mal auswärts.»

Das freute Delores sehr. Sie hätte es zwar lieber gehabt, wenn Helenas Kinder mit von der Partie gewesen wären, doch dass die drei ihre gesamten Ferien in Lake Paradise zu verbringen schienen, war ja bereits eine schöne Überraschung. Inzwischen waren sie auch schon zweimal bei ihr und George vorbeigekommen, gemeinsam hatten sie dann mit Helena auf der Veranda gesessen, und Leslie und Mattie hatten im Garten Fangen oder Verstecken gespielt.

Wie schön wäre es doch, wenn Helena zurück nach Lake Paradise kehren würde, dachte sie, Kansas City war einfach viel zu weit weg.

«Was für eine nette Idee», sagte Murielle und betrachtete Donna neugierig. Also, wenn sie das mit Lexi ganz genau wissen wollten, wer könnte ihnen dann mehr Auskunft geben als deren Mutter?

«Du, sag mal, Donna …» Murielle rutschte ein wenig nervös auf ihrem Stuhl herum. «Wie geht es denn Lexi?»

«Ihr geht es sehr gut. Aaron wird nun bald nach Lake Paradise ziehen», gab sie preis, und die drei Tratschtanten warfen einander eindeutige Blicke zu.

«Soso, Aaron zieht also nach Lake Paradise. Welch freudige Neuigkeit», meinte Sadie.

«Tut er das denn aus einem bestimmten Grund?», wagte Murielle sich hervor.

«Nun, die beiden sind sehr verliebt ineinander und wollen zusammenleben. Gibt es einen besseren Grund?», fragte Donna schmunzelnd.

«Was genau wollt ihr eigentlich wissen?», mischte Helena sich nun ein und sah Murielle direkt ins Gesicht.

«Na, wenn du schon so fragst …» Murielle straffte die Schultern. «Wir haben da ein Vögelchen zwitschern hören, dass es vielleicht bald Nachwuchs gibt bei Lexi und Aaron?» Sie formulierte es als Frage, damit Donna oder wahlweise auch Helena nur noch mit Ja oder Nein antworten mussten.

Aber so einfach machten Mutter und Tochter es ihr dann doch nicht.

«Welches Vögelchen hat euch das denn gezwitschert?», fragte Donna und lachte, als wäre die Vorstellung vollkommen unsinnig.

«Nun ja, Lori aus der Drogerie meinte, Lexi besorge sich so Vitamine … und Savannah hat es zumindest nicht abgestritten. Also …» Murielle war sich plötzlich gar nicht mehr so sicher, und zum Affen machen wollte sie sich natürlich auch nicht. Die Fakten sprachen doch aber für sich, oder etwa nicht? Und tatsächlich sah Donna nun auch so aus, als würde sie etwas verheimlichen.

«Na, ich glaube, ich wüsste es, wenn ich Grandma werden würde», sagte Donna jedoch und lachte erneut. «So, und nun wollen Helena und ich uns mal einen Tisch suchen. Lasst es euch schmecken, ihr Lieben.»

«Ja, ihr euch auch», erwiderte Sadie.

Als Mutter und Tochter sich an einen Ecktisch gesetzt hatten, meinte Delores: «Hm, es ist wohl doch nichts dran an der ganzen Sache.»

Murielle sah sie mit gerunzelter Stirn an. «Hast du denn nicht mitbekommen, dass Donna gelogen hat?»

«Hat sie das?» Delores war verwirrt. Würde Donna das wirklich tun?

«Eindeutig!», sagte auch Sadie. «Donna ist beim Lügen rot geworden. Nun, vielleicht sind die ersten drei Monate noch nicht rum, und sie wollen es vorerst noch für sich behalten.»

«Wir bleiben auf jeden Fall an der Sache dran», sagte Murielle und stürzte sich auf den Cupcake, den Nolan ihr soeben hingestellt hatte.

Nachdem alle Bestellungen auf dem Tisch standen, verschwand Nolan, der das ganze Gespräch aufmerksam verfolgt hatte, schnell wieder hinter die Theke, bevor die drei auch ihn wieder ausfragen konnten.

6

Da Wyatts Dienst heute erst um zehn Uhr begann, konnte er den Morgen mit Abigail verbringen. Zum Frühstück hatte er Pancakes gemacht, und nun brachte er seine Tochter ganz gemütlich zur Kita. Auf dem Weg winkten sie Grandma Murielle und ihren Freundinnen zu, die wie jeden Morgen im Café saßen, und unterhielten sich noch mit Edda aus dem Maismuseum, die Abigail fragte, ob sie sich denn schon auf die Zeit in der Vorschule freue. Wyatt schmunzelte in sich hinein. Dieses Thema war zurzeit nämlich das Lieblingsthema seiner Tochter. Jedem, der sie fragte, erzählte sie groß und breit, dass sie sich ganz doll freue, dass ihr Daddy ihr einen Prinzessinnen-Rucksack gekauft habe, und dass sie ganz viele neue Freunde kennenlernen würde.

Edda lächelte seine Kleine an und strich ihr übers dunkelblonde Haar, das Wyatt ihr heute zu einem Pferdeschwanz gebunden hatte. «Da bin ich mir ganz sicher, meine Süße.»

Fünf Minuten später gab er Abigail an der Kita ab, natürlich nicht, ohne sich vorher noch ganz lange drücken zu lassen. Danach schlenderte Wyatt noch einmal über den Platz und ließ sich von Buddy, dem Stadtpoeten, das aktuelle Gedicht geben.

Buddy verteilte seine selbst geschriebenen Zeilen jeden Morgen an die Bewohner von Lake Paradise. Auch das heutige Gedicht handelte von einem aktuellen, stadtbezogenen Thema, wie Wyatt nun las.

Sie sind köstlich und fest
Man lässt nie einen Rest
Stattdessen isst man alle auf
So nimmt die Sache ihren Lauf
Es gibt sie in Grün und in Rot
Ich hab sie gern zum Abendbrot
Könnt sie essen jeden Tag
Weil ich Tomaten so gerne mag

Während er Howies Supermarkt betrat, grübelte Wyatt noch immer, weshalb Buddy heute wohl über Tomaten geschrieben hatte. Das konnte alles Mögliche bedeuten. Entweder gab es sie gerade irgendwo im Angebot, oder irgendwer hatte besonders viele der roten Früchte in seinem Garten geerntet. Es könnte auch ein Artikel über Tomaten in der neuen *Paradise Gazette* stehen, die immer freitags erschien. Oder Buddy aß Tomaten zurzeit einfach besonders gern.

Früher oder später würde Wyatt es wohl herausfinden, das war in den meisten Fällen so.

Doch jetzt musste er erst mal ein paar Einkäufe erledigen. Er hatte noch eine Stunde, die er nutzen wollte, bevor er aufs Revier musste, um seine Doppelschicht zu beginnen. Sein Kollege, Officer Tom, hatte heute nämlich ein paar wichtige Termine, und Wyatt musste für ihn einspringen.

Er nahm sich einen Korb und tat die üblichen Dinge wie

Bananen, Äpfel, Toastbrot, Erdnussbutter und Marmelade (für Abigail), Senf und Käse (für sich selbst), ein Glas Würstchen und Hotdog-Buns, Tiefkühl-Burgerpattys und die dazugehörigen Brötchen hinein. Der Korb war bereits gut gefüllt, doch natürlich vergaß er nicht, Abigail auch eine Kleinigkeit zum Naschen mitzubringen. Heute entschied er sich für rosa Gummihäschen, über die sie sich sicher freuen würde. Er schnappte sich noch ein Sechserpack mit diesen kleinen Chipstüten, die er gerne mit zur Arbeit nahm, und schleppte alles zur Kasse.

Howies Mutter Judith kassierte ab. Die amtierende Maisprinzessin Ashleigh, die hier ebenfalls tätig war, hatte wohl andere Verpflichtungen.

«Guten Morgen, Wyatt», sagte Judith und lächelte ihn an. «Wie geht es dir heute?»

«Wunderbar! Danke der Nachfrage, Judith, und wie geht es dir?»

«Wie immer bestens.» Sie beugte sich etwas vor. «Howie und Ginny haben sich verlobt, hast du es schon gehört?»

Ach herrje, dachte Wyatt. Sosehr er sich für Howie und Ginny freute, würde das Rupert so richtig auf die Palme bringen. Schließlich hatte Howie ihm seine Ginny vor ein paar Jahren ausgespannt, was den ewigen Streit der beiden nur noch verschlimmert hatte. Allerdings war Rupert inzwischen selbst glücklich liiert, und zwar mit Halle aus der Pizzeria, vielleicht würde es ihn also gar nicht so schwer treffen.

Bei dem Gedanken an Halle fiel Wyatt natürlich gleich deren Nichte Trish ein.

Trish ... Ob sie ihm heute wohl über den Weg laufen würde? Vielleicht könnte er auch einfach mal wieder bei ihr im

Tiersalon reinschauen und nach dem Rechten sehen. Und war es nicht ohnehin an der Zeit, dass Abigails Meerschweinchen oder dem Kanarienvogel seiner Tante Beverly die Krallen gestutzt wurden? Womöglich hatte sich auch erneut ein Kaugummi im Fell von einer der Katzen verfangen. Seine Mutter besaß inzwischen neun davon. Eine hatte erst kürzlich Junge bekommen. Doch er hatte seiner Mom gesagt, dass sie die unmöglich alle behalten konnte, und sie hatte schweren Herzens eine Anzeige in der *Gazette* aufgegeben. Die Kätzchen hatten inzwischen alle ein neues Zuhause gefunden, doch Murielle war noch immer untröstlich.

«Wyatt?», hörte er Judith fragen und rüttelte sich aus seinen Gedanken.

«Oh, entschuldige, ich muss wohl geträumt haben.»

«Danach sah es mir auch aus. Magst du mir denn verraten, von wem du geträumt hast? Von einer netten jungen Dame vielleicht?»

Schnell packte er die Einkäufe ein, die Judith bereits gescannt hatte. «Nein, nein, nur von kleinen Kätzchen.»

Judith blickte ihn mit gerunzelter Stirn an. «Na, ob ich dir das glauben kann?» Sie lachte. «Jedenfalls haben wir gerade Tomaten im Angebot. Wie ich dir erzählt habe, als du von deinen Kätzchen geträumt hast.»

Aaah! Daher rührte also das Tomaten-Gedicht!

«Danke für die Info», sagte er. «Aber Tomaten brauche ich nicht. Ich habe selbst genug in meinem Treibhaus.»

«Ja? Und was machen deine Kürbisse? Wachsen sie schön? Nimmst du dieses Jahr wieder am großen Wettbewerb teil?»

Im letzten Jahr hatte Wyatt den Preis für den größten Kürbis gewonnen. Es war ein Muskatkürbis gewesen, der ganze zweiundzwanzig Kilo gewogen hatte. Abgesehen davon hatte Wyatt auch einige ziemlich große Hokkaidos geerntet und einen Ghost Rider von zehn Kilo, der in der Kategorie «Schönster Halloween-Kürbis» leider knapp gegen den von Rupert verloren hat. Doch das war nicht schlimm, Abigail und er hatten später eine gruselige Fratze hineingeschnitzt und das gute Stück noch bis nach Halloween auf ihrer Vordertreppe stehen gelassen. Die Hokkaidos wiederum hatten sie zu ganz köstlicher Kürbissuppe verarbeitet.

«Aber sicher nehme ich teil!», sagte Wyatt nun. «Ich denke, ich habe diesmal sogar Chancen auf den größten Hokkaido.»

«Deine Suppe war jedenfalls köstlich. Murielle hat mich letztes Jahr auf eine Schüssel eingeladen.»

«Oh, das wusste ich nicht.» Er hatte seiner Mom natürlich einen von den drei großen Töpfen voll Suppe abgegeben. «Freut mich, dass sie dir geschmeckt hat.»

«Du machst das wirklich wunderbar, Wyatt. Das Kochen und auch alles andere. Wie du dich um Abigail kümmerst … Du bist ein guter Vater, und die Frau, die dich einmal abbekommt, kann sich sehr glücklich schätzen.»

Fast hätte er Judith gebeten, ob sie das Ganze nicht auch Trish erzählen könnte, doch schließlich erwiderte er nur: «Danke, das ist wirklich lieb, dass du das sagst.»

«Es ist nur die Wahrheit.»

Er packte die restlichen Sachen ein und bezahlte. Hinter ihm stand nun lediglich Moesha, die in jeder Hand eine Ananas trug. Eine lange Schlange suchte man in den Geschäften von Lake Paradise vergebens.

«Oh, hallo, Moesha! Du hast heute ganz offensichtlich Lust auf Ananas», sagte er.

«Hallo, Wyatt», entgegnete die Floristin. «Ja, ich muss ein paar Kilo abspecken, und die entschlacken ganz fantastisch.»

«Versuch es mit Spargel», riet Judith ihr. «Der wirkt Wunder.»

Das war ein Thema, bei dem Wyatt nicht mitreden konnte – oder wollte. Also verabschiedete er sich und machte, dass er loskam. Draußen auf dem Paradise Walk stieß er auf Lexi, die gerade auf dem Weg zur Arbeit war.

«Hey, Lexi, wie geht es dir?», fragte er und ließ seinen Blick unauffällig hinunter zu ihrem Bauch wandern. Seit gestern sprach man in diesem Städtchen von nichts anderem mehr, als dass Lexi schwanger sein sollte.

«Oh, Wyatt, nicht du auch noch!», rief sie aus. Anscheinend hatte er sich nicht ganz so geschickt angestellt wie gewollt.

«Sorry, Lexi. Es geht mich ja auch gar nichts an.»

«Okay, okay, dann sag ich es jetzt einfach freiheraus, weil ich ehrlich keine Lust mehr auf diese Gerüchte und das Versteckspielen habe. Ich bin schwanger! Im vierten Monat. Das Baby ist von Aaron, und wir freuen uns beide riesig. Du darfst es gerne deiner Mutter erzählen.»

«Das würde ich niemals!», warf er ein.

«Doch, doch, mach ruhig. Dann haben wir es hinter uns.»

Er musste lachen, als er in Lexis zu einer Grimasse verzogenes Gesicht blickte. «Ich freue mich für euch, und das meine ich ganz ernst. Ein Kind ist das Schönste, was man sich überhaupt vorstellen kann.»

«Danke, Wyatt. Vielleicht hole ich mir bei dir mal ein paar Erziehungstipps.»

«Jederzeit. Und falls du mal Hilfe mit den Einkäufen oder beim Tragen brauchst oder so, sag gerne Bescheid.»

«Aaron zieht bald her, dann kann er das übernehmen. Aber falls ich bis dahin noch etwas brauchen sollte, melde ich mich gerne.»

«Du weißt ja, wo ich anzutreffen bin: auf dem Revier oder irgendwo in der Stadt, wo ich Streit schlichte oder irgendwem helfe, seine verlorenen zehn Cent wiederzufinden.» Er grinste Lexi an.

Er freute sich wirklich für sie, und dass Aaron herziehen wollte, war ebenfalls eine großartige Neuigkeit. Er mochte den Kerl, vor allem, weil er nicht so ein Egoist war wie sein Vater oder sein verstorbener Großvater. Wobei Vincent Highmore anscheinend dabei war, sich zu ändern. Wyatts Mutter hatte erzählt, der Mann hätte eine ganze Ladung Bücher für die Bibliothek gespendet, und zwar nicht einmal gebrauchte, sondern neue!

Lexi grinste ebenfalls. «Oh, vielleicht solltest du dann mal bei meiner Mom reinschauen, sie schwört darauf, dass gestern noch fünf Dollar mehr in der Kasse waren.»

Wyatt warf einen Blick über den Platz hin zur *Paradise Boutique*, dem einzigen Bekleidungsgeschäft des Ortes, das von Donna geführt wurde.

«Na, mal sehen, später vielleicht. Erst einmal muss ich meine Einkäufe nach Hause bringen und in meine Uniform schlüpfen.»

«Viel Spaß dabei, für Recht und Ordnung zu sorgen», wünschte Lexi.

«Danke, und dir wünsche ich einen schönen Tag beim Hundeshampoonieren. Pass auf dich auf, ja?»

«Das werde ich, keine Sorge.»

«Und grüß Trish von mir», hängte er noch wie beiläufig an.

«Ja, klar.»

Beschwingt nahm er seine Einkaufstaschen und eilte nach Hause. In einer halben Stunde fing seine Schicht an, er musste sich sputen.

Als er am Café vorbeikam, sah er, dass seine Mom und ihre Freundinnen nicht mehr an ihrem Platz saßen. Sadie stand bereits in der Eisdiele, und auf der Ostseite des Platzes sah er Rupert vor seinem Supermarkt stehen und Ausschau halten. Wahrscheinlich nach Howie. Ziemlich sicher hatte er bereits von der freudigen Neuigkeit gehört.

Und dann sah er plötzlich Trish – wie sie auf den Tiersalon zukam, die Tür aufschloss und sich zu Lexi umdrehte, die nach ihr rief. Die beiden umarmten sich, und dann deutete Lexi zu Wyatt. Er fühlte sich ertappt, wie er rüberstarrte und extra langsam ging, obwohl er es doch eilig hatte. Aber dann winkte Trish ihm lächelnd zu – und die Welt war in Ordnung.

7

«Du willst mir doch nicht sagen, dass du das nicht gesehen hast, oder?», meinte Lexi, sobald sie den Tiersalon betreten hatten.

Trish ging nach hinten, hängte ihre Handtasche über den Haken und band sich die pinkfarbene Schürze um. «Was meinst du?», fragte sie ihre Freundin, die ihr gefolgt war.

«Ach, komm schon, Süße. Erkennst du das denn ehrlich nicht?»

Trish hatte wirklich keine Ahnung, wovon Lexi sprach, und sah sie stirnrunzelnd an.

«Oh Gott, Trish! Ein Blinder hätte wahrgenommen, wie sehr Wyatt dich mag», meinte ihre Freundin daraufhin.

«Wyatt? Ist das dein Ernst?» Sie musste lachen, über die Fantasie ihrer Freundin und weil das Ganze so lächerlich war.

«Ja-ha!», sagte Lexi mit Nachdruck.

«Und woran erkennst du das bitte?», fragte sie, während sie den Karton mit Katzenspielzeug hervorholte, der gestern Abend noch mit der Post eingetroffen war.

«Na, allein schon, wie er dich ansieht. Und wie nervös er wird, wenn du ihm zuwinkst.»

Trish schüttelte mal wieder den Kopf über ihre Freundin, dann nahm sie eine Schere, um den Karton aufzuschlitzen. «Das hattest du wohl gern, dass ich was mit Wyatt anfange, was? Du hoffst wohl, dass du dir dann alles erlauben kannst und nie wieder einen Strafzettel erhältst.»

«Du willst es einfach nicht wahrhaben, oder?»

Lexi blickte neugierig in den Karton, nahm ein paar von den quietschenden Gummimäusen heraus und brachte sie rüber zu dem Regal, in dem sie diese Produkte auslegten.

Trish nickte zufrieden. Die Idee, auch Spielzeug und Leckerlis für die Tiere zu verkaufen, war keine schlechte gewesen. Becky hatte sie gehabt, nachdem Ella Green sich bei einem Besuch mit ihrem Cockerspaniel Carlton erkundigt hatte, ob sie zufällig einen Hundeknochen für ihn dahätten. Trishs Schwester half an manchen Nachmittagen und am Samstag mit im Salon aus und war der Meinung, mit dem erweiterten Angebot könnten sie nicht nur die Tierbesitzer glücklich machen, sondern auch noch gut was dabei verdienen. Und sie hatte recht behalten, weshalb Trish ihren Stundenlohn um einen Dollar erhöht hatte.

«Also, selbst wenn da irgendwas dran sein sollte», sagte sie zu Lexi, von der sie ja wusste, dass sie es nur gut meinte, «und Wyatt mich wirklich mehr mögen würde als dich und Savannah und May und den Rest der Frauen in dieser Stadt – was sollte ich dann deiner Meinung nach tun?»

«Na, ihm eine Chance geben.» Lexi sah sie an, als würde sie es einfach nicht raffen.

«Ihm eine Chance geben? Du meinst, mich mit ihm verabreden? Eine Beziehung mit ihm anfangen?»

Lexi nickte aufgeregt. «Ja, genau!»

«Aber das wäre doch verrückt! Wyatt ist nicht nur um einiges älter als ich …»

«Ja, und? Emilio war auch schon Mitte dreißig, oder etwa nicht?», erinnerte Lexi sie.

«Das kann man doch überhaupt nicht vergleichen. Emilio hat sich eher wie ein Teenager benommen, er war total … unselbstständig. Himmel, er hat noch bei seiner Mutter gewohnt!»

Lexi zog eine Grimasse.

«Und was ich noch hinzufügen wollte und was du anscheinend vollkommen vergessen hast: Wyatt ist bereits Vater!»

«Na und? Du bist Mutter. Oder zumindest so etwas in der Art.»

Trish stemmte die Hände in die Hüften. «Können wir das bitte lassen? Können wir dieses ganze Wyatt-Thema einfach abhaken? Zumal ich heute Abend ein Date mit Simon habe …»

«Oh, wirklich? Er hängt dir also noch nicht zum Hals heraus?»

«*Du* hängst mir so langsam zum Hals heraus», sagte Trish augenzwinkernd und bewarf ihre Freundin mit der letzten Gummimaus aus dem Karton.

Lexi machte jedoch schnell einen Satz zur Seite. «Sorry, ich wollte dich nicht nerven. Ich dachte nur, dass Wyatt vielleicht jemand wäre, mit dem du es ein bisschen länger aushältst als mit den üblichen Kandidaten. Ich finde nämlich, du hättest es verdient, endlich auch deinen Traummann zu finden.»

Trish ließ den leeren Karton auf den Boden fallen und trat

ihn platt. «Aber das ist ganz bestimmt nicht Wyatt», sagte sie und hoffte, Lexi hatte es nun endlich verstanden. Denn es war ja nicht so, dass sie Wyatt nicht mögen würde. Das tat sie sogar sehr, aber sie beide waren nicht mehr als Freunde. Zudem entsprach Wyatt auch gar nicht ihrem Typ. Denn obwohl natürlich viele Frauen auf große, durchtrainierte, blonde Männer in Uniform standen, war ihr Wyatt in der Hinsicht fast ein wenig zu perfekt. Trish hatte schon immer ganz normal gebaute Männer bevorzugt, von ihr aus auch gerne mit einem kleinen Bauch oder mit strubbeligen, langen Haaren. Ein «perfekter» Mann hatte sie noch nie angezogen, vielleicht weil sie trotz ihres lockeren, unbeschwerten Wesens am Ende doch auch wusste, wie unperfekt sie selbst war.

«Okay, okay, ich bin ja schon still», meinte Lexi und hob die Gummimaus vom Boden auf.

In dem Moment wurde die Tür zum Tiersalon geöffnet, und die erste Kundin des Tages trat ein. Es war Ricarda mit ihrem kleinen Hausschwein, das sie sich nach der Trennung von Jamie angeschafft hatte. Und das Kuriose war: Das Schwein hatte sie ausgerechnet «Jamie» getauft.

«Guten Morgen, Ricarda», riefen Trish und Lexi gleichzeitig.

«Guten Morgen!», erwiderte die Dreiundvierzigjährige mit den dunklen Locken. Sie hatte mexikanische Vorfahren und war in Texas aufgewachsen. Nach Lake Paradise war sie der Liebe wegen gezogen, und Trish und Lexi hatten sich bereits gefragt, ob Ricarda nun wohl weiterhin hier wohnen bleiben wollte. Denn immerhin begegnete sie in diesem Ort ständig ihrem Ex und seinem neuen Liebhaber. Die beiden gingen zwar bisher noch nicht allzu offen mit ihrer Beziehung um, würden es aber sicher bald tun.

Trish beugte sich zu dem vierbeinigen Besucher. «Hallo, Jamie», sagte sie und streichelte das Schweinchen, das erst drei Monate alt war und in nächster Zeit noch ein ganzes Stück wachsen würde.

Jamie genoss die Liebkosungen. Zwergschweine waren nämlich ganz verschmuste Tierchen, wie Trish schon von Ricarda erfahren hatte.

«So, was können wir für dich tun?», fragte Lexi. «Du hattest was davon gesagt, dass Jamie sich nicht baden lassen mag?»

Ricarda nickte. «Genau. Ich habe ihn jetzt seit zwei Wochen bei mir, und er will einfach nicht in die Wanne. Ich habe auch schon versucht, ihn im Garten mit dem Schlauch abzuspritzen, aber das gefällt ihm noch weniger, und er läuft quiekend davon.»

Trish konnte sich bei der Vorstellung ein Lachen nicht verkneifen.

Auch Lexi musste schmunzeln. «Okay, mal sehen, was wir da tun können. Ich habe mich mal schlaugemacht, denn Jamie ist das erste Schwein in unserem Salon.» Sie wandte sich an Trish. «Oder hattest du schon mal eins da, bevor ich hier angefangen habe?»

Trish schüttelte den Kopf. «Kein Schwein, nein.»

«Okay, also ich habe gelesen, dass Zwergschweine gerne warm baden. Vielleicht war das Wasser bisher einfach zu kalt?», fragte Lexi.

«Nein, es war warm», erwiderte Ricarda. «Das hatte ich nämlich selbst schon gegoogelt.»

«Hmmm … Vielleicht muss der Kleine sich erst noch an

alles gewöhnen. Was hältst du denn davon, wenn wir ihn ein wenig ködern würden? Was mag er am liebsten?», erkundigte sich Lexi.

«Karotten, denke ich.»

«Also, ich würde vorschlagen, dass wir ihm noch etwas Besseres bieten. Etwas, das ein wenig süßer ist.»

«Willst du ihm etwa Schokolade geben?», fragte Trish schockiert.

«Nein, nein! Schokolade ist total ungesund für Tiere!» Lexi schien empört, dass sie ihr so etwas zutraute. «Ich meinte eher so etwas wie Trockenobst. Das lieben Zwergschweine nämlich, habe ich gelesen.» Sie wandte sich an Ricarda. «Hast du Jamie schon mal damit gefüttert?»

Ricarda verneinte. «Bisher noch nicht.»

«Nun, wie es der Zufall will, habe ich eine Tüte Rosinen dabei», sagte Lexi und zauberte sie aus der Handtasche.

Sobald sie sich ein paar der kleinen getrockneten Trauben auf die Hand geschüttet hatte, streckte sich Jamie auch schon und wurde ganz aufgeregt. Ricarda hielt ihm zwei der Rosinen hin, und Jamie schnappte sie sich begeistert. Sofort wollte der Kleine mehr. Also übernahm jetzt Trish ganz schnell. Mithilfe einer Handvoll Rosinen brachte sie das Schwein in die Wanne, sodass Lexi gleich damit beginnen konnte, es warm abzuduschen. Dabei ging sie so behutsam vor, dass Jamie es kaum zu bemerken schien – er hatte nur noch die Rosinen im Blick.

Als sie fertig waren, hoben sie das Schwein aus der Wanne und trockneten es ab. Ricarda bedankte sich überschwänglich.

«Das war die beste Idee aller Zeiten!», lobte sie Lexi.

«Na, ich muss ja schon mal üben ...», sagte sie und zwinkerte Ricarda verschwörerisch zu.

«Dann ist das Gerücht, du seist schwanger, also wahr?», fragte Ricarda vorsichtig.

«Es ist wahr», bestätigte Lexi.

«Wie schön! Ich gratuliere dir. Und Aaron natürlich auch.»

Trotz der warmen Worte wirkte Ricarda plötzlich ein bisschen bedrückt, weshalb Trish schnell zu ihrer Freundin sagte: «Ich hoffe doch, du hast nicht vor, dein neugeborenes Baby mit Rosinen in die Badewanne zu locken, oder?»

Lexi lachte. «Doch, genau das hatte ich vor.» Sie stupste Trish spielerisch an.

Jamie erhielt zur Belohnung noch ein paar Rosinen, dann kam Ricarda mit zur Kasse, um zu bezahlen. Sie gab ein großzügiges Trinkgeld und bedankte sich noch einmal dafür, dass Lexi sie davor bewahrt hatte, künftig mit einem schmutzigen und stinkenden Schwein zusammenleben zu müssen.

«Gern geschehen», entgegnete Lexi.

Als Ricarda schon zur Tür gehen wollte, wagte sich Trish doch noch an das heikle Thema. «Du, Ricarda?»

«Ja?»

«Wie geht es dir denn jetzt, nachdem ... Du weißt schon.»

Ricarda schluckte. «Ach, ich weiß es nicht. An manchen Tagen denke ich, es geht mir langsam ein wenig besser. Und dann kommt wieder ein Tag, an dem ich Jamie am liebsten mit einer Axt zerteilen würde.»

«Sie meint nicht dich», beschwichtigte Lexi das Schwein.

«Nein, niemals!», bekräftigte Ricarda. «Mein kleiner Jamie hier ist der Einzige, der es versteht, mich aufzuheitern.»

«Es wird irgendwann wieder besser werden», sagte Trish und legte ihr eine Hand auf den Arm. «Ganz bestimmt.»

«Danke, ihr seid lieb. Ich hoffe es sehr, wisst ihr. Aber ich bin mir nicht sicher, ob ich mein Glück noch in Lake Paradise finden werde. In den letzten Wochen habe ich öfter darüber nachgedacht, zurück nach Dallas zu gehen. Meine Eltern leben noch dort, und ich würde ohnehin gern mehr Zeit mit den beiden verbringen. Sie sind ja auch nicht mehr die Jüngsten.»

«Das verstehen wir gut», sagte Lexi, die selbst der totale Familienmensch war.

Trish nickte. «Wir wünschen dir nur das Beste.»

Ricarda hatte auf einmal Tränen in den Augen, und Trish wünschte, sie würde es leichter haben. Aber so war das Leben nun mal. Leider ging nicht immer alles nach Plan, das hatte sie selbst auf die härteste Weise erfahren müssen.

«Wenn du magst, können wir ja mal zusammen essen gehen», schlug Lexi vor.

Wahrscheinlich tat Ricarda ihrer Freundin in diesem Moment genauso leid wie ihr.

«Das ist sehr nett, allerdings möchte ich den kleinen Jamie ungern allein lassen», meinte Ricarda. «Aber was würdet ihr davon halten, wenn ich bei mir zu Hause was für euch kochen würde? Gleich heute Abend? Seit ich nicht mehr im Restaurant mitarbeite, vermisse ich das Kochen richtig.»

Trish hatte gehört, dass Jamie Ricarda ausbezahlt hatte, immerhin waren sie beide Eigentümer von *Jamie's Food Paradise* gewesen, und es war klar, dass Ricarda dort nicht mehr zusammen mit ihm arbeiten wollte.

«Oh, ich würde sehr gerne kommen, aber ich bin heute Abend schon verabredet», sagte Trish bedauernd.

«Ich habe noch nichts vor, ich bin dabei», meinte dagegen Lexi, und Trish war froh darüber.

Ricarda nickte erfreut. «Gut, dann bereite ich uns was Leckeres zu. Hast du irgendwelche Wünsche?»

«Ich esse alles – außer rohen Fisch», sagte Lexi und lachte. «Und ich warne dich: Ich esse zurzeit doppelte Portionen.»

«Perfekt! Dann sei gerne gegen acht bei mir.»

«Okay. Ich freue mich drauf.»

Lächelnd verließ Ricarda den Salon, ihren geliebten Jamie auf dem Arm, und Trish zog Lexi an sich heran, um sie zu drücken. «Ich danke dir!»

«Wofür denn?»

«Ich hatte schon ein ganz schlechtes Gewissen, absagen zu müssen.»

«Ach was, ich gehe wirklich gerne hin. Immerhin gibt es dort was Leckeres zu essen, und du weißt doch, dass ich ständig Hunger habe.» Mit diesen Worten schüttete sie sich selbst einige Rosinen auf die Hand und kippte sie sich in den Mund. «Gar nicht mal so schlecht», sagte sie kauend.

«Oje, ich befürchte schon, dass du dem armen Schwein heute Abend das Essen wegfutterst», sagte Trish und musste lachen.

«Hey! Nicht so frech, sonst fange ich wieder von Wyatt an!»

«Ich warne dich!» Trish schnappte sich die Tüte Rosinen und hielt sie in die Höhe, sodass Lexi, die ein paar Zentimeter kleiner war als sie, sie nicht erreichte.

«Du bist so fies! Wie kannst du nur so gemein zu einer Schwangeren sein? Zu deiner schwangeren besten Freundin?», fragte sie in gespieltem Jammerton.

«Na gut, dann iss nur deine Rosinen.» Trish gab ihrer Freundin die Packung zurück und sah kopfschüttelnd zu, wie Lexi den Rest im Nu verdrückte.

Na, das kann ja noch was werden, dachte sie. Doch sie wusste auch, dass sie ihrer Freundin beistehen würde, was auch immer kommen mochte. Und wenn sie Lexi in ein paar Monaten durch Lake Paradise rollen musste, weil sie so rund geworden war. Denn wozu waren beste Freundinnen sonst da?

8

Um sechs Uhr schloss Trish den Laden zu. Lexi war schon früher gegangen, weil Freitag war, und da gab ihre Freundin im Seniorenheim immer ihren Zeichenkurs.

Während Trish das kurze Stück nach Hause lief, dachte sie, dass sie auch mal wieder im *Paradise Assisted Living Center* vorbeischauen sollte. Miss Eliza würde sich bestimmt über einen Besuch freuen.

Der alten Dame hatte Trish sich bereits vor einigen Jahren angenommen, da diese so lieb zu ihr gewesen war, als ihre Eltern starben. Damals war Miss Eliza noch ziemlich fit für ihr Alter gewesen, sie hatte in dem großen Haus im Kolonialstil direkt am Stadtplatz gewohnt, in dem heute das Museum untergebracht war. Mit ihren guten Ratschlägen, den weisen Zitaten und ihrem unglaublich leckeren Bananenbrot hatte sie Trish an so manchen Tagen aufgebaut. Wann genau der Kontakt angefangen hatte, wusste sie gar nicht mehr. Es musste einige Wochen nach dem Unglück gewesen sein, Trish war noch völlig niedergeschlagen, trug nur Schwarz und mochte eigentlich mit niemandem reden. Als sie eines Tages von der Schule kam und den Paradise Walk entlangging, rief Miss Eliza sie zu sich ins Haus hinein und bot ihr einen beruhigenden

Tee und ein Gespräch an. Und so war eine Freundschaft entstanden, die Trish nicht mehr missen wollte.

Leider hatte Miss Eliza in den letzten drei, vier Jahren mächtig abgebaut. Sie kam nicht mehr allein zurecht und zog ins Heim – und dann verlor sie nach und nach ihre Erinnerung.

Das machte es schwer für Trish, es war nicht mehr möglich, sie einfach zu besuchen und mit ihr zu reden wie früher, denn an manchen Tagen schien die alte Dame sie nicht einmal wiederzuerkennen. Dennoch schaute Trish hin und wieder bei ihr vorbei, allein aus Dankbarkeit und weil Miss Eliza sonst niemanden hatte.

Als sie jetzt in den Paradise Place einbog und Zacs Haus passierte, kam ihr sein eindeutiges Angebot von gestern in den Sinn. In dem braun angestrichenen Haus im Bungalowstil brannte kein Licht, was wohl bedeutete, dass er noch in der Werkstatt anzufinden sein würde. Sie bräuchte nur zu ihm zu gehen und könnte die beste Nacht seit Langem erleben. Aber sie war ja mit Simon verabredet, und das rief sie sich jetzt ins Gedächtnis.

Simon. Was genau fand sie eigentlich an ihm? Er war kein Schönling, ganz im Gegenteil. Er hatte zu eng stehende Augen und ein komisches Grübchen am Kinn. Aber er war mit seinem langen Haar auf seine eigene Art heiß, und er war aufmerksam und wusste, was er an ihr hatte – solange er sie noch hatte.

Trish erreichte ihr eigenes Haus, atmete einmal tief ein und schloss die Tür auf.

Aus dem Wohnzimmer kam Gelächter. Becky und Annie stimmten sich offensichtlich schon auf ihren gemeinsamen Abend ein. Sie wollten einen Serienmarathon machen, ihre jeweils besten Freundinnen Courtney und Emily waren auch mit von der Partie. Trish hatte Halle bereits gebeten, später zwei Pizzen vorbeizubringen. Sie selbst konnte also getrost den Abend in Swan City verbringen.

«Hey, ihr Süßen. Alles klar bei euch?», fragte sie, als sie das Wohnzimmer betrat.

«Alles super!», entgegnete Becky, die gerade Cola- und Fanta-Dosen bereitstellte, und strahlte sie an.

Annie legte die Chipstüte beiseite, deren Inhalt sie gerade in eine Schüssel füllte, kam auf sie zu und umarmte sie. «Hi, Trish. Wie war dein Tag?»

«Der war ziemlich lustig.»

«Ja? Was war denn so lustig?»

«Wir haben unter anderem Ricardas neues Schweinchen gebadet. Lexi hat es mit Rosinen in die Wanne gelockt und danach den Rest der Packung selbst verdrückt.»

Becky verzog das Gesicht. «Rosinen? Ist ja eklig.»

Sie lachte. «Oh, ich sag's euch, Lexi verschlingt zurzeit alles, was sie in die Finger bekommt. Ist so ein Schwangerending.»

«Du weißt schon, dass über Lexis Schwangerschaft inzwischen die ganze Stadt informiert ist, oder?», meinte Becky. «Heute hat mich sogar Rupert darauf angesprochen!»

«Echt?» Trish war verwundert, da der Freund ihrer Tante sich sonst nicht die Bohne für Klatsch interessierte. «Apropos Rupert ... Ich habe Halle und ihn für Sonntag zum Dinner eingeladen», ließ sie ihre Schwestern wissen.

«Oh, Mann, warum sagst du das nicht früher? Für Sonntagabend bin ich schon verabredet.» Becky sah sie ein wenig genervt an.

«Na, du musst ja nicht unbedingt dabei sein. Dann sind wir halt nur zu viert. Es sei denn, du hast auch schon was vor?» Sie wandte sich an ihre jüngste Schwester.

Doch Annie schüttelte den Kopf. «Nein, Sonntag kann ich. Ich helfe dir auch beim Kochen, wenn du willst.»

«Oh, gerne. Ich hatte an selbst gemachtes Chili gedacht.»

«Lecker!»

Die Price-Schwestern liebten mexikanisches Essen. Es gab bei ihnen ziemlich oft Burritos, Quesadillas, Enchiladas oder eben Chili. Und jeden Dienstag veranstalteten sie einen *Taco Tuesday*, bei dem sie den ganzen Tisch mit Schälchen vollstellten, in denen sich die köstlichsten Dinge wie frische Guacamole, scharfe Jalapeños oder vegetarisches Hack befanden. Trish hatte nichts dagegen, wenn ihre Schwestern Fleisch essen wollten, doch bei ihnen zu Hause gab es keins, und sie kochte auch nicht damit. Becky aß ab und zu einen Burger in *Jamie's Food Paradise* oder eine Salamipizza bei ihrer Freundin, Annie dagegen hatte sich Trish angeschlossen und war seit ihrem neunten Lebensjahr Vegetarierin.

«Wann kommen Courtney und Emily?», erkundigte sie sich.

«Um sieben», antwortete Becky.

Trish sah auf die Uhr. Es war zwanzig nach sechs.

«Alles klar. Gegen acht bringt Halle euch Pizza vorbei. Ich habe einfach zwei Margheritas bei ihr bestellt, ich hoffe, das ist okay?»

Beide Schwestern nickten.

«Gut. Ich treffe Simon um halb acht in Swan City, muss also spätestens um sieben hier los. Wann ich wiederkomme, weiß ich noch nicht genau, vielleicht übernachte ich auch bei ihm. Macht bitte nicht so lang, ja?»

Die Schwestern schüttelten ihre Köpfe im Einklang.

«Okay, und falls es doch später wird, dann sollten eure Freundinnen hier übernachten. Aber sprecht das bitte vorher mit den Eltern ab.»

Becky trat nun auch zu ihr. «Mach dir nicht so viele Gedanken, Trish. Es ist doch nicht das erste Mal, dass wir allein sind. Außerdem bin ich siebzehn und habe alles im Griff. Überleg mal, was du mit siebzehn schon alles hinbekommen musstest.»

«Ja, und das wünsche ich keinem. Ich möchte, dass du eine unbeschwerte Jugend hast, verstehst du?» Jetzt wurde sie wieder emotional, einfach weil sie alle drei so viel hatten durchmachen müssen und es sie so zusammengeschweißt hatte. Dabei hatte Trish gern all die Bürden auf sich genommen und tat es noch immer, wenn ihre Schwestern dadurch nur alles hatten, was sie brauchten, und alles erreichten, was sie sich wünschten.

«Ach, Trish!», sagte Becky und umarmte sie.

Annie tat es ihr gleich, und so standen sie gemeinsam da, eine Einheit, die niemand trennen konnte.

«Okay, ich muss mich jetzt wohl wirklich mal fertig machen», sagte Trish kurze Zeit später und löste sich sachte aus der schönen Umarmung, die ruhig ewig hätte andauern können. Aber Simon wartete nun mal.

«Wen triffst du heute noch mal?», fragte Becky, während Trish zur Treppe ging, die hoch in ihr Zimmer führte.

«Simon.»

«Und wer war Simon noch gleich?»

«Das ist der Computerprogrammierer», sagte Annie.

«Laborassistent!», korrigierte Trish sie und lief die Stufen hoch. Sie konnte sich schon denken, dass ihre Schwestern jetzt mit den Augen rollten, weil man bei ihr und ihren Männern überhaupt nicht mehr durchblickte. Kein Wunder, es war erst August, und Simon war bereits der vierte, den sie in diesem Jahr datete. Mit zweien davon war überhaupt nichts weiter gelaufen, denn bei Dave und Evan war schnell klar gewesen, dass sie kein Potenzial besaßen. Mit Ken war Trish bereits sechs Wochen ausgegangen, als sie herausfand, was für ein Freak er war. Er wollte plötzlich, dass sie Sex in *Star Wars*-Outfits hatten! Und nun war da eben Simon.

Simon war der erste anständige Kerl seit einer ganzen Weile, vielleicht sollte sie ihm die Chance geben, ihr zu beweisen, was er wirklich draufhatte. Und womöglich würde ja sogar sie sich endlich mal auf eine ernsthafte Beziehung einlassen.

Bis sie das passende Outfit gefunden hatte und ihre Haare einigermaßen saßen, war es bereits zehn Minuten nach sieben. In ihrem schwarzen Kleid und den pinkfarbenen High Heels eilte sie die Treppe hinunter und winkte Becky und Annie zum Abschied nur kurz zu, weil diese bereits mit ihren Freundinnen in eine Folge *Riverdale* abgetaucht waren. Dann schnappte sie sich ihre Handtasche von der Flurkommode und lief zum Auto. Noch bevor sie losfuhr, schaltete sie das Radio ein, suchte nach guter Musik und fand einen ihrer Lieblingssongs: *The Show* von Lenka. Sie stellte ihn lauter und sang mit. Und eine halbe Stunde später kam sie gut gelaunt in Swan City an.

Sie parkte das Auto in der Nähe des Restaurants, das Simon ausgesucht hatte, und stieg aus. Als sie durch die Tür trat, staunte sie nicht schlecht. Dieser Ort war verrückt! An jedem nur erdenklichen Fleck befand sich eine Palme, und jetzt verstand sie auch, warum der Laden *Palm Place* hieß.

Lachend ging sie auf Simon zu, der bereits in einer Ecknische saß und auf sie wartete. Er erhob sich und küsste sie auf die Wange.

«Schön, dass du da bist», sagte er.

«Tut mir so leid, dass ich mich verspätet habe. Ich musste noch etwas mit meinen Schwestern klären …»

«Kein Problem. Familie geht immer vor.»

Sie lächelte ihn an und setzte sich ihm gegenüber. Seine Antwort gab schon mal einen Pluspunkt. Einen ganz großen. Trish hatte sich unbewusst angewöhnt, an ihren Dates Plus- und Minuspunkte zu vergeben. Wenn der Typ am Ende des Abends mehr als drei Minuspunkte hatte, brauchte sie ihn gar nicht wiederzutreffen. Es war ein gutes System, das ihr schon oft geholfen hatte, sich zu entscheiden.

«Hier ist die Karte», sagte Simon und schob sie ihr rüber.

«Was gibt's hier so? Weißt du schon, was du willst?»

«Ja. Die vegetarische Lasagne.»

Zwei Pluspunkte.

«Oh, das klingt lecker.» Sie warf zwar noch einen kurzen Blick in die Karte, beschloss dann aber schnell, das Gleiche zu nehmen.

Als die Bedienung ihre Essenswünsche notiert hatte, bestellte Trish noch einen exotischen Fruchtcocktail, während Simon ein Wasser reichte. Sobald die Kellnerin weg war, sah Trish ihn aufmerksam an.

«Wie geht es dir, Simon?»

«Sehr gut. Ich habe mich schon die ganze Woche auf das Date mit dir gefreut.»

«Die ganze Woche?» Sie sah ihn ein wenig irritiert an und fragte sich, ob er das ernst meinte.

«Ja, natürlich. Du nicht?»

«Äh ... doch, klar», erwiderte sie. Gleichzeitig überlegte sie, ob sie ihm nicht einen Punkt abziehen sollte. Denn die ganze Woche? Echt jetzt?

Sie unterhielten sich über dies und das, bis das Essen kam. Die Lasagne sah köstlich aus, und Trish probierte auch gleich davon. Simon allerdings pickte erst einmal alle Zucchinischeiben heraus.

«Magst du keine Zucchini?», fragte sie.

Er schüttelte den Kopf. «Ich bin nicht so der Gemüsefan.»

«Und warum bestellst du dann ein Gemüsegericht?»

«Na, weil du doch Vegetarierin bist.»

Hm. Sie wusste nicht, was sie dazu sagen sollte. Und auch nicht, ob sie Simon jetzt einen Pluspunkt geben sollte, weil er so rücksichtsvoll war und extra ihretwegen etwas Vegetarisches bestellt hatte. Oder doch eher einen Minuspunkt, weil er seine leckere Lasagne auf diese Weise massakrierte. Sein Teller sah inzwischen aus wie ein Schlachtfeld, und jetzt pickte er auch noch alle Karotten heraus und legte sie auf einen Haufen neben die Zucchini.

«Bitte, Simon, bestell dir einfach das, was du magst, okay? Von mir aus kann das auch Fleisch sein, das wäre gar nicht schlimm. Viel schlimmer finde ich es, wenn du dich meinetwegen verstellst.»

«Nein, nein, schon gut», sagte er und suchte weiter nach Karotten.

Trish seufzte. Sie überlegte, was der gute Simon denn die letzten Male gegessen hatte. Immerhin war dies inzwischen ihr fünftes Date und ihr drittes in einem Restaurant. Jetzt fiel es ihr ein. Beim ersten Mal hatte er behauptet, er hätte viel zu viel zu Mittag gegessen und ihm würde eine Suppe reichen. Das war eine Kartoffelsuppe gewesen. Beim zweiten Mal hatte er ganz schlicht nur Cheese Fries bestellt, also Pommes mit geschmolzenem Käse. Kartoffeln dürften für ihn also nicht in die Kategorie «Gemüse» fallen.

«Simon, ich kann mir das echt nicht länger mitansehen. Ich flehe dich an, bestell dir etwas anderes.»

«Nein, nein, das wäre ja so, als würde man vor einem Alkoholiker trinken.»

Sie runzelte die Stirn. «Nein, das wäre überhaupt nicht dasselbe. Vegetarismus ist ja keine Krankheit.»

«Okay, dummes Beispiel.» Er dachte kurz nach. «Dann wäre es halt so, als würde man Jennifer Aniston bei einem Date in einen Kinofilm mit Angelina Jolie schleppen.»

Trish ahnte, dass die Falten auf ihrer Stirn noch tiefer geworden waren. Was hatten denn jetzt die beiden Schauspielerinnen mit der Lasagne zu tun?

«Na, es wäre doch Verrat, oder etwa nicht?», meinte Simon, zuckte die Achseln und hob eine ganze Nudelschicht an, um darunterzugucken.

Trish sah sich nach der Kellnerin um. «Entschuldigen Sie?», rief sie der Bedienung zu, die gerade in der Nähe ihres Tisches vorbeiging. «Könnten wir eine große Portion Pommes bekommen, bitte?»

«Ja, natürlich», sagte die Frau. «Mit Ketchup? Mayo? Käse?»

«Mit allem!», sagte Trish und blickte wieder zu Simon.

Jetzt runzelte dieser die Stirn. «Das war wirklich nicht nötig.»

«Oh doch, das war es», sagte sie, trank ihren restlichen Cocktail auf ex und wünschte, es wäre Alkohol drin.

9

Murielle betrat zusammen mit ihrer Enkelin das Café und wurde gleich von ihren Freundinnen in Beschlag genommen.

«Da bist du ja endlich!», rief Sadie.

«Wir warten schon ganz ungeduldig», fügte Delores hinzu und begrüßte dann Abigail, die sie immer zu gerne bei ihrem gemeinsamen Frühstück dabeihatte.

«Jetzt setzt euch schon!» So langsam wurde Sadie ungeduldig.

«Immer mit der Ruhe», entgegnete Murielle und deutete auf den Stuhl am Fenster, auf den Abigail sich setzen sollte. Denn sie selbst mochte genau wie ihre Freundinnen lieber die Plätze, die einen besseren Ausblick boten.

«So, was gibt es denn so Wichtiges?», fragte sie, nachdem auch sie Platz genommen hatte.

«Na, das fragst ausgerechnet *du*?» Sadie blickte sie verständnislos an. «Lexi ist offensichtlich wirklich schwanger! Das hast du doch gesagt, oder? Dass sie es Wyatt selbst erzählt hätte?» Natürlich hatte Murielle ihre Freundinnen am Vorabend noch angerufen, gleich nachdem Wyatt ihr von dem Treffen mit Lexi berichtet hatte.

Murielle nickte. «Ja, genau. Das hat sie gestern getan. Auf dem Weg zur Arbeit.»

«Aber ist das nicht unglaublich?», fragte Sadie, die noch immer nicht verstand, warum Murielle das nicht in größere Aufregung versetzte.

«Na ja, nicht wirklich. Denn wir haben es doch sowieso schon gewusst, oder etwa nicht?»

Nun starrte auch Delores sie ungläubig an. «Aber Murielle, wir hatten lediglich eine Vermutung! Und die ist nun bestätigt worden. Lexi ist tatsächlich schwanger! Wir werden bald ein weiteres süßes kleines Baby in Lake Paradise haben.»

Murielle zuckte nur die Achseln.

Anstatt weiter auf Murielles merkwürdiges Verhalten einzugehen, bat Sadie ihre Freundin, ihnen jetzt alles zu erzählen, was Wyatt erfahren hatte.

«Nun, das war nicht viel. Lexi hat ihm einfach nur gesagt, dass die Gerüchte wahr sind. Dass sie schwanger ist. Und dass er es gerne weitererzählen darf, damit das Rätselraten ein Ende hat.»

Nolan trat an den Tisch. «Guten Morgen, Ladys.»

«Guten Morgen, Nolan», erwiderten die drei.

Abigail lächelte ihm breit zu. Denn sie wusste, dass Nolan immer auf ihrer Seite war, wenn es darum ging, einen heißen Kakao und einen Cupcake mit einer leckeren Cremehaube zu bekommen.

Er zwinkerte ihr zu. «Um welches Rätsel geht's?», erkundigte er sich dann.

«Ob Lexi schwanger ist oder nicht», informierte ihn Sadie.

Nolan schüttelte den Kopf. «Ach, kommt, das wisst ihr doch längst, oder etwa nicht?»

«Doch, wir wissen es», sagte Delores. «Und wir sind außer uns vor Freude für Lexi und Aaron.»

Sadie sah ihn herausfordernd an. «Jetzt kannst du es ja zugeben: Du wusstest es schon die ganze Zeit, richtig?»

Nolan grinste sie an. «Könnte sein.»

«Du bist so ein Schlawiner. Lässt uns auf dem Trockenen sitzen, obwohl wir dich so anflehen, uns etwas zu verraten», beschwerte sich Sadie.

«Ich lasse euch auf dem Trockenen sitzen? Das würde ich niemals tun! Ich bringe euch doch ständig neuen Kaffee. Und Tee. Und manchmal auch einen Smoothie.»

«Deine Smoothies sind köstlich», sagte Delores, die es ganz toll fand, dass Nolan sein Sortiment um diese gesunden und gleichzeitig köstlichen Getränke erweitert hatte.

«Du weißt genau, was ich meine», sagte Sadie missmutig. Dann sah sie zu Murielle, die heute gar nicht richtig mitmischte und irgendwie abgelenkt wirkte.

Nolan folgte ihrem Blick und runzelte die Stirn. Fragend sah er wieder zu Sadie, und als diese nur die Schultern zuckte, wandte er sich an Delores in der Hoffnung, dass diese vielleicht eine Erklärung für Murielles seltsames Verhalten hatte. Doch auch sie schüttelte nur den Kopf.

«Na gut, dann sagt mir mal, was ich euch heute bringen darf.»

«Ich möchte bitte einen Kakao und einen Cupcake», sagte Abigail superhöflich, und Nolan lachte.

«Das hab ich mir gedacht. Ist das okay für deine Grandma?» Fragend sah er Murielle an, doch die schien nur weiter vor sich hin zu träumen. «Murielle?»

Endlich erwachte sie aus ihrer Trance. «Ja?»

«Darf Abigail einen Kakao und einen Cupcake?» Er musste sie das fragen, weil sie manchmal darauf bestand, dass ihre Enkelin etwas Gesünderes zu sich nahm.

«Ja, ja, natürlich», sagte sie heute jedoch geistesabwesend.

«Okay. Und was hättest du gern?»

«Kaffee. So stark wie möglich.»

«Und zu essen?»

«Ach, das ist egal. Bring mir einfach irgendwas, was du gerade dahast.»

Nolan nahm die besorgten Blicke von Delores und Sadie wahr. Schnell schrieb er deren Bestellung auf und ging zurück hinter die Theke, jedoch nicht, ohne Murielle weiterhin im Auge zu behalten. So hatte er die Frau ja noch nie erlebt!

«Nun gut, Murielle», sagte Sadie, sobald Nolan weg war. «Wir haben uns das jetzt lange genug mitangesehen. Könntest du uns bitte erklären, was mit dir los ist?»

Murielle sah sie an, und Sadie bemerkte, dass ihre Freundin sich nur die Wimpern eines Auges geschminkt hatte. Beim anderen hatte sie anscheinend schlicht vergessen, Mascara aufzutragen.

«Es ist alles in Ordnung», antwortete Murielle.

«Das ist es nicht!» Sadie blickte kurz zu Abigail, die aber mit ihrer Barbie spielte und abgelenkt war. Etwas leiser fuhr sie fort: «So kennen wir dich ja gar nicht. Wo bist du nur mit deinen Gedanken? Ist irgendwas passiert?»

Murielle schüttelte den Kopf. «Es ist nichts passiert. Ich habe nur einfach keinen guten Tag.» Und das stimmte auch. Denn zum einen verhielt sich ihr Sohn in letzter Zeit immer merkwürdiger. Er wirkte bedrückt und wollte ihr nicht sagen, warum. Und dann war ihr mit einem Mal aufgefallen, wie ähnlich Wyatt seinem Vater wurde. Als er gestern Abend während seiner Spätschicht vorbeigeschaut hatte, um Abigail Gute Nacht zu sagen, hatte er Murielle auf eine ganz bestimmte Weise angesehen, und fast hatte sie geglaubt, *ihn* wieder vor sich zu haben.

Ihn. Den Mann, über den sie niemals nachdachte – oder es wenigstens versuchte.

Ihn. Den Mann, der ihr das Herz irreparabel gebrochen hatte.

Ihn. Den Mann, zu dem Wyatt mit jedem Tag ein bisschen mehr wurde.

Natürlich war es ihr auch in der Vergangenheit schon aufgefallen. Es waren *seine* Grübchen, die Wyatts Gesicht zierten. Und es war *sein* Gang, mit dem ihr Sohn tagtäglich durch die Straßen lief. Doch gestern Abend hatte es sie getroffen wie ein Blitz – und seitdem war *er* wieder allgegenwärtig.

Er. Den sie doch schon vor so langer Zeit aus ihrem Leben verbannt hatte.

«Können wir irgendetwas für dich tun?», fragte Delores.

«Nein, nein, es geht schon. Wie gesagt, ich habe keinen guten Tag. Das geht uns doch allen mal so. Morgen wird sicher wieder alles paletti sein.»

«Na gut», meinte Delores.

«Und falls doch, dann weißt du, dass du dich jederzeit an uns wenden kannst, ja?» Sadie sah noch immer besorgt aus und glaubte ihrer Freundin nicht, dass sie einfach nur mit dem falschen Fuß aufgestanden war.

«Ja, das weiß ich.» Murielle seufzte. «Lasst uns über etwas anderes reden. Habt ihr schon gehört, dass Lindsays neues Nagelstudio nächste Woche eröffnet?»

«So bald schon?», fragte Delores.

«Ja, ja. Ich war auch erstaunt. Aber ich freue mich schon darauf. Dann kann ich mir endlich hier die Nägel machen lassen und muss nicht immer extra nach Hamilton fahren.»

«Aber Lindsay hat dir doch manchmal die Nägel gemacht, oder?», fragte Sadie, die sich noch gut an das Zebramuster erinnerte, das Murielle vor ein paar Wochen an den Fingern getragen hatte.

«Ja, das stimmt. Manchmal hat sie ihr Können an mir getestet. Und inzwischen ist sie wirklich gut geworden.»

«Wird sie auch eine schlichte Maniküre anbieten?», erkundigte sich Sadie. «Denn ich will mir die Nägel nicht unbedingt mit einem bunten Muster versehen lassen.»

«Das denke ich schon. Aber fragen wir sie doch selbst. Wir könnten nach dem Frühstück bei ihr im Laden vorbeischauen, sie ist ja bereits am Einrichten und Dekorieren.»

«Ja, gerne, wenn du nichts anderes vorhast?»

«Später möchte ich mit Abigail zum Stadtspielplatz gehen und die neuen Geräte ausprobieren, die sie aufgestellt haben, aber vorher können wir gerne einen kleinen Abstecher machen.»

Bei der Erwähnung des Spielplatzes blickte Abigail auf. Sie freute sich, die neuen Spielgeräte zum ersten Mal auszuprobieren. Die Stadt hatte in den letzten Monaten fleißig für die Restaurierung gesammelt und neben einer neuen Rutsche auch ein abenteuerliches Klettergerüst aufgestellt. Es gab ein paar neue Schaukeln, und das kleine alte Riesenrad wurde gegen ein neues ausgetauscht, das jetzt acht statt fünf Gondeln hatte.

«Freust du dich schon, Abigail?», erkundigte sich Delores bei der Kleinen.

Sie nickte aufgeregt. «Ja.»

Dann kam das Frühstück, sie aßen und vergaßen, dass Murielle noch vor fünf Minuten eine andere gewesen war. Doch sie selbst vergaß es nicht. *Er* war wieder da, in ihren Gedanken und in ihrer Erinnerung – und sie wusste nicht, wie sie ihn wieder verscheuchen sollte.

10

Es war ein ganz mieser Tag.

Angefangen hatte alles schon gestern Abend. Als Wyatt nämlich aus dem Revier trat, um seine Runde zu gehen, und dabei von irgendwo die Straße runter laute Geräusche vernahm. Bevor sich jemand beschweren konnte, beschloss er, kurz selbst nachzusehen, was da los war. Zuerst dachte er, dass es wieder Gene Keller wäre, der ihm ja schon öfter mal ein wenig Ärger bereitet hatte und der nach der Trennung von Savannah noch immer ziemlich niedergeschmettert zu sein schien. Auch wenn er neuerdings die meiste Zeit unterwegs war und Mais für Vincent Highmore durchs Land fuhr. Aber wenn er dann zu Hause war, hörte er gern laute Musik, vielleicht um alles andere zu übertönen – vor allem seine Gedanken, seine Erinnerungen und seinen Kummer.

Doch als er Zacs Haus passiert hatte, merkte Wyatt, dass der Lärm gar nicht von weiter die Straße runter kam, sondern von der anderen Seite. Aus Trishs Haus!

Ein wenig freute er sich sogar, dass er jetzt einen Grund hatte, bei ihr zu klingeln, obwohl er sich immer noch fragte, was nur bei ihr los sein konnte. Aber sobald er vor der Haustür stand, wusste er Bescheid. Denn aus dem Haus ertönte nicht nur sehr laute Musik, sondern auch Gesang und Gelächter. Trish und ihre Schwestern schienen einen Karaoke-Abend oder Ähnliches zu veranstalten. Im Grunde mochte Wyatt sie gar nicht stören, doch es war immerhin schon nach zehn, und …

Er würde Trish sehen! Mit ihr reden! Vielleicht sogar ein Lächeln von ihr erhalten, an das er noch beim Einschlafen denken konnte.

Also klingelte er.

Die Tür wurde aufgerissen, und eine lachende Annie stand vor ihm, deren Gesicht schnell ernst wurde, als sie ihn erkannte.

«Oh. Wyatt.»

Mehr sagte sie nicht, stattdessen starrte sie ihn nur an. Ein wenig ängstlich sogar.

«Keine Sorge», sagte er schnell, um sie zu beruhigen. «Es ist nichts passiert oder so. Ich wollte nur mal nach dem Rechten sehen, da es doch sehr laut aus eurem Haus herausschallt.»

«Oh. Bitte entschuldige, wir drehen die Musik sofort leiser.»

Er nickte. «Danke. Ist Trish auch da?» Er versuchte, an Annie vorbei ins Wohnzimmer zu blicken, entdeckte dort aber nur ein paar Mädchen, die genauso besorgt aussahen wie Annie. Eine von ihnen drehte jetzt die Musik leiser.

«Nein, die ist in Swan City», erzählte sie ihm. «Sie hat dort ein Date.»

Innerhalb einer Sekunde brach sein Herz. Erneut. Wie eigentlich jedes Mal, wenn er hörte, dass Trish wieder einen neuen Freund hatte oder auch nur auf ein zwangloses Date ging. Es brach ihm das Herz, weil sie sich wieder einmal für einen anderen als ihn entschieden hatte.

Wie oft sollte er das noch ertragen?

Er räusperte sich, versuchte, sich nichts anmerken zu lassen. «Ach so. Okay, dann denkt jetzt bitte dran, dass Nachtruhe ist, okay?»

Annie nickte. «Sorry noch mal.»

«Kein Problem. Ich war ja auch mal jung, ich versteh das schon, dass es ein wenig ausufern kann, wenn man sturmfreie Bude hat.»

«Sagst du es bitte nicht Trish?» Annie sah ihn flehend an.

«Wenn es bei der einen Verwarnung bleibt, sehe ich keinen Grund dafür», meinte er und lächelte Annie zu. Sie war ein gutes Kind, machte Trish überhaupt nie irgendwelche Sorgen, zumindest keine, von denen er wusste. Und er wollte natürlich nicht, dass sich das änderte.

«Danke, Wyatt», sagte Annie, wünschte ihm einen schönen Abend und schloss die Tür. Die Mädchen waren jetzt gar nicht mehr zu hören, und das Haus wirkte so still, als würden alle schlafen.

Wyatt war noch an Genes Haus entlanggeschlendert und hatte sich dann auf zum Stadtplatz gemacht, um seine gewohnte Runde an der Kneipe und der Pizzeria entlang zu drehen. Doch es war alles ruhig gewesen. Was ihm viel zu viel Gelegenheit zum Grübeln geboten hatte.

Auch anderthalb Stunden später, als er um Mitternacht seine Doppelschicht beendet hatte, fand er noch immer keine Ruhe. Als er nach Hause kam, wo es still und einsam war, weil Abigail die Nacht bei seiner Mutter verbrachte, war sie noch immer in seinen Gedanken: Trish. Er konnte einfach nicht begreifen, warum sie schon wieder jemand Neues daten musste. Es war doch erst vor Kurzem mit diesem Ken Schluss gewesen, und das schon nach ein paar Wochen – worüber Wyatt froh gewesen war. Ja, denn er hatte wirklich gehofft, dass jetzt endlich einmal er die Chance bekommen würde, die er verdiente. Mehr jedenfalls als die meisten dieser Kerle, mit denen Trish sich sonst traf. Viele von ihnen sahen doch aus wie totale Loser, und er fragte sich stets, was sie nur an denen fand. Was konnten die ihr schon bieten? Trish hatte doch ebenfalls so viel mehr verdient!

Aber wahrscheinlich war er einfach dazu verdammt, für immer Single zu sein. Ein alleinerziehender Vater, der niemals eine Frau für sich und eine neue Mutter für Abigail finden würde.

Mit diesen Gedanken hatte er sich in sein Bett gelegt und war zum Glück bald eingeschlafen.

Als er jetzt um halb neun am nächsten Morgen erwachte, stöhnte er qualvoll. Er mochte nicht aufstehen. Mochte nicht ins Zentrum gehen und von irgendwem erfahren, mit wem Trish sich nun wieder traf. Doch er musste sich aufmachen und Abigail von seiner Mom abholen, die sie sicher zum Frühstücken mit ins Café genommen hatte.

Seine kleine Abigail.

Bei dem Gedanken an sie musste Wyatt sofort lächeln. Denn die Kleine war das einzig Gute in seinem Leben, das einzig Konstante, das Einzige, das ihm immer nur Freude und niemals Sorgen bereitete. Fünf Jahre alt war Abigail nun schon. Zum Ende des Monats würde sie bereits in die Vorschule kommen – wie schnell die Zeit verging! Und wie traurig es war, dass erneut ein großes Ereignis im Leben seiner Tochter stattfinden sollte, ohne dass ihre Mommy dabei war.

Hannah hatte einfach alles verpasst. Abigails erste Schritte, ihre ersten Worte, ihre ersten Zähl- und Schreibversuche. Ihr erstes Mal auf einer Schaukel, den Tag, an dem sie Fahrradfahren lernte, und den Moment, in dem sie es geschafft hatte, ihre Schuhschleife allein zuzubinden.

Er hätte es Abigail so gewünscht. Von Herzen hätte er seiner Tochter gewünscht, dass ihre eigene Mutter da gewesen wäre, stolz gewesen wäre, ihr ein paar lobende Worte gesagt und sie strahlend angelächelt hätte. Aber das Leben war nun mal kein Wunschkonzert, das hatte er am eigenen Leib erfahren müssen. Die meisten Wünsche gingen leider niemals in Erfüllung, sosehr man auch darauf hoffte.

«Na gut, dann wollen wir mal», sagte er zu sich selbst, erhob sich aus dem Bett, machte einige Aufwärmübungen und stemmte ein paar Gewichte. Dann sprang er unter die Dusche.

Heute an seinem freien Samstag zog er sich keine Sheriffuniform an, sondern schlicht Jeans und Poloshirt, dazu schlüpfte er in seine Turnschuhe.

Bei einem Blick in den Spiegel dachte er, dass er vielleicht einfach nicht Trishs Typ war. Ziemlich sicher sogar, da er ja einige der Kerle kannte, mit denen sie ausgegangen war. Aber dass er selbst nun aufhörte zu trainieren und sich die Haare lang wachsen ließ, kam nicht infrage. Am Ende wollte er nämlich so geliebt werden, wie er eben war.

Vielleicht würde es ja eines Tages auch für ihn die passende Frau geben …

Er verließ das Haus und spazierte als Erstes zu Nolan ins

Café, wo er sich einen Kaffee und einen Bagel bestellte und beides am Tresen zu sich nahm.

«Deine Mom war heute mit Abigail hier», informierte Nolan ihn.

«Ja, das hab ich mir gedacht. Sie lässt doch nie das Frühstück mit Sadie und Delores ausfallen.»

«Ich, äh ...» Nolan druckste herum.

«Was ist?», fragte Wyatt.

«Es ... geht mich ja eigentlich nichts an, aber Murielle war heute irgendwie komisch.»

«Was meinst du mit *komisch*?»

«Bedrückt, würde ich sagen. Mit den Gedanken ganz woanders.»

Jetzt, wo Nolan das erwähnte, fiel auch Wyatt ein, dass seine Mutter sich gestern Abend seltsam verhalten hatte. Sie hatte ihn so merkwürdig angesehen ... Als erinnerte er sie an etwas oder jemanden. Da würde er später noch mal genauer nachhaken müssen.

«Danke, Nolan. Ich werde der Sache auf die Spur gehen», versprach er.

Der Cafébesitzer nickte zufrieden. «Hast du schon die *Gazette* gelesen?», fragte er ihn dann.

«Ja, gestern Abend auf dem Revier.»

«Ist das nicht der Hammer, dass Aaron vorhat, die alte Highmore-Villa zu restaurieren?»

«Ja, ziemlich cool. Ich freue mich für Lexi, dass er zurück nach Lake Paradise zieht. Nach all den Jahren.»

«Ja, ich mich auch. Sie hat ein wenig Glück verdient nach allem, was ihr zugestoßen ist.»

Wyatt musste an den Unfall denken. Er war damals derjenige gewesen, der Lexi die schlimme Nachricht vom Tod ihres Verlobten überbracht hatte. Bis heute fühlte er sich schrecklich deswegen, obwohl er ja überhaupt nichts dafür konnte. Doch es hatte Lexis ganzes Leben zerstört, von einer Sekunde auf die andere. Und er hatte es mitansehen müssen. Hatte sie auffangen müssen, weil sie zusammengeklappt war. Er hatte ihre Eltern angerufen und war bei ihr geblieben, bis diese eingetroffen waren. In all den Jahren als Cop hatte er keinen tragischeren Moment erlebt.

«Dass Lexi ein Baby erwartet, weißt du ja sicher auch schon, oder?», fragte er Nolan nun.

«Ja, natürlich. Lexi hat es mir schon vor einer ganzen Weile gesagt.»

«Ah, okay.» Da kam Wyatt ein Gedanke. «Wenn Lexi das Baby bekommt, wird sie wohl eine Zeit lang nicht mehr im Tiersalon mitarbeiten können. Hoffentlich findet Trish dann einen guten Ersatz ...» Er merkte, dass er seine Gedanken lieber nicht laut hätte aussprechen sollen. «Ich meine, damit auch alle Tiere weiterhin gut versorgt werden können.»

Nolan legte den Kopf schief und sah ihn auf diese gewisse Weise an. Als würde er ahnen, dass Wyatt sich nicht wirklich Sorgen um den Tiersalon machte, sondern eher um dessen Inhaberin.

«Den Tieren wird es sicher gut gehen», meinte er aber nur.

Wyatt trank schnell seinen Kaffee aus und verabschiedete sich. Sobald er draußen war, rief er seine Mom an und erkundigte sich, wo sie und Abigail zu finden waren. Sie seien auf dem Stadtspielplatz, informierte seine Mutter ihn, und er machte sich auf den Weg.

Der Spielplatz befand sich bei der Pizzeria und dem Buchladen, *Paradise Books*, man musste nur einen kleinen Parkweg nehmen, der vom Paradise Boulevard abging. Schnell fand er seine Tochter, die in einer Gondel des neuen Miniatur-Riesenrades saß und ihm zuwinkte, als sie ihn sah.

«Guck mal, Daddy!»

«Toll, mein Schatz!», rief er zurück und trat zu seiner Mutter. Er küsste sie auf die Wange. «Hallo, Mom.»

«Hallo, mein Junge. Wie geht es dir?»

«Mir geht es ganz gut, danke.»

Murielle sah ihn eingehend an. «Du siehst müde aus.»

«Das bin ich.» Er war nicht nur wegen der Doppelschicht müde, sondern auch wegen einiger anderer Dinge. Aber das erzählte er ihr nicht, sie würde sich nur wieder Sorgen machen. «Nun sag du mir aber mal, wie es dir geht.»

«Mir? Na, gut, wie immer!»

«Ich habe da aber etwas anderes gehört. Du sollst heute Morgen ein wenig betrübt gewesen sein.»

«Wo hast du das denn aufgeschnappt? Hat etwa Sadie geplaudert? Oder war es Delores?»

«Das tut nichts zur Sache», sagte er. «Sag mir bitte die Wahrheit. Was ist los? Gibt es einen Grund, betrübt zu sein?»

«Nein, natürlich nicht. Ich bin nicht betrübt. Alles ist gut.»

Wyatt betrachtete seine Mom, und er war sich ziemlich sicher, dass sie ihm genauso etwas vorenthielt wie er ihr. Allerdings kannte er sie nur zu gut: Wenn sie über ein bestimmtes Thema nicht reden wollte, dann würde sie das auch nicht tun.

Eine Weile sahen sie Abigail dabei zu, wie sie spielte. Wyatt gab ihr Anschwung auf der Schaukel und ließ sie die Rutsche runterrutschen. Als es ihm in der prallen Hitze zu heiß wurde, fragte er seine Tochter, ob sie gemeinsam Pizza-

Zutaten kaufen wollten, um zu Hause zusammen Essen zu machen.

Abigail war sofort dabei. Also gingen sie zu dritt zurück, überquerten den Stadtplatz, und Wyatts Blick wanderte natürlich wie immer zum *Animal Paradise*.

«Du, sag mal, muss eigentlich mal wieder eine deiner Katzen in den Salon?», erkundigte er sich bei seiner Mutter.

«Nein, im Moment nicht.»

«Oh. Na, vielleicht muss Beverlys Kanarienvogel mal wieder hin.»

Seine Mutter betrachtete ihn forschend. «Hatte Sadie also doch recht!»

«Womit?», fragte er, und ihm wurde heiß und kalt. Hatte Sadie ihn etwa durchschaut? Hatte sie neulich seine Blicke in Richtung Tiersalon richtig gedeutet? Und hatte sie zu allem Übel auch noch seiner Mom davon erzählt?

«Du magst sie, richtig? Trish, meine ich», flüsterte seine Mutter, damit Abigail es nicht hörte.

Jetzt war es raus. Zu spät, um es abzustreiten. Es gab kein Entrinnen.

«Ich … äh … nun ja», stammelte er. «Ja, das tue ich wohl irgendwie», gestand er.

«Oh, das finde ich schön», sagte Murielle.

«Ja?» Überrascht sah Wyatt sie an.

«Aber natürlich! Seit Jahren schon bete ich dafür, dass du endlich über Hannah hinwegkommst und dein Herz wieder verschenkst.» Seine Mutter blieb stehen und blickte hinüber zum Tiersalon. Und er tat es ihr gleich.

Trish stand gerade hinter der Theke und tippte etwas in ihr Handy, das konnten sie durchs Fenster sehen.

«Nur zu dumm, dass es ausgerechnet eine Frau sein muss, die sich nicht festlegen will», sagte seine Mom.

Ja, da konnte Wyatt ihr nur recht geben. Und wenn er die Wahl gehabt hätte, dann hätte er sich vielleicht auch jemand anderen ausgesucht. Doch das Herz wollte nun mal, was es wollte, und er konnte rein gar nichts dagegen tun.

«Na, mal sehen, ob wir da nicht ein wenig nachhelfen können», sagte seine Mutter, und bei Wyatt klingelten sofort alle Alarmglocken.

«Oh, das wirst du schön sein lassen», warnte er. «Und Sadie und Delores bitte auch.»

«Aber warum denn? Wir sind gut darin, Leute zu verkuppeln.»

«Ja, das weiß ich. Ich möchte aber gar nicht verkuppelt werden, hörst du?»

Ein wenig beleidigt verschränkte Murielle die Arme. «Na gut, wie du willst. Aber wenn du deine Meinung änderst, lass es mich wissen, ja?»

«Werde ich nicht.» Das wäre ja noch schöner, wenn er seine Mommy hinzuholen würde, um bei Trish einen Schritt weiterzukommen. Peinlich wäre es, nichts als das.

«Aber wenn doch …»

«Werde ich nicht!», sagte er noch einmal mit Nachdruck, und dann zog Abigail ihn an der Hand, weil sie endlich in den Supermarkt wollte.

11

«Okay, wer von uns beiden schneidet die Zwiebel?», fragte Trish am Nachmittag, als sie alle Zutaten für ihr berühmtes Chili sin Carne bereitgelegt hatte.

Annie verzog zunächst das Gesicht. Dann aber, weil sie eben Annie war, seufzte sie und sagte: «Na gut, ich mache es.»

«Du bist ein Schatz», erwiderte Trish. «Dafür bekommst du später auch eine doppelte Portion. Und Nachtisch.»

«Oh, cool, was gibt es denn zum Nachtisch?»

«Eiscreme aus dem Supermarkt. Mir fiel nichts Besseres ein.»

«Eis ist immer gut», meinte Annie. «Vor allem bei der Hitze.»

Ja, da konnte sie ihrer kleinen Schwester nur zustimmen. Die letzten Tage waren bereits sehr heiß gewesen, doch der heutige Sonntag hatte alles noch mal übertroffen. Trish war so froh, dass sie nicht im Laden stehen musste, sondern sich einfach ausruhen und von der anstrengenden Woche erholen konnte.

Sie musste an die verstopfte Toilette denken und an die Gerüchte rund um Lexi, dann an Becky, die hin und her überlegte, auf welches College sie im nächsten Jahr gehen wollte – vor allem Letzteres bereitete Trish Kopfschmerzen. Denn Becky war zwar ganz gut in der Schule, aber nicht wirklich überragend, außerdem hatte sie keine außergewöhnlichen Talente oder war Mitglied eines Sportteams, was ihr ein Stipendium hätte einbringen können. Also würde Trish die hohen Collegekosten allein wuppen müssen. Aber sie wusste beim besten Willen nicht, wie sie das anstellen sollte. Und auch wenn sie ihrer Schwester natürlich nur das Beste wünschte, hoffte sie fast ein wenig darauf, dass diese sich am Ende für ein staatliches College entscheiden würde. Sie würde sich bald einmal mit Becky hinsetzen und über den finanziellen Aspekt reden müssen, doch fürs Erste schob sie dieses Gespräch noch ein wenig hinaus.

Ja, die Woche war anstrengend gewesen, und das Date am Freitag hatte alles nur noch ein wenig schlimmer gemacht. Sie wusste nicht einmal, ob sie Simon wiedersehen wollte. Sie musste drüber nachdenken. Und das alles war ebenfalls mehr als anstrengend.

Warum war das alles nur so kompliziert? Warum schien Lexi dagegen so im Einklang mit Aaron und ihre Freundin May mit ihrem Mann Jonah? Warum hatte Savannah ihr Glück mit dem zugezogenen Dylan gefunden, und warum war sogar Tante Halle die wahre Liebe begegnet? Warum waren alle zufrieden in ihren Beziehungen – nur Trish hatte nicht einmal eine?

Ach, sie war ja selbst schuld! Sie hätte längst eine haben können, wenn sie es gewollt hätte. Aber irgendwie schaffte sie es ganz allein, immer alles zu sabotieren, was irgendwie gut für sie war. Was irgendwie von Bestand sein könnte. So als würde sie unbewusst alles und jeden vergraulen, bevor es richtig anfing. Bevor es zu schön wurde.

Bevor sie wieder verlassen werden konnte.

Sie wusste, dass sie seit dem Tod ihrer Eltern unter extremen Verlustängsten litt, auch wenn sie es niemals zugegeben hätte. Nur Miss Eliza gegenüber hatte sie einmal in einem sehr intimen Gespräch gestanden, dass sie sich vor zu viel Nähe fürchtete. Beim Gedanken an die Gute überkamen Trish gleich wieder Schuldgefühle, weil sie sie viel zu lange nicht besucht hatte.

«Alles okay?», fragte Annie.

«Klar, wieso nicht?»

«Na, weil der Mais nun wirklich genug abgetropft sein sollte.» Annie deutete auf das Sieb in Trishs Hand, in dem sich der Inhalt von gleich zwei Dosen befand. Denn natürlich gehörten die gelben Körner in ihr Chili, nicht nur, weil sie aus der mexikanischen Küche nicht wegzudenken waren, sondern auch, weil Trish nur zu gern damit kochte. Außerdem war sie mit Mais aufgewachsen, so wie auch ihre Schwestern und ein Großteil der Einwohner von Lake Paradise. Ihr Städtchen lebte ja quasi vom Mais! Hier in der Gegend gab es nicht nur unendlich viele Maisfelder, sondern auch etliche Fabriken, in denen das Getreide abgefüllt oder zu Maistortillas, Sirup, Popcorn und anderen Produkten verarbeitet wurde. Viele Einwohner arbeiteten in irgendeiner Art und Weise für die Highmores und ihr Maisimperium. Aber schon Trishs Eltern hatten nichts mit dem Mais zu tun gehabt, außer dass er hin und wieder auf ihren Tellern gelandet war. Trishs Mutter war Lehrerin an der Grundschule gewesen, und ihr Vater hatte den Buchladen geführt. Sie waren beide sehr belesen gewesen, und es tat Trish immer wieder leid, dass sie selbst nie diese Leidenschaft für Bücher entwickelt hatte. Nicht wie Annie, die ein Buch nach dem anderen verschlang, oder wie Lexi, die eine richtige Leseratte war und ihrem Grandpa Murphy oft aus den Klassikern vorlas.

Beim Gedanken an Murphy fiel ihr erneut Miss Eliza ein, die ja im selben Seniorenheim wohnte. Tja, die Gute wollte wohl heute nicht mehr aus ihren Gedanken verschwinden, und deshalb sagte Trish jetzt zu ihrer Schwester: «Ich glaube, wenn das Chili fertig ist, fahre ich noch mal eben Miss Eliza besuchen.»

«Oh. Okay. Wann kommen denn Halle und Rupert nachher?»

«Ich habe ihnen gesagt, dass es um sieben Uhr Dinner gibt, ich denke also nicht, dass sie vor halb sieben hier sein werden. Bis dahin bin ich längst zurück.»

«Okay», sagte Annie erneut. «Dann kann ich ja nachher noch ein bisschen lesen.»

Trish strich ihrer Schwester liebevoll über den Kopf. «Mom und Dad wären stolz auf dich.»

Annie lächelte und schob die Zwiebeln vom Brett in den großen Topf – sie hatte Tränen in den Augen, und Trish wusste nicht, ob allein die Zwiebeln schuld daran waren.

Zwei Stunden später klopfte Trish an die nur angelehnte Zimmertür von Miss Eliza. Da keine Antwort kam, öffnete sie sie. Die alte Dame saß in ihrem Sessel am Fenster, den Blick nach draußen gerichtet, die Hände im Schoß gefaltet. Sie schien sie überhaupt nicht zu bemerken.

«Hallo, Miss Eliza», sagte Trish und trat ein. «Ich bin es,

Trish Price. Ich bin hier, um ein bisschen Zeit mit Ihnen zu verbringen.» Sie ließ die Tür einen Spalt auf und ging zu der Frau hinüber. Dann zog sie sich den einzigen Stuhl heran, der in einer Ecke des Zimmers stand, und setzte sich zu ihr.

Und nun nahm auch Miss Eliza ihre Gegenwart wahr. Sie lächelte sie an, sagte jedoch nichts.

Miss Eliza ... Diese beeindruckende Dame, die früher so klug und unendlich weise gewesen war und sich immer gern unterhalten hatte – sie war jetzt nur noch ein Schatten ihrer selbst.

Als einzige Lake-Paradise-Bewohnerin – neben den Highmores – wurde sie nicht schlicht beim Vornamen angesprochen und geduzt. Ihr voller Name lautete Eliza Cole. Woher sie kam, wusste Trish nicht. Es hieß, eines Tages sei sie einfach in Lake Paradise aufgetaucht und habe das pompöse Haus am Stadtplatz bezogen. Ganz allein. Damals musste sie in ihren Vierzigern gewesen sein. Aber ob sie jemals einen Ehemann oder Kinder gehabt hatte, vermochte Trish nicht zu sagen. Trotz ihrer intensiven Gespräche. Nicht einmal die drei Tratschtanten wussten, warum Miss Eliza eine *Miss* war, wie es schien. Und nun konnte Trish die alte Dame nicht mehr danach fragen. Es würde alles ein großes Rätsel bleiben.

Miss Eliza hatte keine Bilder in ihrem Zimmer hängen, im Gegensatz zu den anderen Bewohnern wie zum Beispiel Lexis Grandpa, dessen Wände und Kommoden etliche Fotos der Familie schmückten. Doch wenn Trish genauer darüber nachdachte, waren ihr bei den etlichen Malen, die sie Miss Eliza in ihrem Haus besucht hatte, bevor es in ein Museum umgewandelt worden war, auch dort keine Fotos aufgefallen. Nun, vielleicht hatte die Frau einfach keine Familie. Vielleicht war sie tatsächlich so einsam, wie sie auf Trish oft wirkte. Arme Miss Eliza.

Trish nahm sich fest vor, sie von nun an öfter besuchen zu gehen. Denn die Jüngste war sie auch nicht mehr, und wer wusste schon, wie lange Trish noch die Gelegenheit dazu haben würde.

Sie betrachtete die alte Frau mit den vielen Falten im Gesicht und stellte sich vor, wie sie wohl ausgesehen hatte, als sie jung gewesen war. Ob ihre weißen Locken wohl einmal pechschwarz gewesen waren? Ob ihre olivfarbene Haut glatt und schön gewesen war? Trish konnte sie sich in jungen Jahren gut als eine Billie Holiday oder eine Nina Simone vorstellen. Eine Diva, eine Frau von Welt. Was sie nach Lake Paradise verschlagen hatte und wie sie sich das große Haus hatte leisten können, darüber konnte man nur fabulieren. Und selbstverständlich gab es die wildesten Gerüchte dazu. Sie sei Erbin eines berühmt-berüchtigten Clans, wurde spekuliert, sie habe in der Lotterie mehrere Millionen gewonnen oder sei die heimliche Geliebte des verstorbenen Alfred Highmore gewesen. Eine Legende war verrückter als die andere, und Trish wusste nicht, ob jemals die Wahrheit ans Licht kommen würde. Oder ob Miss Eliza das Geheimnis um ihre Person mit ins Grab nahm.

«Wie geht es Ihnen denn?», fragte Trish die alte Dame nun.

«Mir geht es wunderbar», antwortete sie, den Blick wieder aus dem Fenster gerichtet.

«Ja?» Das freute Trish natürlich.

«Ja, mein Kind. Und wie geht es dir?»

«Mir geht es auch gut, danke der Nachfrage.»

Jetzt wandte Miss Eliza sich ihr endlich aufmerksamer zu. «Hast du mir schon mein Kleid fertig genäht?»

Trish war verwirrt. «Welches Kleid meinen Sie?»

«Na, das für meinen Abschlussball. Es ist ein wenig zu locker, weil ich so abgenommen habe.»

«Ach, *das* Kleid. Ja, das wird bald fertig sein.» Trish ging darauf ein, weil es ja eh keinen Unterschied machte. In einer halben Stunde würde Miss Eliza bereits vergessen haben, worüber sie gesprochen hatten.

«Das ist gut. Ich freue mich nämlich schon auf den Ball.»

«Ja. Und Sie werden wunderschön aussehen in Ihrem Kleid.»

«Das glaube ich auch.» Miss Eliza kicherte wie ein kleines Mädchen.

«Welche Farbe hat es denn?», erkundigte sich Trish.

«Na, meine Lieblingsfarbe natürlich.»

«Und welche ist das?»

«Korallenrot», sagte Miss Eliza und sah wieder hinaus auf den See.

12

Als Trish eine Stunde später ihren Wagen in der Einfahrt vom Haus parkte, musste sie noch immer an Miss Eliza denken. Sie fragte sich, ob die Frau wirklich vor vielen Jahren in einem korallenroten Kleid auf ihrem Abschlussball gewesen war und wer wohl ihr Begleiter gewesen war an diesem besonderen Tag. Zu gerne hätte Trish Fotos von damals gesehen, aber sie bezweifelte, dass es welche gab. Dennoch hatte sie sich, nachdem sie sich von Miss Eliza verabschiedet hatte, bei einer der Pflegerinnen erkundigt. Mit Cynthia hatte sie sich schon öfter über die alte Dame unterhalten, und von ihr wusste sie auch, dass Miss Eliza nur sehr selten Besuch bekam und dann auch nur von einigen der Damen aus dem Ort. Verwandte kamen nie, weshalb Trish ja annahm, dass es überhaupt keine mehr gab.

Cynthia hatte den Kopf geschüttelt. «Zumindest in ihrem Zimmer bin ich noch nie auf irgendwelche Fotos gestoßen. Was natürlich nicht heißt, dass keine existieren.»

«Hmmm ... denkst du, dass eventuell welche in ihrem Haus gefunden wurden, als man es in ein Museum verwandelt hat?»

«Da solltest du dich mal an Bürgermeister Doyle wenden oder auch an Edda.»

Natürlich könnte die Museumsleiterin mehr wissen, Trish hielt das jedoch nicht für realistisch, denn sonst hätte Edda bestimmt schon jemandem davon erzählt, allen voran Lexi, die ja bis vor einem Jahr selbst noch dort mitgearbeitet hatte.

«Ja, vielleicht mache ich das», erwiderte Trish geistesabwesend. Dann verabschiedete sie sich und fuhr nach Hause, um die Woche bei einem gemeinsamen Abendessen mit ihrer Familie ausklingen zu lassen.

Sie wollte gerade die Haustür aufschließen, da kamen auch schon Halle und Rupert angeschlendert. Hand in Hand, was noch immer ein seltsamer Anblick für Trish war. Denn sie hatte Tante Halle vorher noch nie so innig mit irgendeinem Mann gesehen, und Rupert war, bevor er sich in Halle verliebt hatte, der wohl größte Miesepeter von ganz Lake Paradise gewesen. Nie hatte man ihn mal fröhlich erlebt, sondern immer nur grummelig, und gelächelt hatte der Gute auch so gut wie nie – bis Halle daherkam und seine Welt vollkommen auf den Kopf stellte.

Trish fand es süß, wie die beiden miteinander umgingen. Sie spazierte auf sie zu und hüllte Halle in eine warme Umarmung. Rupert zu umarmen, wäre zu viel des Guten gewesen, ihm schüttelte sie lediglich die Hand.

«Schön, dass ihr es einrichten konntet», sagte sie.

«Danke für die Einladung», entgegnete Halle, die einen Jeansrock und eine lilafarbene Bluse trug.

Auch Rupert bedankte sich. Er hatte sich, passend zu Halles Outfit, für eine Bluejeans und ein dunkellila Hemd entschieden. «Was gibt es denn zu essen?», erkundigte er sich und sah ein wenig besorgt aus. Da er wusste, dass Trish kein Fleisch servieren würde, befürchtete er wohl, dass heute Tofuschnitzel und Grünkohlsalat auf den Tisch kamen.

«Ich habe zusammen mit Annie mein berühmtes Chili sin Carne gemacht.»

«Oh, ich liebe dein Chili», sagte Halle. Sie sah zu Rupert auf und lächelte ihm zuversichtlich zu. «Es ist wirklich lecker und wird dir sicher schmecken.»

«Na gut, wenn du das sagst», meinte Rupert.

Als Trish die Tür aufschloss, kam ihnen Annie sofort entgegen. Auch sie drückte Tante Halle fest, und dann tat sie das Gleiche bei Rupert, der ein wenig verdutzt wirkte.

«Kommt rein», sagte sie strahlend und begann sogleich zu erzählen, dass sie beim Kochen geholfen hatte. Und dass Becky doch beim Abendessen dabei sein würde. «Courtney hat Fieber, und ihre Mutter sagt, Becky darf nicht vorbeikommen.»

«Oh. Na gut», sagte Trish. «Wir haben ja mehr als genug gekocht, es sollte also locker für eine weitere Person reichen.» Insgeheim freute sie sich, dass Becky nun doch mitessen würde. Sie saßen so selten alle zusammen am Tisch und verbrachten Zeit miteinander. Irgendeiner war immer beschäftigt, meistens war es Halle, die in der Pizzeria stehen musste, oder Becky, die mit Freunden verabredet war. Und manchmal war es auch Trish selbst, die ein Date hatte. Für eine Millisekunde huschte Simon durch ihre Gedanken, doch sie verscheuchte ihn schnell wieder. Er hatte hier nichts zu suchen – und es hätte ihm sicher auch nicht gefallen, denn im Chili waren ja keine Kartoffeln drin.

Halle und Rupert setzten sich an den Esstisch, während Trish den Topf mit dem Chili aufwärmte. Annie hatte bereits fertig gedeckt und schenkte jetzt allen Wasser ein und den Erwachsenen dazu noch ein Glas Rotwein. Dann schickte Trish ihre kleine Schwester los, um Becky zu holen, die nur wenig später dazustieß – mit rot gefärbten Haaren.

Trish staunte nicht schlecht. «Wann hast du dir die Haare gefärbt?», fragte sie verwirrt.

«Heute Nachmittag.»

«Aber der Friseursalon hat doch heute zu.»

«Ich hab's zu Hause gemacht. Mit so einer Farbe aus der Drogerie.»

«Oh. Das habe ich ja gar nicht mitbekommen. Und du hattest auch gar nicht erwähnt, dass du sie dir färben wolltest.» Trish fühlte sich tatsächlich ein bisschen übergangen.

«Oh, Trish, mach bitte kein Drama draus. Ist doch nur eine neue Haarfarbe und kein Zungenpiercing.»

«Also, ich finde, sie steht dir sehr gut», sagte Halle, wohl um eine lange Diskussion zu vermeiden. Und damit hatte sie ja auch vollkommen recht, das war kein Thema für eine fröhliche Runde mit Gästen. Dennoch hatte Trish ein mulmiges Gefühl. Nicht weil ihre Schwester, für die sie ja verantwortlich war, sich eine neue Haarfarbe zugelegt hatte, sondern weil Becky das vorher ihr gegenüber mit keinem Wort erwähnt hatte. Natürlich musste sie das nicht tun, es waren schließlich ihre eigenen Haare, und Becky war beinahe volljährig. Trotzdem war sie früher mit solchen Anliegen immer zuallererst zu ihr gekommen. Es fühlte sich einfach komisch an. Und wer wusste denn, womit ihre Schwester sonst noch nicht mehr zu ihr kam?

«Ja, mir gefällt es auch», sagte Annie.

Dann sahen alle erwartungsvoll Trish an.

Und deshalb lächelte sie nun und antwortete: «Ja, ich find's auch ziemlich cool.»

Becky nickte zufrieden.

Das Chili war heute besonders gut gelungen, und es schmeckte sogar Rupert. Der Abend verlief wirklich nett. Wobei sie alle es vermieden, Rupert auf seine Ex anzusprechen, die sich ja mit Howie verlobt hatte. Stattdessen sprachen sie über Lexis Schwangerschaft, über Aarons Umzug nach Lake Paradise und über Buddys heutiges Gedicht, das von der Rathausuhr handelte, die endlich richtig eingestellt wurde und nun nicht mehr drei Minuten nachging.

Beim Nachtisch erzählte Trish außerdem von ihrem Besuch bei Miss Eliza.

«Wie geht es ihr denn?», erkundigte sich Halle, während sie sich einen Berg Sahne auf ihr Schokoladeneis sprühte.

«Na ja, ganz gut so weit, glaube ich. Sie war wie immer ziemlich abwesend und hat die meiste Zeit aus dem Fenster gestarrt. Aber gesundheitlich geht es ihr wohl einigermaßen gut.»

«Hat sie dich erkannt?», wollte Annie wissen.

«Nein, das denke ich nicht.» Sie erzählte den anderen nicht von dem korallenroten Ballkleid, weil sie das Gefühl hatte, es war etwas zwischen Miss Eliza und ihr. Ein Geheimnis, das die alte Dame ihr anvertraut hatte.

«Voll schade, dass sie keine Erinnerung mehr hat», fand Annie.

«Eines Tages geht es uns doch allen so», meinte Becky, und es klang überraschend düster.

Trish sah sie stirnrunzelnd an. Was war denn heute mit ihr

los? War irgendetwas im Leben ihrer Schwester passiert, das sie verpasst hatte?

Später, wenn Halle und Rupert sich verabschiedet hatten, würde Trish zu ihr gehen und sie fragen, ob alles in Ordnung war. Fürs Erste wollte sie ihre Bedenken aber ruhen lassen und einfach nur ihr Eis genießen. Sie hatte sich eine Mischung aus Schokolade und Erdbeere aufgefüllt und das Ganze mit ein wenig Sprühsahne, eingelegten Kirschen und Schokosplittern dekoriert. Allein dieses Dessert hatte wahrscheinlich um die tausend Kalorien, zum Glück war Trish jemand, der sich um ihr Gewicht keine Gedanken machen musste. Genau wie Becky und Annie hatte sie einen guten Stoffwechsel. Den mussten sie von ihrem Dad geerbt haben, denn ihre Mom hatte sich immer beklagt, wenn sie wieder einmal ein paar Pfunde zu viel auf die Waage brachte. Auch Halle war ein wenig rundlicher, was sie aber nicht zu stören schien. Und Rupert offensichtlich ebenso wenig.

Wieder konnte Trish die beiden nur anlächeln. Sie freute sich wirklich für ihre Tante, dass sie ihr Glück gefunden hatte. Halle war eben ein sehr wichtiger Mensch in ihrem Leben und auch in dem ihrer Schwestern. Doch dann fragte ausgerechnet Halle nach Beckys Collegeplänen.

Verdammt! Das Thema hatte sie doch noch hinauszögern wollen – aber jetzt war es dafür wohl zu spät.

Becky wirkte ein wenig nervös, zumindest kam es Trish so vor, denn ihre Schwester vermied es, in ihre Richtung zu sehen. Aber plötzlich erstrahlten ihre Augen, und sie sagte zu Halle: «Ich würde wirklich gerne auf die Northwestern gehen.»

Trish fiel die Kinnlade herunter. Es war das erste Mal, dass sie davon hörte.

«Die Northwestern, wie schön», sagte Halle und klang dabei ganz nostalgisch. «Das hätte deiner Mom sicher gefallen.»

Jeder im Raum wusste, dass ihre Mutter ebenfalls auf der Northwestern gewesen war, wo sie Lehramt studiert hatte. Doch deren Eltern konnten das Ganze mit Leichtigkeit finanzieren, während Trish sich das niemals würde leisten können.

«Ist aber 'ne Privatuni», informierte Rupert sie, als wüsste sie es noch nicht.

«Und ist die Northwestern nicht in Illinois?», fragte Annie schockiert.

«Ja, genau», sagte Becky.

«Du willst also weggehen? Mich allein lassen?» Annie war nun ganz blass im Gesicht.

«Du wirst nicht allein sein. Trish ist doch noch da.»

«Trotzdem!», erwiderte Annie patzig. Und Trish verstand, warum. Die arme Kleine hatte schon in sehr jungen Jahren ihre Eltern verloren, und dass Becky jetzt so weit wegziehen wollte – auch wenn es erst mal nur für vier Jahre wäre –, musste sich für Annie so anfühlen, als würde sie noch einen geliebten Menschen verlieren.

Trish räusperte sich. «Ich glaube nicht, dass wir uns das leisten können, Becky. Privatunis kosten eine riesige Stange Geld, das kannst du dir gar nicht vorstellen.»

Becky zuckte nur mit den Schultern. «Ich versuche, ein Stipendium zu bekommen oder einen Studienkredit.»

«Das ist nicht so einfach, wie du glaubst.»

«Heißt das, *du* glaubst nicht daran, dass ich es schaffen werde?»

Die Stimmung war jetzt völlig im Keller, Rupert rutschte unbehaglich auf seinem Stuhl herum, und Annie war den

Tränen nahe. Trish wollte einen Streit vermeiden, aber sie ahnte, dass er unumgänglich war.

«Ich verstehe nur nicht, wieso du mir noch überhaupt nichts davon erzählt hast, dass du auf die Northwestern gehen willst», sagte sie so ruhig wie möglich.

«Muss ich dir alles erzählen?», fragte Becky scharf.

«Nun ja, so wichtige Sachen schon, würde ich sagen.»

«Bitte beruhigt euch doch», meinte Halle. «Wir finden bestimmt eine Lösung für alles. Noch hat Becky sich ja nicht mal beworben, oder?»

Becky schüttelte den Kopf.

«Na, seht ihr. Wir wissen also noch gar nicht, ob es wirklich klappt. Aber selbst wenn du angenommen wirst, Becky, dann werden Trish und ich alles tun, um dir deinen großen Traum zu erfüllen.»

Ach ja? Bis eben gerade hatte Trish noch nicht einmal gewusst, dass Becky von der Northwestern träumte. Und ihr wurde das Ganze langsam auch zu dumm. Mussten sie wirklich vor Halle und Rupert darüber reden, statt das einfach mal ganz in Ruhe zu tun? Gut darüber nachzudenken? Eine Pro- und eine Kontraliste zu erstellen? Alle Hindernisse abzuwägen? Über die Finanzen zu sprechen? Alternativen in Betracht zu ziehen? Aber Becky schien ganz verzaubert zu sein von den Worten ihrer Tante.

«Ehrlich?», fragte sie und strahlte schon wieder.

«Ja, natürlich.» Halle nickte. «Wir wollen doch nur dein Bestes. Und seit dem … Unglück damals fühle ich mich für euch verantwortlich. Ich werde also alles tun, was in meiner Macht steht, um dir zu helfen. Wie auch immer es kommt.»

Nun mischte sich auch Rupert ein. «Hey, Trish, du könntest doch Aaron um ein Darlehen bitten», schlug er vor. «Er hat ganz schön was von seinem Grandpa geerbt.»

Trish funkelte Rupert böse an. «Ich werde ganz bestimmt nicht den Freund meiner besten Freundin fragen, ob er mir hunderttausend Dollar leiht!»

«Das musst du gar nicht», sagte Halle versöhnlich. «Wir bekommen es auch so hin. Versprochen!»

Becky fiel ihrer Tante um den Hals. «Danke, Halle!»

Plötzlich sprang Annie auf und lief aus dem Raum, sie hatte ganz offensichtlich genug. Dann hörten sie eine Tür knallen.

Trish sah Becky genervt an. *Na, vielen Dank,* dachte sie, *die Woche hätte nicht schlimmer enden können.*

13

«Sieht es nicht toll aus?», fragte Delores und sah hinüber zum frisch restaurierten Kirchendach, das vom *Paradise Café* aus hinter dem Stadtplatz aufragte.

«Ja, ganz fantastisch», stimmte Sadie zu, bevor sie einen Schluck Früchtetee nahm.

«Ich kann es noch immer kaum fassen, dass wir das Vincent Highmore zu verdanken haben. Wer hätte das vor einem Jahr gedacht?», sagte Murielle und biss von ihrem Plunderstück ab.

Andächtig betrachteten die drei Tratschtanten das neue Dach der Kirche, deren Fassade zudem frisch angestrichen war – passend zu den Bänken am Stadtplatz in einem strahlenden Weiß. Dann wanderte ihr Blick weiter zum Rathaus, das sich nur ein Stückchen weiter links befand.

«Hm … Ich weiß nicht, ob ich mich daran gewöhnen kann, dass die Uhr jetzt richtig geht», meinte Murielle.

Sadie nickte. «Ja, du hast recht. Das Ding hat so viele Jahre lang die falsche Zeit angezeigt, dass es schon ein bisschen merkwürdig sein wird.»

«Aber dafür haben wir jetzt den schönsten Stadtplatz weit und breit», sagte Delores und lächelte glücklich.

«In Swan City haben sie einen neuen Pavillon aufgestellt», erzählte Sadie, die dort vor Kurzem eine Freundin besucht hatte. «Und den haben sie mit Blumen verziert, er sieht toll aus!»

«Tatsächlich?» Murielle überlegte. «Das darf Bürgermeister Doyle nicht erfahren, sonst beruft er gleich die nächste Spendenaktion ein. Und so gern ich immer bereit bin, einen gemeinnützigen Flohmarktstand zu betreuen oder etwas für einen Kuchenverkauf zu backen, habe ich doch keine Lust, schon wieder um den See zu laufen.»

Das hatten sie für die neuen Bänke am Lake Paradise getan, es war etwa zwei Jahre her. Die alten waren wirklich nicht mehr schön gewesen, und der Bürgermeister hatte ein paar Sponsoren gefunden, die für jede zehnte gelaufene Runde eine neue Bank finanzierten. Das Ganze war sogar vom Lokalfernsehen übertragen worden! Murielle hatte dabei aber gerade mal zwei Runden geschafft, und das auch nur mit Mühe und Not – und natürlich im gemütlichen Laufschritt. Doch sie hatte sich geschworen, bei solch einer Aktion nicht noch einmal dabei zu sein. Das machten ihre Beine einfach nicht mehr mit und ihre Hüften auch nicht. Sie ging immerhin auf die siebzig zu!

«Nein, nein, das könnte ich auch nicht. Schon beim letzten Mal musste ich passen, wegen meiner Knie», erinnerte sie Delores.

«Na, wir werden sehen», sagte Sadie. «Vielleicht kommt Doyle ja erst mal gar nicht dahinter. Und wenn doch, dann können wir immer noch alle gegen einen Pavillon stimmen. Dazu gibt es schließlich die Stadtversammlungen.»

«Ich fände das eigentlich ganz nett.» Nolan war zu ihnen

getreten, und bei seinen Worten hatten sich alle drei im Einklang zu ihm umgedreht. Er sah ebenfalls hinaus auf den Stadtplatz. «So ein hübscher kleiner Pavillon in der Mitte hätte doch was, oder? Man könnte sich bei Regen hineinsetzen oder sich an warmen Tagen vor der Sonne schützen. Es könnten auch Vermählungen darin stattfinden.»

«Oooh! Ja, das wäre wirklich schön», sagte Sadie, die dabei direkt an ihre Nichte Savannah dachte. Diese war frisch geschieden, und Sadie wünschte sich, dass sie sich eines Tages noch einmal vor den Altar trauen würde. Zusammen mit ihrem neuen Partner Dylan, der wirklich ein Schatz war und Savannah auf Händen trug.

«Hast du denn vor zu heiraten, Nolan?», erkundigte sich Murielle neugierig.

Verträumt sah er weiterhin zu dem imaginären Pavillon. «Eines Tages vielleicht.»

Murielle hoffte, dass es so kommen würde. Wenn Jamie erst von Ricarda geschieden war, könnten Nolan und er die erste homosexuelle Hochzeit in Lake Paradise feiern.

Delores betrachtete Murielle und war froh, dass sie wieder die Alte zu sein schien. Ein paar Tage lang war sie ja ein wenig neben der Spur gewesen, doch das war offensichtlich vorbei.

Lexi betrat das Café und grüßte die morgendliche Runde.

«Guten Morgen, Lexi!», riefen alle vier ihr entgegen.

Die junge Frau bestellte bei Rhonda einen Tee und einen Bagel und trat zu den Tratschtanten, während sie auf ihr Frühstück wartete.

«Wie geht es euch denn so?», erkundigte sie sich.

«Oh, uns geht es bestens», antwortete Murielle. «Viel wichtiger ist aber: Wie geht es dir?»

Lexi lächelte breit. «Mir geht es super, danke der Nachfrage.»

«Dürfen wir denn auch fragen, wann es so weit ist?» Sadie begutachtete Lexis Bauch und versuchte einzuschätzen, im wievielten Monat sie wohl sein mochte.

«Stichtag ist der 23. Januar.»

«Oooh! Das ist ja perfekt!», rief Delores freudig aus. «Dann können wir dir alle zu Weihnachten ein paar süße Babysachen schenken. Ich stricke einen Pullover! Welche Farbe darf es sein? Wisst ihr schon, ob es ein Junge oder ein Mädchen wird?»

Lexi musste über die aufgeregte Delores schmunzeln. «Nein, das wissen wir leider noch nicht. Ich sag dir aber sofort Bescheid, sobald es feststeht, okay?»

«Oh ja, bitte.»

«Und wann zieht Aaron nun hierher?», erkundigte sich Murielle.

«In zwei Wochen schon. Er muss nur noch ein paar Dinge in New York klären und ein Projekt beenden, dann kommt er her zu uns und wird auch erst mal bleiben.» Sie streichelte sich sanft über ihr Bäuchlein.

«Wie wundervoll!», meinte Delores.

«Ach, das freut mich wirklich für dich», sagte Murielle.

«Mich auch!», ergänzte Sadie schnell. «Du … und sag mal, stimmt es, was in der *Gazette* steht? Aaron will das Haus seines Grandpas renovieren?»

«Ja, das stimmt.»

«Wollt ihr dann dort einziehen?», wagte sich Sadie weiter vor.

«Das ist der Plan, ja. Ich kann aber noch nicht sagen, wann, da es sehr aufwendig sein wird, alles von Grund auf zu renovieren. Aaron möchte auch ein bisschen was umbauen, ein paar Wände einreißen und so weiter. Bis dahin bleiben wir erst mal in meinem Häuschen wohnen.»

Murielle trank einen Schluck Cappuccino und wollte dann wissen: «Und wenn ihr irgendwann ausgezogen seid …? Was passiert dann mit deinem Häuschen?»

«Das weiß ich noch nicht», antwortete Lexi und ließ Murielle damit ein wenig unbefriedigt zurück. Denn diese hatte eigentlich herausfinden wollen, ob Lexis Schwester Helena vorhatte, mit ihren Kindern in das alte Haus der Großeltern einzuziehen, sobald Lexi draußen war. Was wiederum bedeuten würde, dass Helena sich tatsächlich von ihrem Mann trennen und langfristig zurück nach Lake Paradise kehren würde.

Sadie verstand natürlich das Ansinnen ihrer Freundin und ging darauf ein. «Wie lange bleibt Helena eigentlich noch in der Stadt?»

«Nun, auch das weiß ich nicht», erwiderte Lexi. «Fragt sie doch am besten selbst.»

Keine der drei glaubte Lexi, dass sie nicht im Bilde war über Helenas Pläne. Immerhin war Helena nicht nur ihre Schwester, sondern auch ihre beste Freundin – neben Trish natürlich. Die beiden Schwestern waren schon immer ein Herz und eine Seele gewesen, da dürfte Helena ja wohl am allerehesten Lexi über ihre Pläne informieren.

«Na gut, das mache ich», sagte Sadie und gab sich geschlagen. Dann würden sie halt Helena selbst fragen müssen. Die Gelegenheit würden sie sicher noch bekommen.

Rhonda kam mit Lexis Bestellung, und Lexi nahm den Bagel und den Tee entgegen und bedankte sich. «Dann will ich mich mal aufmachen», sagte sie in die Runde. «Einen schönen Tag wünsche ich euch allen.»

«Danke, den wünschen wir dir auch», erwiderte Nolan, der bei dem Ganzen nur still zugehört und in sich hineingelächelt hatte.

Natürlich wusste er bereits mehr. Denn bei einem gemeinsamen Abendessen neulich mit den Schwestern war er schon auf den neuesten Stand gebracht worden. Helena hatte tatsächlich die Scheidung eingereicht, nachdem ihr Mann seine Seitensprünge gestanden hatte, und sie hatte die Kinder bereits an der Grundschule in Kansas City abgemeldet. Nach den Sommerferien würden sie in Lake Paradise zur Schule gehen, Helena würde sich hier einen Job suchen, und die drei würden ein neues Leben beginnen.

Wenn Nolan so darüber nachdachte, wurde ihm ganz schwummrig. Seit drei Jahren lebte er nun schon in diesem Städtchen, und noch nie hatte es eine Scheidung gegeben. Doch nun hatten sich allein in den letzten zwei Monaten drei Ehepaare permanent getrennt – und ihm war wohl bewusst, dass er an einer der Scheidungen nicht ganz unschuldig war. Dennoch war er froh darüber, weil er nun endlich auch glücklich sein durfte. So glücklich wie lange nicht mehr.

«Bringst du mir noch einen Cappuccino, Nolan?», bat Murielle ihn.

Und nun fielen Delores doch die Augenringe im Gesicht ihrer Freundin auf. Oh, sie hoffte nur, dass es Murielle gut ging und dass sie sich mit Problemen an Sadie und sie wenden würde. Schließlich waren sie Freundinnen, und zwar schon solange Murielle denken konnte. Sie waren füreinander da – in jeder nur erdenklichen Situation.

14

«Bis später, meine Süße», sagte Wyatt und ließ sich ganz fest von seiner Kleinen drücken.

«Bye-bye, Daddy», erwiderte Abigail. Sie gab ihm noch einen dicken Schmatzer auf die Wange und fragte: «Kommst du mich heute abholen oder Granny?»

«Tut mir leid, Süße, aber heute schaffe ich es nicht. Ich muss bis abends arbeiten, und danach treffe ich meine Freunde. Es ist doch Montag.»

Abigail nickte, obwohl sie die Reihenfolge der Wochentage noch nicht wirklich kannte. Doch sie wusste, dass ihr Daddy sich einmal in der Woche mit seinen besten Freunden Eric und Jamie traf und Darts spielte.

«Ist schon okay», sagte sie. «Dann können Granny und ich weiter in unseren Malbüchern malen.»

Wyatt lächelte, weil er wusste, wie gern seine Tochter in letzter Zeit malte. Er dachte an all die bereits ausgefüllten Malbücher, die sich bei ihnen zu Hause und auch bei seiner Mutter stapelten. Und er bewunderte Murielle, dass sie noch immer Lust hatte, da mitzumachen. Ihm wäre wohl ziemlich langweilig dabei geworden, jeden Tag aufs Neue die Buntstifte in die Hand zu nehmen und Elsa und Anna aus *Frozen* oder Skye, Rocky und Zuma aus *PAW Patrol* auszumalen. Aber zum Glück verlangte Abigail das auch gar nicht von ihm, denn es schien so eine Sache zwischen Grandma und Enkelin zu sein, und er war froh darüber.

Natürlich verbrachte Wyatt gern Zeit mit seiner Kleinen, dann brachte er ihr aber lieber bei, wie man sich um das Gemüse im Garten kümmerte, oder er ging schwimmen oder fuhr Fahrrad mit ihr. Er war mehr der Outdoor-Dad, auch wenn er sich selbstverständlich hin und wieder einen Film mit Abigail ansah oder ihr ein Buch vorlas. Das Basteln, Malen und Puppenspielen übernahm dankenswerterweise seine Mom.

Ob Abigails Mutter das mit ihr gemacht hätte, wenn sie bei ihnen geblieben wäre? Aber sie war ja nie Teil im Leben ihrer Tochter gewesen, dachte Wyatt und seufzte innerlich.

Vor etwa zwei Jahren hatte er Hannah ausfindig gemacht. Als Polizist boten sich ihm da natürlich mehr Möglichkeiten als anderen Menschen, und es hatte gar nicht lange gedauert, bis er in San Diego, Kalifornien, auf ihre Spur gestoßen war. Wegen einiger leichterer Vergehen – unbezahlte Strafzettel und betrunkenes Fahren – waren ihre Daten ganz leicht im System zu finden gewesen. Und auch wenn Wyatt sich eine ganze Zeit lang gesträubt hatte, sie aufzuspüren, war er doch erleichtert gewesen, dass sie am Leben war. Sie aufsuchen, mit ihr reden oder sie gar wieder in sein und Abigails Leben lassen wollte er aber nicht. Auf keinen Fall! Aber nun konnte er das Thema abhaken, Hannah selbst hatte es so gewollt, und er und seine Kleine kamen sehr gut ohne sie zurecht.

Wyatt sah Abigail jetzt dabei zu, wie sie zu ihren Freundinnen lief und ihnen die neuen Haarspangen zeigte, die ihre

Grandma ihr gestern in der Drogerie gekauft hatte. Er blieb einen Moment stehen und winkte ihr dann zu, als sie sich noch einmal zu ihm umdrehte.

«Bye-bye, mein Engel», flüsterte er und ging.

Sobald er auf dem Revier eingetroffen war, wurde er von Officer Tom in Kenntnis gesetzt, dass Hunter Edison gerade angerufen hatte. Es hatte wohl einen Diebstahl bei ihm auf dem Grundstück gegeben, und Tom fragte, ob er das übernehmen sollte oder ob Wyatt selbst hinfahren wollte.

«Ich mach das schon», sagte er und setzte sich bereits zwei Minuten später in das Dienstfahrzeug, das er nur selten benutzte. Meist war ein Polizeiwagen nicht nötig, da man in Lake Paradise überall gut zu Fuß hinkam. Und wenn Wyatt doch mal zum See rausmusste, nahm er meist das Fahrrad. Doch Hunter Edisons Maisfarm befand sich ein ganzes Stück außerhalb, und deshalb musste nun das alte Dienstauto herhalten, das der frühere Sheriff Morgan schon dreißig Jahre benutzt hatte und dessen Sirene nicht einmal mehr funktionierte. Aber eine Sirene würde Wyatt ganz sicher nicht brauchen. Denn was konnte bei Hunter schon passiert sein? Wahrscheinlich war ihm nur eine Axt oder so abhandengekommen, und er machte jetzt seinen Nachbarn dafür verantwortlich. Wyatt kannte diese Geschichten nur zu gut.

Als er eine Viertelstunde später auf der Farm eintraf, kam Hunter ihm allerdings überraschend aufgebracht entgegen.

«Gut, dass du da bist, Wyatt!», rief er ihm zu.

«Was ist denn los, Hunter?», erkundigte sich Wyatt, als er ausstieg.

«Sie sind alle weg!», informierte ihn der Farmer in beinahe

hysterischem Tonfall. Hunter Edison war Mitte zwanzig, groß und stämmig, mit einer auffallend knubbeligen Nase im Gesicht. Er war nicht verheiratet und lebte ganz allein auf der Farm, die er, wie Wyatt wusste, nach dem Tod seines Vaters vor ein paar Jahren übernommen hatte.

«Wer oder was ist weg?» Er blickte sich um und entdeckte neben dem Hof zu allen Seiten nur Felder voller Mais, der schon bald erntereif sein würde.

«Meine Hühner!»

«Deine Hühner?» Wyatt runzelte die Stirn.

«Ja! Alle weg! Rachel und Monica und Phoebe und all die anderen! Weg!»

Wyatt musste sich ein Schmunzeln verkneifen. Hunter hatte seinen Hühnern Frauennamen gegeben? Darunter auch noch die der Figuren aus der Serie *Friends*, wie es aussah.

«Wie konnte das passieren?», fragte er nach.

«Na, sie wurden geklaut!», rief Hunter. «Jemand hat sie mir gestohlen!»

«Bist du dir sicher? Vielleicht sind sie ja nur ausgebüxt.»

«Sie waren in ihrem Gehege, da konnten sie nicht einfach ausbüxen.»

«Hast du vielleicht aus Versehen das Gatter aufgelassen?»

Hunter starrte ihn empört an. «Das würde ich niemals! Nein! Irgendjemand ist gekommen und hat sie gestohlen. Oh Gott, hoffentlich will er sie nicht alle töten und auf den Grill schmeißen, um die Beweise zu vernichten.»

«Hunter, nun versuch dich mal zu beruhigen, ja?»

«Aber wie denn? Wenn meine Süßen weg sind? Und wenn jemand vorhat, sie zu killen?»

Wyatt dachte an das Barbecue, das Hunter im Frühsommer veranstaltet hatte. Dabei hatte er sehr wohl auch Hühnchen serviert.

«Aber landen sie bei dir nicht ebenfalls auf dem Teller?»

«Ja, irgendwann», gab Hunter zerknirscht zu. «Aber erst wenn sie schon älter sind. Rachel Nummer 2 ist aber noch ganz jung, sie ist erst vor zwei Monaten geschlüpft!»

«*Rachel Nummer 2*? Äh ... Und was ist mit Rachel Nummer 1 passiert?»

«Na, die habe ich doch bei meinem Barbecue mit einer Chili-Senf-Marinade zubereitet», sagte Hunter, und Wyatt wurde ein wenig übel.

«Na gut», sagte er, «ich werde mich mal umhören, okay? Und wenn es sich wirklich um Diebstahl handelt, werden wir den Bösewicht schon finden.»

«Das hoffe ich sehr.»

Wyatt machte sich noch ein paar Notizen. Er fragte Hunter, ob er in letzter Zeit irgendwen auf seiner Farm gesehen hatte oder ob ihm irgendetwas Ungewöhnliches aufgefallen war, doch als dieser alle Fragen verneinte, stieg Wyatt schließlich wieder in seinen Wagen und fuhr los.

Er kurvte ein wenig in der Gegend herum, befragte ein paar Farmer auf den angrenzenden Höfen und kehrte eine Stunde später ergebnislos zurück ins Zentrum, wo er eine Lunchpause einlegte.

Er war froh, dass er sich ein Käsesandwich eingepackt hatte, denn eins mit Hühnerbrust hätte er wohl heute nicht runterbekommen.

Am Nachmittag ging Wyatt seine übliche Runde. Er winkte Nolan zu, der vor seinem Café stand und sich mit Ella Green unterhielt. Dann schlenderte er weiter über den Platz, an der Grünfläche vorbei und auch an Delores und George, die Rast auf einer Bank machten. Er grüßte sie und erkundigte sich, ob auch keine sexy Unterwäsche mehr auf Shane Doyles Wäscheleine zu sehen war.

«Nein, zum Glück nicht. Er hängt sie jetzt wohl drinnen auf», sagte Delores.

«Danke, dass du dich darum gekümmert hast», meinte George.

«Ach, kein Problem. Wofür bin ich denn sonst da?»

Er hob die Hand zum Abschied und spazierte weiter, hinüber zu Buddy, der vor Ruperts Supermarkt herumlungerte und irgendetwas in sein Notizbuch schrieb.

«Hallo, Buddy», grüßte er ihn.

«Hallo, Wyatt.»

«Was gibt es denn hier zu entdecken?» Er hielt Ausschau nach etwas Spannendem, das wichtig genug war, um eventuell das Thema von Buddys morgigem Gedicht zu werden.

«Rupert hat vergessen, in einen der Eimer Wasser nachzufüllen, und nun sind die Blumen alle eingegangen.»

«Oh.» Sein Blick wanderte zu den welkenden Rosen, die Rupert gerade entsorgte. «Das ist natürlich schade.»

«Oh ja», sagte Buddy und schrieb eifrig weiter.

Da fiel Wyatt ein, dass er das heutige Gedicht noch gar nicht gelesen hatte, und er fragte Buddy, ob er noch eins übrig hatte. Dieser fischte einen gelben Zettel aus seiner hinteren Hosentasche und reichte ihn ihm.

«Danke, Buddy.»

Wyatt las, während er weiterging. Und er musste direkt

lachen, weil Buddys Themen manchmal einfach zu komisch waren.

Da drückt der Schuh
Lässt mir keine Ruh
Der kleine Zeh
Tut höllisch weh
Hätte Mutter die richtige Größe genommen
Hätte ich keine Blase bekommen

Wyatt steckte das Gedicht nun in seine Hosentasche, da er es nicht einfach in den nächsten Papierkorb werfen wollte, und er beschloss, kurz bei seiner eigenen Mutter vorbeizuschauen. Sie musste Abigail inzwischen vom Kindergarten abgeholt haben, und er wollte den beiden kurz Hallo sagen.

Abigail öffnete die Tür und rief: «Daddy!»

Da erschien auch Murielle. «Oh, wie nett, dass du vorbeischaust.»

«Ich wollte nur mal sehen, ob alles in Ordnung ist. Und dich dran erinnern, dass ich heute meinen Dartsabend habe.»

«Aber das weiß ich doch», sagte seine Mom. «Ich wünsch dir viel Spaß, und lass dir ruhig Zeit. Ich bringe Abigail nach dem Abendessen rüber zu euch und bleibe da, bis du kommst.» So hielten sie es meistens an den Montagabenden, weil es bei ihm schon mal zehn Uhr wurde und Abigail da längst im Bett sein musste.

«Ich denke nicht, dass es allzu spät wird, aber falls doch, rufe ich an und sage Bescheid.»

«Alles klar. Dann bis später.»

«Ja, bis später. Und euch auch noch viel Spaß. Was macht ihr denn Schönes?»

«Wir malen!», verkündete Abigail strahlend.

Na, was auch sonst?, dachte Wyatt. Er gab seiner Kleinen einen Kuss und ging zurück in Richtung Stadtplatz. Dabei traf er auf Ava Garland, die vor ihrem Haus stand und sich am Geländer festhielt. Ihr Papagei saß ihr auf der Schulter.

«Geht es dir gut, Ava?», fragte er die bereits Neunundsiebzigjährige, die einst eine echte Hollywoodschauspielerin gewesen war. Sie war in Lake Paradise aufgewachsen, es hatte sie aber schon in jungen Jahren nach Kalifornien verschlagen, wo sie einige große Filme gedreht hatte und sogar für den Oscar nominiert gewesen war. Doch vor neun Jahren war sie zurück in ihre Heimat gekehrt, um hier zusammen mit ihrem Papagei Sinatra ihren Lebensabend zu genießen.

«Ach, Wyatt, ich bin nur ein wenig schwach heute», sagte sie.

Er trat zu ihr. «Dann solltest du besser wieder reingehen und dich ausruhen.»

«Ja, das sollte ich wohl, es ist einfach zu heiß. Aber ich muss doch noch ein paar Dinge erledigen … Was mache ich nur?», überlegte sie laut.

«Was musst du denn erledigen? Vielleicht kann ich behilflich sein?»

«Ich muss noch in die Apotheke, mir mein Medikament abholen. Und eigentlich wollte ich mit Sinatra in den Tiersalon gehen. Ihm müssen dringend die Krallen geschnitten werden, er hat sich gestern schon in meinem Sofakissen verhakt.»

Das ließ Wyatt aufhorchen.

«Ich bringe ihn gerne zu Trish in den Salon», bot er an, obwohl er keine Ahnung hatte, ob der Vogel bei ihm genauso friedlich auf der Schulter sitzen würde wie bei Ava.

«Oh nein, das möchte ich dir nicht zumuten. Ich rufe einfach eben Trish an und verschiebe den Termin. Wenn du aber kurz für mich zur Apotheke gehen würdest, wäre ich dir sehr dankbar.»

«Ich mache das wirklich gern. Beides, meine ich. Sag mir nur, was ich wegen Sinatra beachten muss.»

«Wirklich, Wyatt? Hast du nicht genug anderes zu tun?»

«Nein, gar nicht. Es ist ehrlich keine große Sache.»

«Na gut, wenn du es schon vorschlägst, dann nehme ich dein Angebot gerne an.»

Sie ließ Wyatt wissen, worauf er achten musste, und gab ihm eine Hirsestange für Sinatra, ein wenig Geld und den Abholschein für die Apotheke mit. Dann spazierte er mitsamt dem grünen Vogel rüber zum Tiersalon – und hatte dabei ein sehr, sehr breites Lächeln im Gesicht.

15

«Und sie will wirklich auf die Northwestern gehen?», fragte Lexi, während sie das Badewasser rausließ. Gemeinsam mit Trish hatte sie den Hund von Ella Green gesäubert, nachdem dieser sich im Schlamm gewälzt hatte.

«Ja, ausgerechnet!», erwiderte Trish, die schon wieder hinterm Anmeldetresen stand.

«Und sie hatte es davor mit keinem Wort erwähnt?»

«Nein. Deshalb bin ich ja so aufgebracht.»

«Das verstehe ich auch. Aber, Trish … darf ich dich was fragen? Warum wühlt dich das so auf? Ich meine, es war doch abzusehen, dass Becky aufs College gehen will, oder? Und ich weiß, dass du ihr das auch gönnst.»

«Ja, natürlich tue ich das. Aber erstens frage ich mich, wie ich mir eine Uni wie die Northwestern leisten soll, und zweitens …» Sie ließ sich auf den Stuhl sacken und seufzte. «Es hat mich verletzt, dass sie damit einfach so beim Essen herausgeplatzt ist und dass ich davon im selben Moment erfahren habe wie Rupert.»

«Ja, auch das kann ich verstehen. Hast du denn später noch mal mit ihr darüber geredet?» Lexi kam zu ihr.

«Nein. Weil wir beide total angespannt waren und ich

nicht streiten wollte. Ich dachte mir, es ist wahrscheinlich besser, wenn wir uns erst mal beruhigen.»

«Das war sicher eine gute Entscheidung. Rede heute Abend mit ihr. Und lass sie erst mal erzählen, warum sie auf die Northwestern will, bevor du etwas dagegen sagst.»

«Ich will doch gar nichts dagegen sagen. Außer dass … Ach, ich weiß auch nicht.» Sie seufzte erneut. «Wer ist unser nächster Kunde?»

Lexi trat nun auch hinter den Tresen und sah in den Laptop. «Das ist Ava mit Sinatra.»

«Ah ja, richtig. Ein paar Minuten haben wir noch.» Sie stand auf. «Ich geh mir noch mal schnell einen Pfefferminztee holen, bevor sie kommen. Vielleicht beruhigt mich das ein bisschen. Möchtest du auch irgendwas?»

«Du darfst mir gerne einen Pfirsichtee mitbringen.»

«Wird gemacht», sagte Trish, nahm sich ihr Portemonnaie aus der Handtasche und verließ den Salon.

Als sie fünf Minuten später mit zwei Bechern Tee in den Händen und einer Tüte voll Muffins unter den Arm geklemmt zurückkam, traf sie vor dem Salon auf Wyatt, der Sinatra auf der Schulter trug.

«Huch, Wyatt! Wieso bringst du denn Avas Papagei heute zu uns?», fragte sie überrascht, während er ihr die Tür aufhielt.

Er lächelte sie an. «Ava konnte leider nicht, und da hab ich mich angeboten.»

«Das ist aber lieb von dir.» Sie stellte die Becher und die Tüte auf dem Tresen ab und rief Lexi zu: «Sieh mal, wer heute Sinatra dabeihat.»

Lexi wirkte genauso überrascht, fing dann aber an, breit zu grinsen. «Wie nett. Ist mit Ava alles in Ordnung?»

«Ja, ja, die Hitze macht ihr nur ein wenig zu schaffen», erklärte Wyatt.

«Aaah. Und da hast du angeboten, Sinatra zu bringen?»

«Genau.»

Lexi trat näher. «So wie du neulich schon angeboten hast, den Chihuahua von Rita vorbeizubringen, als sie einen verstauchten Fuß hatte?»

Trish fing einen vielsagenden Blick von Lexi auf.

«Man tut, was man kann», sagte Wyatt.

«Ja, es ist gut, dich zu kennen, Wyatt. Du bist ein wirklich fürsorglicher Mann.» Lexi wandte sich an Trish. «Er hat mir auch angeboten, schwere Sachen für mich zu tragen.»

«Wirklich aufmerksam», sagte Trish und starrte ihre Freundin eindringlich an, in der Hoffnung, sie würde diese Andeutungen endlich sein lassen. Schnell fügte sie deshalb hinzu: «Also, dann wollen wir uns mal um denjenigen kümmern, der ja heute eigentlich im Mittelpunkt steht, oder? Hallo, Sinatra, wie geht es dir?»

«*Wie geht es dir? Wie geht es dir?*», wiederholte der Papagei.

Lexi lachte. «Kannst du auch Pfirsichtee sagen?»

Leider sagte der Vogel daraufhin überhaupt nichts mehr.

Da fiel Trish etwas ein. «Oh, der Pfirsichtee war übrigens aus», informierte sie Lexi. «Ich habe einen Orangentee genommen, ich hoffe, das war okay?»

«Ja klar, den mag ich auch.»

Sie begannen, alles vorzubereiten, und Trish war froh, dass Wyatt die Hirsestange dabeihatte, mit der Sinatra sich auch in der Vergangenheit immer gut hatte beruhigen lassen.

Während Lexi sie dem Vogel hinhielt, kürzte Trish ihm vorsichtig die Krallen. Sie merkte, wie Wyatt sie dabei aufmerksam beobachtete, ließ sich aber nicht aus der Ruhe bringen.

Als sie fertig war, lobte sie das Tier. «Das hast du gut gemacht, Sinatra.»

«*Gut gemacht, gut gemacht*», wiederholte er und wollte gar nicht wieder aufhören. «*Gut gemacht, gut gemacht.*»

Sie mussten alle lachen, und die Stimmung wurde lockerer.

«Wie geht es denn Abigail?», erkundigte sich Trish.

«Ihr geht es bestens, danke. Sie freut sich wie irre auf ihre Einschulung in zwei Wochen», erzählte Wyatt.

«Sie wird schon eingeschult?» Trish machte große Augen.

«Nun ja, in die Vorschule. Aber Schule ist Schule, zumindest in Abigails Augen.»

«Ja, das kann ich mir denken. Ist ja auch ein großes Ereignis.» Sie betrachtete Wyatt und achtete darauf, ob er sie irgendwie anders ansah als sonst. Anders als Lexi. Doch sie konnte nur erkennen, dass er wie immer besonders freundlich war, so wie er allen Leuten begegnete. Und dass er lächelte, wie er es eigentlich fast immer tat.

«Also, ich muss dann mal weiter. Sinatra zurückbringen und mich um unser kriminelles Städtchen kümmern», sagte Wyatt und lachte.

«Kriminell?», fragte Lexi. «Sind wieder irgendwem zehn Cent abhandengekommen?»

«Nein, aber Hunter seine Hühner. Allesamt. Er ist felsenfest davon überzeugt, dass jemand sie gestohlen hat.»

«Tatsächlich?» Trish runzelte die Stirn. «Wer würde ihm denn seine Hühner klauen wollen und warum?»

«Das gilt es herauszufinden. Falls ihr also irgendetwas hört ...»

«Dann melden wir uns sofort bei dir», versprach Lexi.

«Danke euch.» Wyatt ließ Sinatra wieder auf seiner Schulter Platz nehmen und reichte Trish das Geld, das Ava ihm offensichtlich mitgegeben hatte. Dann sagte er noch: «Ich komme bald mal wieder mit Abigails Meerschweinchen vorbei.»

«Aber wir haben ihm doch erst vor zwei Wochen die Krallen geschnitten», erinnerte sie ihn.

«Ach, ehrlich? Es kam mir schon viel länger vor. Na, dann macht's mal gut.»

Als Wyatt den Salon verlassen hatte, warf Lexi ihr einen Blick zu, der keiner Worte mehr bedurfte.

«Was?», fragte Trish.

Ihre Freundin zuckte die Achseln. «Nichts.»

Trish rollte mit den Augen und sammelte die Nägel ein, die sie Sinatra abgeknipst hatte. Und dabei fragte sie sich, was sie nur von der ganzen Sache mit Wyatt halten sollte – und warum sie überhaupt so viele Gedanken daran verschwendete.

Nachdem sie am Abend den Salon abgeschlossen hatte, ging Trish noch kurz in den Supermarkt, um ein paar Sachen einzukaufen, da der Kühlschrank ziemlich leer war. Sie packte auch Beckys Lieblingsschokokekse in den Korb und Annies Lieblingsfrühstücksflocken. Dann streichelte sie beim Rausgehen noch Flax, der neben der Tür am Eingang lag.

Obwohl sie neuerdings meistens bei Rupert einkaufen ging, da er ja nun quasi zur Familie gehörte, hatte sie ihm heute doch aus dem Weg gehen wollen und war stattdessen zu Howie gegangen. Irgendwie steckte ihr der gestrige Abend immer noch in den Knochen.

Zu Hause packte sie die Einkäufe aus und entdeckte einen Zettel an der Kühlschranktür. Er war von Annie, und sie teilte ihr mit, dass sie bei Emily war und dort auch zu Abend essen würde. Das war gut. So wäre Trish allein mit Becky. Sie nahm jedenfalls an, dass Becky da war, weil die Haustür nicht abgeschlossen war. Allerdings schlossen sie und ihre Schwestern auch nicht unbedingt immer ab – dies war immerhin Lake Paradise!

Ihr Handy piepte und zeigte eine Nachricht von Simon. Er fragte, wann sie sich wieder treffen wollten. Doch weil Trish sich der Sache mit Simon gar nicht mehr so sicher war, vertröstete sie ihn fürs Erste und schrieb zurück, dass sie einige familiäre Dinge zu klären hätte. Was ja auch der Wahrheit entsprach. Dann schnappte sie sich die Schokokekse und ging den Flur entlang bis zum Ende, wo sich das Zimmer ihrer Schwester befand.

«Becky?», fragte sie und klopfte vorsichtig an.

«Ja?»

Trish öffnete die Tür und trat ein.

«Hey! Die hier hab ich dir mitgebracht.» Sie hielt Becky die Schachtel mit den Keksen hin, und ihre Schwester, die auf ihrem Bett lag und an ihrem Handy spielte, nahm sie entgegen.

«Danke.»

«Wie geht es dir?», erkundigte sie sich.

Becky zuckte mit den Schultern und legte ihr Smartphone beiseite. «Geht so.»

Trish setzte sich zu ihr aufs Bett. «Tut mir leid, dass das gestern Abend so blöd gelaufen ist.»

«Ach ja?»

«Ja. Ich wollte mich wirklich nicht so arschig verhalten, besonders nicht vor Halle und Rupert.»

«Und wieso hast du es dann getan?», fragte Becky und setzte sich auf.

In dem Moment begab Beckys Hamster Mr. Snuggles sich in sein Laufrad und fing an, um sein Leben zu rennen. Trish beobachtete ihn dabei, während sie versuchte, die richtigen Worte zu finden.

«Weil du mich ganz schön überrumpelt hast mit der Neuigkeit, dass du auf die Northwestern gehen willst», sagte sie dann so behutsam wie möglich, da sie wirklich nicht schon wieder streiten wollte.

«Was ist denn daran eigentlich so schlimm?», fragte Becky.

«Nichts. Nichts ist schlimm daran. Aber wie ich dir gestern schon sagte, ist es eine Privatuni, und das wird ganz sicher nicht leicht zu wuppen sein.»

«Und ich hab dir gesagt, dass ich das schon irgendwie allein regeln werde. Außerdem hat Halle gesagt, dass sie mir helfen will.»

«Und das ist echt cool von ihr. Trotzdem wird das eine finanzielle Herausforderung, und ich möchte einfach nicht, dass du dir schon in deinem Alter einen Kredit aufbürdest.»

«Ich will aber unbedingt auf die Northwestern», sagte Becky jetzt fast weinerlich.

Trish seufzte. «Warum?»

Plötzlich hatte ihre Schwester Tränen in den Augen. «Weil Mom dort war. Weil ich glaube, dass sie es so gewollt hätte. Und weil ich … Weil ich mich ihr dort bestimmt wieder ein bisschen näher fühlen würde.»

«Ach, Süße, komm mal her.» Sie zog Becky an sich und hielt sie fest in den Armen. «Das verstehe ich.»

«Sie fehlt mir einfach so sehr, und ich habe das Gefühl, dass sie langsam verschwindet. Aus meiner Erinnerung, meine ich.»

«Oh nein, Becky. Das tut mir so leid.» Sachte schaukelte Trish ihre kleine Schwester hin und her. «Mir geht es manchmal genauso. Ich habe das Gefühl, ihren Geruch oder ihre Stimme zu vergessen ... oder ihr Lachen. Aber dann sehe ich mir eins der alten Videos an – und sie ist wieder da.»

«Können wir das zusammen machen? Videos ansehen?», fragte Becky. «Ich kann das irgendwie nicht allein. Es tut zu sehr weh.»

«Aber natürlich. Heute Abend, wenn du möchtest. Wir können uns Grilled Cheese Sandwiches machen und zusammen Videos angucken. Annie bleibt noch eine Weile bei Emily.»

«Okay.» Becky suchte nach einem Taschentuch und schnäuzte sich die Nase. «Danke, Trish.»

«Alles gut. Ich habe da aber noch eine Bitte, Becky. Schließ mich aus so wichtigen Überlegungen nicht aus, ja? Ich bin für dich da. Ich möchte immer, dass es dir gut geht, und ich werde mein Bestes tun, damit du alles erreichst, was du dir im Leben wünschst.» Das hatte sie sich gleich nach dem Tod ihrer Eltern geschworen, als sie die Last der ganzen Welt auf ihre Schultern genommen hatte. Und seitdem sie mit 21 offiziell die Fürsorge für ihre Schwestern übernommen hatte, versuchte sie nur noch mehr, ihrem Job als Familienoberhaupt gerecht zu werden.

«Okay, versprochen.»

Zusammen gingen sie in die Küche, wo sie sich Grilled Cheese Sandwiches machten, genauso, wie ihre Mom sie ihnen früher immer gemacht hatte. Sie nahmen dazu jeweils zwei Scheiben Toast, beschmierten sie von beiden Seiten mit Margarine, legten eine Scheibe Käse dazwischen und brieten das Ganze in der Pfanne goldbraun, bis der Käse in der Mitte schmolz.

Mit ihrem Essen setzten sie sich auf die Couch und schauten sich die Videos auf der Festplatte an, die Trish an den Fernseher angeschlossen hatte. Zuerst sahen sie sich bei einem Thanksgiving-Fest, dann bei einer Schulaufführung, und schließlich kam das Video, das ihr Vater an einem warmen Sommerabend im Garten aufgenommen hatte. Trish war damals zwölf Jahre alt und Becky fünf. Annie war drei und schlummerte friedlich in den Armen ihres Vaters, während ihre Mom ein Lied mit ihnen sang. Es war *Drops of Jupiter* von Train. Und wie Trish und Becky nun aneinandergekuschelt dasaßen, sangen sie es wieder mit, das Lieblingslied ihrer Mom, das so viele Erinnerungen zurückbrachte.

«Ich vermisse sie so», sagte Becky, als der Song vorbei war.

«Ich auch.» Trish küsste ihre Schwester auf die Wange. «Bewirb dich einfach für die Northwestern, ja? Und falls du angenommen wirst, sehen wir weiter.»

«Wirklich?» Becky strahlte sie an.

«Wirklich.»

«Hab dich echt lieb, Trish.»

«Ich hab dich auch sehr lieb.»

Warum konnten nicht alle Tage so harmonisch ausgehen?, dachte Trish und schnappte sich einen von Beckys Schokokeksen.

16

«Und die Hühner wurden ihm wirklich gestohlen?», erkundigte sich Eric am Abend bei Wyatt.

Das Thema hatte selbstverständlich schon die Runde gemacht und auch den Arzt von Lake Paradise erreicht – den einzigen Arzt. Nun, es gab zwar noch einen Tierarzt, Dr. Mitchell, aber Eric Whitmore war der Einzige, der sich um das Wohl der Menschen kümmerte. Und er war seit Schulzeiten einer von Wyatts besten Freunden.

Zusammen mit Jamie, dem anderen guten Freund von Wyatt, saßen sie wie jeden Montagabend in der *Paradise Tavern* und tranken ein Bier. Sie hatten bereits ein paar Runden Darts gespielt, und Eric hatte Wyatt und Jamie haushoch geschlagen. Er schien einen richtigen Lauf zu haben.

Wyatt schüttelte nun den Kopf. «Ach, weißt du, ich glaube ja gar nicht, dass die Hühner geklaut wurden. Vielmehr könnte ich mir vorstellen, dass Hunter vergessen hat, das Gatter zu schließen, und die Viecher einfach abgehauen sind.»

«Wer weiß, wer weiß?», sagte Jamie und lachte. Er war heute mal ohne Nolan unterwegs, da diese Runde traditionellerweise nur aus dem Dreierteam bestand und weil Nolan sich auch nicht unbedingt für Darts interessierte. Er war stattdessen zu Freunden nach Hamilton gefahren, wo er an einem *Desperate-Housewives*-Abend mit einem Käsefondue teilnahm. Und das war nun wiederum eine Sache, bei der Jamie nicht mitmachen wollte. Aber obwohl die beiden Frischverliebten so unterschiedlich waren, harmonierten sie perfekt. Wie hieß es doch so schön: Gegensätze ziehen sich an.

«Na, das Ganze wird sich bestimmt bald aufklären», meinte Wyatt, denn da war er sich ziemlich sicher. In Lake Paradise blieb schließlich nichts lange geheim.

«Wie geht es dir sonst so?», erkundigte sich Eric bei ihm.

«Alles bestens», erwiderte er.

«Ja? Na, das freut mich, Kumpel.» Sein Freund grinste ihn allerdings so schelmisch an, dass Wyatt ahnte, Eric würde die Antwort nicht auf sich beruhen lassen. Tatsächlich sah er so aus, als führe er wieder mal etwas im Schilde.

«Was willst du mich fragen, Eric?»

«Okay, du kennst mich gut. Also, meine Cousine Alicia, du weißt schon, die in Lincoln wohnt –»

«Ich will nicht mit deiner Cousine ausgehen», unterbrach er ihn, da er keine Lust auf Erics Verkupplungsversuche hatte. Das hatte sein Freund ihm schon viel zu oft angetan, und es war nie gut ausgegangen.

«Nein, nein, du sollst auch gar nicht mit Alicia ausgehen. Sie ist glücklich liiert.»

«Was hast du dann im Sinn?», fragte Wyatt, bereits ein wenig genervt.

«Okay, hör zu! Alicia hat da eine Freundin, für die sie einen netten Mann sucht, einen anständigen. Sie hat mich gefragt, ob ich da jemanden kenne, und da bist du mir sofort eingefallen, mein Lieber.»

«Das ehrt mich sehr, Eric, aber nein danke, ich habe kein Interesse.»

«Warum denn gleich so abweisend? Ich hab dir ja noch gar nicht von ihr erzählen können, und ihr Foto hast du auch noch nicht gesehen.»

«Du hast ein Foto von ihr dabei?», fragte er ungläubig.

«Na ja, das hat Alicia mir aufs Handy geschickt …»

«Himmel, Eric!» Er trank einen großen Schluck Bier. «Ich bleibe dabei: Ich habe kein Interesse.»

«Aber warum denn nicht? Du bist schon ewig ohne Frau und solltest so langsam wirklich mal …»

«Geh du doch mit ihr aus!», schlug er vor.

«Ich? Ich date doch Sandy. Schon seit zwei Monaten.»

«Na, dann …» Er sah zu Jamie, der abwehrend die Hände in die Luft riss.

«Ich bin schwul», erinnerte er ihn.

Wyatt sah sich weiter um. «Keine Ahnung, frag Zac.» Er deutete zu dem Automechaniker, der an der Theke saß. «Oder Buddy oder wen auch immer.»

Eric lachte. «Na, da würde sich Alicia aber freuen.»

Wyatt seufzte. «Nun hilf mir doch mal, Jamie», bat er seinen anderen Freund.

«Sorry, aber ich bin da voll auf Erics Seite. Ich finde auch, dass du dir endlich mal eine Frau suchen solltest. Du bist schon viel zu lange allein.»

«Ich bin nicht allein. Ich habe Abigail.»

«Das zählt nicht.»

Eric nickte. «Überhaupt nicht!» Er holte sein Handy aus der Tasche. «Das ist doch albern, Wyatt. Warum sträubst du dich so gegen ein Treffen mit einer netten jungen Frau? Und hübsch ist sie noch dazu. Hier!» Er hielt ihm sein Handy hin, das eine schlanke Blondine zeigte.

«Ich stehe nicht auf Blond», ließ er Eric wissen.

«Okay. Dann suche ich dir jemand anderes.»

«Ich will auch niemand anderes.»

«Warum?», fragten Eric und Jamie im Einklang.

«Weil es da schon eine gibt, die ich mag», sagte er lauter als beabsichtigt und bemerkte, wie die Männer vom Nachbartisch zu ihm rüberstarrten. Es waren Farmer aus der Gegend, niemand, der seine Worte weitertratschen würde, aber dennoch ...

«Ach ja?», fragte Eric neugierig.

«Wer ist es?» Auch Jamie war ganz Ohr.

«Ach, niemand.»

«Aber gerade hast du doch noch gesagt –»

«Das kannst du nicht tun!», rief Eric. «Uns erst heißmachen und dann nicht mit der Sprache rausrücken.»

«Ich muss euch nicht alles erzählen, Jungs.»

«Wir erzählen dir doch auch immer alles», erwiderte Jamie. Aber er war sofort still, als Wyatt ihn mit einem stechenden Blick ansah, der ihn daran erinnern sollte, dass er ein ganzes Jahr lang seine Affäre mit Nolan geheim gehalten hatte.

«Du willst uns also nicht mal einen kleinen Hinweis geben?», fragte Eric.

«Nein, will ich nicht.»

«Nicht mal einen klitzekleinen?»

«Oh Mann, du kannst echt nerven, Eric. Okay, okay, ein kleiner Hinweis: Sie lebt in Lake Paradise.»

«Na toll. Das grenzt das Ganze ja super ein. Es leben immerhin nur an die tausendfünfhundert Frauen in Lake Paradise.»

«Drei Viertel davon können wir aber ausschließen, weil sie verheiratet sind», ergänzte Jamie, «und weil wir wissen, wie ehrenhaft unser Wyatt ist. Er würde sich nicht in eine Frau verlieben, die schon vergeben ist.»

Ja, schön wär's, dachte er. Denn Trish war ja quasi ununterbrochen vergeben, weil sie ständig mit irgendwelchen Typen ausging.

«Und von den übrigen», fuhr Jamie fort, «also den alleinstehenden, sind mindestens die Hälfte über fünfzig.»

«Da hast du recht», sagte Eric. Dann sah er Wyatt fest an. «Dir ist klar, dass ich meine Augen und Ohren ab jetzt ganz weit aufhalten werde?»

«Mach ruhig.»

«Und ich werde mal Nolan fragen», sagte Jamie. «Der bekommt doch so gut wie alles mit, was in unserem Städtchen vor sich geht.»

«Tut euch keinen Zwang an.» Wyatt erhob sich von seinem Stuhl. «Können wir jetzt bitte aufhören mit diesem Thema und noch eine Runde Darts spielen?»

«Na gut.» Eric stand ebenfalls auf. «Aber wenn du wieder verlierst, musst du mir noch einen Hinweis geben.»

«Von mir aus.» Wyatt zuckte mit den Schultern und nahm einen Pfeil in die Hand. Selbst wenn er das tun musste, würde er Eric halt sagen, dass es sich bei seiner Angebeteten um keine Blondine handelte. Und beim nächsten Mal würde er sagen, dass sie über einen Meter fünfzig groß war. Oder dass sie eine Nase hatte. Viel mehr würden seine Kumpel aber nicht aus ihm herausbekommen. Denn bevor er Trish selbst nicht mal gestanden hatte, was er für sie empfand, würde er bestimmt niemand anderen in seine Gefühle für sie einweihen.

Froh war er dann aber doch, dass es endlich raus war. Dass seine Freunde jetzt wussten, es gab da eine Frau, die er mochte. Und er hoffte sehr, sie würden ihn nun endlich mit ihren Verkupplungsversuchen in Ruhe lassen. Er wollte doch eh keine andere – weil es für ihn nur die eine gab.

Trish, die ihn heute wieder so engelsgleich angelächelt hatte.

Trish, die er auf Händen tragen wollte.

Trish, der er an jedem Tag ihres Lebens Blumen oder Schokolade oder einfach nur seine Liebe schenken wollte.

Trish, der sein Herz doch längst gehörte.

Trish. Oh, Trish.

17

«Was denkt ihr, wo die Hühner hin sind?», fragte Sadie am Mittwochmorgen im Café. Hunters Hühner waren nun schon seit Tagen Gesprächsthema, und es war merkwürdig, dass niemand Genaueres wusste, denn immerhin waren sie hier in Lake Paradise, wo nichts lange versteckt blieb.

«Ich denke, an Wyatts Theorie könnte etwas dran sein», meinte Murielle. «Wahrscheinlich hat Hunter nur das Gatter aufgelassen.»

«Ja, das ist möglich», sagte Delores.

«Oder …», warf Sadie ein.

«Was?», fragte Murielle.

«Oder es waren irgendwelche Aktivisten. Das hört man doch immer wieder. Dass diese Leute Tiere befreien, damit sie nicht gequält oder geschlachtet werden.»

«Aber Hunter quält doch seine Hühner nicht!», erwiderte Delores. «Soweit ich weiß, geht er sehr gut mit seinen Tieren um.»

«Ja, aber im Ofen landen sie am Ende trotzdem, oder etwa nicht?»

Murielle nickte. «Oder auf dem Grill. Sein Barbecue-Chicken war wirklich außergewöhnlich gut, erinnert ihr euch?»

In der Tat, das taten Sadie und Delores. Sie waren ebenfalls auf dem Fest gewesen und hatten von dem gegrillten Huhn gegessen.

«Ach, das kann ich mir aber alles nicht vorstellen», meinte Murielle dann. «Bei uns gibt es doch weit und breit keine Aktivisten. Da wäre es sogar wahrscheinlicher, dass jemand die Hühner wirklich gestohlen hat.»

«Aber haben wir denn Diebe in Lake Paradise?», fragte Sadie.

«Wer weiß das schon? Vielleicht hat Hunter jemanden verärgert, und der wollte sich an ihm rächen.»

«Oh, ich hoffe wirklich, das Ganze klärt sich bald auf», sagte Delores und trank einen Schluck von ihrem Smoothie. Sie hatte eine Fastenkur begonnen und nahm nur noch flüssige Nahrung zu sich. Zumindest tat sie das seit Montag, aber weder Murielle noch Sadie glaubten, dass sie es lange durchhielt.

«Was gibt es denn sonst Neues?», erkundigte sich Sadie nun.

«Am Freitag findet die große Eröffnung des Nagelstudios statt», verkündete Murielle. «Es gibt Häppchen und Sekt, und Lindsay verlost Gutscheine, hat sie mir erzählt. Seid ihr mit dabei?»

«Um wie viel Uhr findet das Ganze denn statt?», fragte Delores. Denn freitags um fünf lief immer eine alte Folge *Kojak*, die sie sich zusammen mit George ansah.

«Den ganzen Tag über, soviel ich weiß. Ich muss ja auch erst noch in der Bibliothek aushelfen und werde wohl am frühen Nachmittag hingehen.»

«Na gut, dann komme ich auch am frühen Nachmittag

vorbei. Wenn George nach dem Lunch seinen Mittagsschlaf macht.»

«Machst du nicht sonst auch immer einen?», fragte Murielle.

«Den lass ich dann halt mal ausfallen», erklärte Delores. Dann wandte sie sich an Sadie. «Was ist mit dir, kommst du auch?»

«Ja, ich werde einfach vorbeischauen, wenn bei mir in der Eisdiele gerade nichts los ist.»

«Ist das denn bei diesem Wetter überhaupt mal der Fall?», fragte Murielle. «Warum suchst du dir nicht endlich eine Aushilfe? Das würde dich ein wenig entlasten, und du könntest auch mal tagsüber irgendwohin.» Sie hätte Sadie gerne mal mit auf einen Spaziergang an den See genommen oder mit zu ihrer Lieblingsboutique nach Hamilton, aber leider war das ja nicht möglich, weil ihre Freundin immer arbeitete. Den ganzen Tag lang. Es war fast, als wäre sie mit dem *Ice Cream Paradise* verheiratet! So würde die Gute auch bestimmt keinen Mann mehr finden, dachte Murielle. Dabei wünschte sie sich doch für Sadie, dass diese sich endlich wieder verliebte. Ihr Ehemann Bill war bereits 2007 gestorben, und auch zu Lebzeiten war er alles andere als ein Heiliger gewesen. Er hatte Sadie nicht sehr gut behandelt, nein, er hatte sie betrogen und belogen. Und sie hatte es mehr als verdient, auf ihre alten Tage noch einen anständigen Mann zu finden und mit ihm glücklich zu werden.

«Ach, ich weiß nicht …», entgegnete Sadie. «Hin und wieder denke ich ja darüber nach, aber wen sollte ich denn einstellen? Mehr als zehn Dollar die Stunde kann ich nicht zahlen, und soviel ich weiß, liegt das sogar noch unter dem Mindestlohn.»

«Vielleicht haben Becky oder Annie ja Interesse», schlug Delores vor, weil ihr gleich die beiden jüngeren Schwestern von Trish einfielen. Sie waren immer so hilfsbereit und hatten ihr schon mehr als einmal die Einkaufstüten nach Hause getragen.

Murielle horchte bei den Namen auf. Weil sie dabei gleich an Wyatt denken musste, der ja ein Auge auf Trish geworfen hatte. Wenn die beiden wirklich zusammenfinden und eines Tages womöglich sogar heiraten würden, wären Becky und Annie seine Schwägerinnen und würden damit auch zur Familie gehören.

Sie schüttelte den Gedanken ab. Zuerst einmal musste Wyatt sich aufraffen und Trish seine Liebe gestehen. Ob er das überhaupt je hinbekommen würde?

«Ich kann sie ja mal fragen», meinte Sadie.

Delores nickte zufrieden und zeigte dann nach draußen. «Oh, seht mal, da ist Wyatt. Er hat wohl gerade Abigail in den Kindergarten gebracht, oder?»

«Ja. Heute beginnt seine Schicht um zehn», bestätigte Murielle.

«Er ist so ein guter Junge», sagte Delores. «Dass er Ava kürzlich geholfen und Sinatra in den Tiersalon gebracht hat, finde ich ganz wundervoll.»

«Ja, das finde ich auch», stimmte Sadie zu.

«Hat er das?» Murielle sah überrascht auf. Davon hatte Wyatt ihr ja gar nichts erzählt. Nun, sie konnte sich schon denken, warum. Weil er in Bezug auf Trish keine weisen Ratschläge von seiner Mutter wollte. Sie konnte ihn ja verstehen, und doch würde sie ihn nicht so einfach davonkommen lassen.

«Ich sehe gerade, ich muss los», sagte sie deshalb zu ihren Freundinnen. «Die Bibliothek ruft.»

«Hab einen schönen Tag!», wünschte Delores.

«Ja, mach's gut und vergiss nicht, mir morgen früh das Rezept für die Puddingtaschen mitzubringen», sagte Sadie.

«Ich werde dran denken. Macht es auch gut, ihr beiden.» Sie legte ein paar Scheine für Nolan auf den Tisch und eilte aus dem Café, um Wyatt noch zu erwischen.

«Huhu, so warte doch!», rief sie so laut, dass sich alle, die sich in der Nähe befanden, zu ihr umdrehten. «Ich meine nur Wyatt», stellte sie schnell klar, und da hatte er sie auch schon entdeckt.

«Mom? Ist was passiert?», fragte er und kam auf sie zu.

Sie trafen sich auf der Höhe vom *Animal Paradise.*

«Ja, ja, alles gut», sagte Murielle. «Ich habe nur gehört, dass du Sinatra für Ava in den Tiersalon gebracht hast.»

«Ja, das stimmt.»

«Du hattest gar nichts erwähnt.»

«Ich dachte nicht, dass dich das interessieren würde.»

Murielle sah ihren Sohn mit zusammengezogenen Augenbrauen an. Kannte er sie denn so schlecht? Sie interessierte sich doch für alles! Und ganz besonders für das Liebesleben ihres Sohnes.

Plötzlich parkte ein grüner Käfer neben ihnen am Straßenrand. Ein Mann mit langen Haaren und Brille stieg aus und ging auf den Tiersalon zu. Er hielt einen riesigen Blumenstrauß in der Hand. Rosafarbene Gerbera, Trishs Lieblingsblumen, wie Murielle wusste.

Sie sah zu Wyatt, der den schlaksigen Kerl ebenfalls beobachtete. Dann wanderte ihr Blick schnell wieder zum Salon, aus dem jetzt Trish trat. Beim Anblick der Blumen jauchzte sie freudig auf und warf sich dem Langhaarigen in die Arme, um ihn zu küssen.

18

Trish löste sich von Simon, sah ihm in die Augen und sagte: «Wow!»

Er lachte. Denn damit, dass Trish ihn nach dem Abend neulich, an dem sie eher nicht so harmonisch auseinandergegangen waren, auf diese Weise empfangen würde, hatte er wohl nicht gerechnet.

Trotz der gelungenen Überraschung musste Trish nun an das letzte Treffen denken. Nachdem Simon die arme Gemüselasagne völlig entstellt hatte, hatten sie sich nur noch angeschwiegen. Und während er seine Pommes verdrückte, war Trish der Appetit längst vergangen. Sie bestellte sich schließlich doch noch einen Cocktail mit Alkohol, einfach weil sie den Abend keine Sekunde länger nüchtern ertragen konnte.

Simon war wirklich seltsam, fand sie. Aber dann hatte er sie zum Abschied so lieb angesehen und gesagt, sie solle ihre Schwestern grüßen. Ja, und da hatte sie die Sache doch noch nicht gleich beendet, sondern beschlossen, Simon vielleicht eine weitere Chance zu geben.

Als er nun ganz überraschend vor der Tür des Tiersalons auftauchte, war sie dann doch ziemlich erfreut. Weil er sich etwas einfallen ließ. Und weil er spontan war. Das gefiel ihr.

Sehr sogar. Außerdem hatte er ihre Lieblingsblumen dabei: rosafarbene Gerbera, diese Blumen, die so aussahen wie kleine Sonnen. Dabei hatte sie Simon und seine Blumen zuerst gar nicht bemerkt. Lexi und sie waren heute schon ein wenig früher in den Salon gekommen, um Inventur zu machen, und erst als ihre Freundin laut gelacht und zum Fenster gedeutet hatte, war Trishs Blick nach draußen gewandert, und sie hatte Simon entdeckt. Wie er dastand, ein bisschen schüchtern und doch mit einem großen Lächeln im Gesicht.

Also war sie aus einem Impuls heraus auf die Straße gelaufen und hatte ihn geküsst.

«Simon, was machst du denn hier?», fragte sie jetzt.

«Ich wollte dir deine Lieblingsblumen vorbeibringen.» Er reichte ihr den Strauß.

«Du hast dir gemerkt, welche meine Lieblingsblumen sind?» Sie hielt sich die Gerbera an die Nase und schnupperte daran.

«Ja, natürlich. Ich merke mir alles, was du mir erzählst», sagte er.

Trish war tatsächlich ein wenig verlegen. Vielleicht lag es aber auch einfach daran, dass schon lange kein Mann mehr so aufmerksam gewesen war. Und so lieb.

Doch dann bemerkte sie mit einem Mal Wyatt. Er stand nur wenige Meter von ihnen entfernt und starrte sie an. Sein Blick ging Trish durch Mark und Bein. Kurz sagte er etwas zu seiner Mutter, die bei ihm war, dann eilte er davon. Murielle hingegen blieb wie angewurzelt stehen und folgte ihm nicht.

Trish sah Wyatt nach, und plötzlich fiel es ihr wie Schuppen von den Augen: Lexi hatte die ganze Zeit recht gehabt. Wyatt stand auf sie, hatte Gefühle für sie. Sein Verhalten konnte man gar nicht falsch deuten. Denn dieser Blick, der hatte alles gesagt. Er hatte Verwirrung, Verletzung und Enttäuschung ausgedrückt. Und er hatte bewirkt, dass Trish sich von der einen auf die andere Sekunde schrecklich fühlte.

Dumm stand sie da, wusste nicht, was sie jetzt tun sollte, und winkte aus lauter Verlegenheit schließlich Murielle zu. Die winkte zurück, bevor sie sich selbst davonmachte.

Dann wandte sich Trish an Simon, der ja auch noch da war. «Tja, also … Ich muss jetzt leider weiterarbeiten», sagte sie.

«Oh. Ich hatte gedacht, dass ich dich vielleicht zum Frühstück einladen und unser verkorkstes Date wiedergutmachen kann. Diesmal bestelle ich auch das, was mir schmeckt.» Er grinste.

«Tut mir ehrlich leid, aber ich habe schon gefrühstückt. Trotzdem vielen lieben Dank für die wundervollen Blumen. Ich rufe dich an, und wir machen was aus, ja?»

«Na gut. Dann hab noch einen schönen Tag.»

«Du auch», sagte sie, gab Simon noch einen letzten kleinen Kuss und ging zurück in den Salon.

Lexi empfing sie mit weit aufgerissenen Augen.

«Verdammt, was war das denn bitte gerade?»

Trish starrte auf ihre Blumen. «Das war Simon.»

«Ja, das habe ich mir gedacht. Und er hatte deine Lieblingsblumen dabei.»

«Ja. Lieb, oder?», sagte sie, noch immer ein wenig durcheinander. Und mit den Gedanken bei … Wyatt.

«Das war aber ein kurzer Besuch», erwiderte Lexi statt einer Antwort. «Ich hab gehört, wie er dich zum Frühstück eingeladen hat. Du hättest ruhig gehen können. Die Inventur kann ich auch allein fertig machen, und unser nächster Termin ist erst in einer Stunde. Es müssen nur Buddys Hamster die Krallen gestutzt werden, das bekomme ich ebenfalls ohne dich hin.»

«Ja, ich weiß.» Trish spielte abwesend mit einer der Gerbera. «Ich hab Simon gesagt, ich hätte schon gefrühstückt.»

«Das hast du doch aber gar nicht, na ja, wenn man den Müsliriegel nicht mitzählt …»

Da Annie bei Emily übernachtet und Becky noch geschlafen hatte, war es heute Morgen nicht nötig gewesen, Frühstück zu machen. Trish hatte sich einfach später was bei Nolan holen wollen.

«Ja. Nein. Ach, ich weiß. Ich wollte nur nicht … Hast du eben zufällig Wyatts Gesicht gesehen?», fragte sie ihre Freundin.

«Hm. Meinst du die Art, wie er dich und Simon angestarrt hat, als ihr vor seinen Augen geknutscht habt? Klar, das hab ich gesehen.»

Sie warf Lexi einen missmutigen Blick zu, dann wurde ihr Ausdruck weicher. «Du hattest die ganze Zeit recht, oder?»

«Oh ja. Wyatt ist total verknallt in dich. Und im Übrigen ist es nicht das erste Mal, dass er diesen traurigen Blick draufhatte, wenn er dich mit einem Mann gesehen hat.»

«Mit wem hat er mich denn noch gesehen?», fragte sie, weil sie es ehrlich nicht wusste.

«Na, mit Steven zum Beispiel und mit Ken und dann natürlich mit Zac …»

«Aber er weiß doch gar nicht, dass da etwas lief zwischen Zac und mir!»

«Süße, das sieht doch ein Blinder!»

«Shit!», sagte Trish und stellte sich ans Fenster, um nach

Wyatt Ausschau zu halten. Dann wurde ihr bewusst, wie dumm das Ganze war.

Wieso sollte sie sich bitte schlecht fühlen? Sie und Wyatt hatten nicht die geringste Verbindung! Er hatte ihr auch noch nie signalisiert, dass er Interesse an ihr hatte. Oder auch nur mit einem Wort angedeutet, was er für sie fühlte! Natürlich hatten sie das eine oder andere Mal miteinander herumgealbert, wenn er Abigails Meerschweinchen oder eine von Murielles Katzen vorbeigebracht hatte, und das hätte man vermutlich für Flirten halten können. Aber er hatte nie was gesagt, sie nicht auf ein Date eingeladen oder sonst irgendwas.

«Ach, was mache ich mir eigentlich für unnötige Gedanken?», fragte sie mehr sich selbst als Lexi. «Wenn er wirklich was von mir will, dann soll er mich halt um ein Date bitten. Solange er das nicht macht, kann ich auch nichts für ihn tun. Ich kann doch keine Gedanken lesen!»

Lexi musterte sie. «Warum bist du denn so aufgebracht?»

«Na, weil das doch nicht fair ist! Ich meine, da überrascht Simon mich auf wirklich romantische Weise – und Wyatt macht das einfach kaputt mit seinem … seinem Blick!»

Lexi musste nun schmunzeln.

«Was ist denn jetzt so lustig?»

«Gar nichts. Ich frage mich nur, wieso dich das so aufwühlt, wenn du doch gar nichts von Wyatt willst.»

«Will ich auch nicht, das hab ich dir schon tausendmal gesagt.»

«Ach ja? Und was, wenn er sich wirklich endlich aufraffen würde und dich um ein Date bittet?»

«Dann würde ich ganz bestimmt nicht …» Sie seufzte und

löste endlich ihren Blick vom Fenster. «Ach, verdammt, ich weiß es nicht», gestand sie.

Wann war die Sache mit den Männern denn bitte so kompliziert geworden? Sie hatte doch immer lockere Beziehungen gehabt und sich gut dabei gefühlt, und sie wollte ganz bestimmt niemals etwas mit einem Vater anfangen! Weil Kinder nicht zu lockeren Beziehungen passten. Es sollte schließlich niemand verletzt werden. Das war der Vorteil von unverbindlichen Geschichten, weil man mit jemandem wie Simon einfach Schluss machen konnte, wenn er wieder einmal Pommes bestellte. Und mit jemandem wie Wyatt eben nicht.

Trish schüttelte die kreisenden Gedanken ab. Weil es doch sowieso nichts brachte. Wyatt war nun mal Wyatt, und da würde niemals mehr sein zwischen ihnen. Niemals.

19

Wyatt lief und lief und kannte nicht einmal sein Ziel.

In dem Moment, in dem er Trish mit diesem Typen knutschen gesehen hatte – und das im Beisein seiner Mom, die ja nun leider von seinen Gefühlen wusste –, war bei ihm eine Sicherung durchgebrannt. Am liebsten hätte er den Kerl von Trish weggerissen und ihn für immer aus Lake Paradise verbannt. Diesen Idioten, für den Trish sich diesmal entschieden hatte.

Würde sie sich denn niemals für ihn entscheiden? Und wollte er das überhaupt? Einer von den Typen sein, die eine kurze Weile Teil ihres Lebens sein durften, bevor Trish sie dann doch abservierte?

Warum, verdammt, hatte er sich ausgerechnet in sie verlieben müssen? In eine Frau, die nach nichts Ernsthaftem suchte? Eine Frau, die jeden haben konnte und anscheinend doch niemanden wollte. Jedenfalls ganz bestimmt nicht ihn!

Aber sah sie denn nicht, wie sehr ihn das alles verletzte? Wenn sogar Sadie und seine Mutter und wahrscheinlich der ganze verfluchte Rest der Stadt es sahen?

Als er am See angekommen war, hielt er endlich an und

verschnaufte. Legte die Hände auf die Oberschenkel und versuchte, ruhig durchzuatmen. Doch es wollte ihm nicht gelingen. Er war einfach so aufgebracht. So enttäuscht. Gekränkt. Verärgert. Und traurig.

Er setzte sich auf eine Bank und verfluchte sein blödes Herz. Warum musste es nur so dumme Entscheidungen treffen? Warum konnte es nicht rationaler handeln? Warum war es schon sein Leben lang gegen ihn?

Irgendwann klingelte sein Handy, und er erschrak, als er die Uhrzeit auf dem Display sah. Er hätte schon längst auf dem Revier sein müssen!

Er ging ran. «Ja?»

«Wyatt?»

«Ja, sorry, Peter, ich weiß, dass ich zu spät bin. Es gab hier nur ein kleines Problem, und ich –»

«Dann weißt du schon von Farmer Bobby?», unterbrach ihn sein Kollege.

«Nein. Was ist mit Bobby?»

«Ihm wurden die Hühner geklaut.»

Eine Dreiviertelstunde später traf Wyatt auf dem Grundstück von Bobby Beckett ein, der, wie sollte es auch anders sein, Mais anbaute. Abgesehen davon, hielt er aber auch jede Menge Tiere. Im Gegensatz zu Hunter, der nur ein paar Hühner besaß, gab es auf Bobbys Farm zudem Ziegen, Kaninchen und sogar zwei Kühe.

«Guten Tag, Bobby», sagte Wyatt, als er aus dem Wagen stieg. Er hatte die Bimmelbahn zurück ins Zentrum genommen, die zum Glück gerade am See entlangfuhr, hatte sich in seine Uniform geworfen und war zur Farm gefahren. Er war sogar froh darüber gewesen, dass er Lake Paradise für eine Weile verlassen konnte. Er musste einfach weg von allem.

«Was ist passiert?», fragte er. «Deine Hühner sind nun ebenfalls verschwunden?» Er war sich sicher, dass Bobby bereits von Hunters verloren gegangenen Tieren gehört hatte.

«Ja, so ist es.» Bobby schüttelte betrübt den Kopf. «Sie sind fast alle weg. Jemand hat die Scheune geöffnet.»

«Bist du dir ganz sicher? Dass jemand sie geöffnet hat, meine ich? Könnte es nicht sein, dass du vergessen hast, die Scheunentore zu schließen?»

«Nein!», entgegnete Hunter. «So etwas ist mir in meinem ganzen Leben noch nie passiert.»

Er betrachtete den Farmer, der an die sechzig war und eine braune Latzhose trug, die beinahe dieselbe Farbe hatte wie Wyatts Uniform. Er nickte. «Fehlt denn sonst noch etwas?»

«Ja! Ein paar Kaninchen.»

«Wirklich? Und wie viele?»

«Drei oder vier. Der Rest von ihnen ist noch im Stall.»

«Und wurde vom Kaninchenstall auch die Tür geöffnet? Ähm, das Gatter, meine ich?»

«Ja. Als ob jemand gewollt hätte, dass sie davonlaufen. Nur haben die meisten von ihnen das nicht getan.»

Oh. Das waren neue Informationen. Das bedeutete nämlich, dass in diesem Fall jemand dahergekommen war und das Gatter lediglich geöffnet hatte. Vielleicht war das ja auch bei der Scheune der Fall. Und eventuell sogar bei Hunters Hühnerstall.

«Okay, fangen wir ganz von vorne an», sagte Wyatt und holte Block und Stift heraus. «Wie viele Hühner besitzt du?»

Eine halbe Stunde später hatte Wyatt sich alles notiert: Bobby besaß 26 Hühner, von denen an die 20 fehlten, und elf Kaninchen, von denen drei fehlten. Er hatte zuletzt gestern Abend um Viertel vor neun bei den Tieren nach dem Rechten gesehen und heute Morgen um sieben bemerkt, dass seine Tiere weg waren. Er hatte die ganze Farm und die angrenzenden Felder abgesucht und drei der Hühner wieder einfangen können. Wie er Wyatt erklärte, hatte er die Söhne des Nachbarsfarmers in Verdacht, die ihm auch schon mal den Traktor entwendet hatten, um eine Spritzfahrt damit zu machen. Aufmerksam schrieb Wyatt mit. Am Ende wusste er alles über Bobby. Dass er seine Frau Diana vor sieben Jahren verloren hatte, dass seine Tochter in Omaha lebte und sein Sohn und seine Enkel in Oklahoma City. Bobby hatte bereits zweimal mit einem Bandscheibenvorfall zu kämpfen gehabt. Und er hatte vor, zum Lunch heute einen selbst gemachten Süßkartoffeleintopf zu essen. Er lud Wyatt dazu ein.

«Oh. Das ist wirklich nett», sagte dieser. «Aber ich muss das Angebot leider ablehnen, da ich noch einiges zu tun habe. Am besten fahre ich zuallererst rüber zu den Waltons und befrage die Söhne.»

«Oh. Ja, natürlich», erwiderte Bobby und sah dabei so geknickt aus, dass Wyatt es sich doch anders überlegte.

Bobby hatte heute genug durchgemacht, fand er, da war es das Mindeste, dass er ihm ein wenig Gesellschaft leistete. Und was machte es schon, wenn er ein wenig mehr Zeit hier draußen verbrachte? Er hatte es nicht eilig, zurück ins Zentrum zu kommen und womöglich noch einmal auf Trish und den langhaarigen Trottel zu stoßen. Officer Peter hatte sicher alles unter Kontrolle, Wyatt konnte also getrost noch eine Weile wegbleiben.

«Weißt du was, Bobby? Süßkartoffeleintopf hört sich eigentlich gar nicht schlecht an.»

«Ja? Heißt das, du bleibst?» Bobby strahlte ihn glücklich an.

Wyatt nickte. «Ich muss nur kurz auf dem Revier Bescheid sagen.»

«Dann tu das, während ich den Topf auf den Herd stelle und das Sauerteigbrot noch mal eben in den Ofen schiebe.»

«Alles klar.»

Er sah Bobby davoneilen, und dabei fielen Wyatt ein paar Blumen vor dem Haus auf. Gerbera in verschiedenen Farben. Für einen Moment schloss er die Augen und seufzte innerlich. Dann nahm er sein Handy in die Hand und rief auf dem Revier an.

20

Als Wyatt nach Feierabend die Paradise Lane entlanggging, konnte er seine Tochter schon von Weitem sehen. Sie saß am Fenster und hielt Ausschau nach ihm. Als sie ihn entdeckte, winkte sie ihm aufgeregt zu, dann war sie verschwunden – um nur eine Minute später die Haustür aufzureißen und auf ihn zuzulaufen.

Er ging in die Knie, und stürmisch fiel sie ihm um den Hals. «Daddy!»

Er musste lächeln. Das war der Moment, auf den er sich jeden Tag am meisten freute.

«Wie geht es dir, meine Süße. Wie war dein Tag?»

«Super! Ich hab mit Granny Kekse gebacken. Wir haben dir welche übrig gelassen.»

«Das ist aber nett von euch.»

«Und wie war dein Tag, Daddy?»

«Der war nicht leicht, wenn ich ehrlich sein soll.»

«Warum?»

Weil die Frau, die ich liebe, einen anderen geküsst hat, dachte er. Das sagte er aber nicht, sondern erklärte stattdessen: «Weil schon wieder Hühner geklaut wurden.»

«Ja? Wer hat die geklaut? Ein böser Dieb?»

«Das wissen wir leider noch nicht. Aber wir werden es herausfinden.» Er schenkte seiner Kleinen einen zuversichtlichen Blick und richtete sich dann auf. «So, und wo gibt es nun eure leckeren Kekse?»

«In der Küche.» Abigail nahm ihn bei der Hand und führte ihn ins Haus, vorbei an Murielle, die in der Tür stand und ihn besorgt anblickte. Doch sie sagte nichts, was sehr unüblich für sie war. Aber vielleicht wollte sie nur warten, bis Abigail außer Hörweite war.

Wyatt folgte seiner Tochter in die Küche, die herrlich nach frisch gebackenen Vanillekeksen duftete. Abigail reichte ihm einen Teller, und er nahm einen Keks und steckte ihn sich in den Mund.

«Mmm, die sind aber wirklich lecker. Hast du Granny beim Backen geholfen?»

Abigail nickte euphorisch. «Ja! Ich durfte den Teig rühren und die Kekse in Puderzucker bälzen.»

Murielle, die zu ihnen getreten war, lachte. «Wälzen, meine Süße.»

Abigail nickte. «Wälzen.»

«Das merkt man sofort. Die schmecken, als wenn da ganz viel Liebe drin wäre», sagte er, und seine Tochter strahlte.

«Dürfen wir welche mitnehmen?», fragte sie ihre Grandma dann.

«Aber natürlich. Ich hab euch schon welche zur Seite gelegt.» Sie reichte Wyatt eine Keksdose mit einer Katze darauf.

«Danke.»

Dann zog seine Mom die Augenbrauen zusammen. «Du, sag mal, ist es wahr, dass Farmer Bobby nun auch Hühner geklaut wurden?»

Er nickte. «Und ein paar Kaninchen.»

«Wer tut denn so was bloß?», fragte sie kopfschüttelnd.

«Ein böser Dieb», informierte Abigail ihre Grandma. «Aber Daddy schnappt ihn sich und bringt ihn ins Gefängnis!»

«Na, da bin ich mir auch sicher.» Murielle strich der Kleinen übers Haar. «Abigail, gehst du deine Sachen holen? Ich muss noch kurz was mit deinem Daddy besprechen», sagte sie dann, und Wyatt wurde mulmig.

«Okay.» Die Kleine rannte los.

Wyatt sah seine Mutter an und sagte schnell: «Ich habe wirklich keinen Redebedarf.»

«Das kann ich gut verstehen. Ich möchte dich nur wissen lassen, dass ich niemandem von deinen Gefühlen für Trish erzählt habe.»

Er ahnte, dass ihr das sehr schwergefallen sein musste. Weil sie ihren Freundinnen Delores und Sadie doch sonst alles sofort mitteilte, was sie so erfuhr. «Danke.»

«Vielleicht vergehen sie ja wieder.»

«Was? Meine Gefühle?», fragte er, während eine der Katzen sich an sein Bein schmiegte. Holly, glaubte er. Es waren einfach zu viele Katzen, um alle Namen zu behalten.

«Ja. Vielleicht ist es nur eine kleine Schwärmerei. Trish ist immerhin eine sehr schöne junge Frau. Mach dir mal nicht allzu viele Gedanken, dir begegnet bestimmt bald die Richtige. Eine Frau in deinem Alter, eine, die genauso nach einer festen Beziehung sucht wie du.»

«Ja, vielleicht», erwiderte er schlicht, damit seine Mutter Ruhe gab. Denn wenn er ihr erzählen würde, dass er bereits seit Jahren in Trish verliebt war und dass er litt wie ein Hund, würde sie ihn sicher tagtäglich darauf ansprechen. Ihn ständig fragen, ob er Trish seine Liebe nicht gestehen wollte. Ihm vorschlagen, ihm unter die Arme zu greifen. Sich einmischen. Und das war das Letzte, worauf Wyatt aus war. Weil er einfach nicht wollte, dass Trish es wusste. Weil es ja doch nichts brachte. Weil es ihn nur ein weiteres Mal verletzen würde.

Glücklicherweise kam Abigail nun angerannt, ihren Rucksack in der einen, ihre Plüschgiraffe in der anderen Hand. «Ich hab alles!», rief sie.

«Gut, dann wollen wir mal machen, dass wir nach Hause kommen», sagte Wyatt. Es war immerhin schon zwanzig vor sieben, und sie hatten noch nicht zu Abend gegessen.

Immer wenn er die Tagesschicht hatte und um sechs Feierabend machte, bat er seine Mutter, Abigail kein Dinner zuzubereiten, weil er das dann gerne selbst übernahm. Meist stand er dann in der Küche und kochte eine Kleinigkeit, während Abigail ihm von ihrem Tag erzählte, von ihren Freundinnen, den Erziehern, den Bildern, die sie gemalt, und den Puppen, mit denen sie gespielt hatte.

«Worauf hast du Appetit?», fragte er auf dem Weg zur Haustür.

«Hotdogs!», rief Abigail.

«Na gut», sagte er, denn das war wirklich gut. Hotdogs waren schnell zuzubereiten, dann würden sie noch genug Zeit haben, um ein wenig zu lesen oder auch zu malen, wenn Abigail es denn unbedingt wollte.

«Bye, Granny», sagte die Kleine und umarmte ihre Grandma.

Wyatt drückte seiner Mutter einen kleinen Kuss auf die Wange. «Mach dir keine Sorgen um mich, ja?», flüsterte er ihr ins Ohr.

«Ich versuche es», erwiderte sie und winkte ihnen, während sie die paar Meter nach nebenan gingen und ihr eigenes Haus betraten.

Sofort machte Wyatt das Wasser für die Würstchen heiß und legte die Hotdog-Buns bereit. Er holte die Röstzwiebeln aus dem Schrank und die Gewürzgurkenscheiben, den Senf und den Ketchup aus dem Kühlschrank. Dann nahm er den Topf vom Herd und legte die Würstchen hinein.

«Während die warm werden, geben wir Pinky schon mal was zu fressen und gießen unser Gemüse, ja?», sagte er.

Abigail war sofort dabei, weil sie nicht nur ihr Meerschweinchen liebte, sondern es auch toll fand, mit nach draußen zum Beet und ins Treibhaus zu kommen und zu sehen, wie die Tomaten ein bisschen röter, die Zucchini ein Stückchen größer und die Kürbisse ein wenig runder geworden waren. Sie nahm ihre kleine Gießkanne in die Hand, und Wyatt holte den Gartenschlauch. Während er die Pflanzen im Gewächshaus wässerte, goss Abigail das Gemüse im Beet. Dort befanden sich Radieschen, Karotten, Zuckererbsen und der Pflücksalat.

Als ihre Kanne leer war, füllte Wyatt sie mit dem Schlauch wieder voll. Bei der Gelegenheit winkten sie Ava Garland zu, die nebenan in ihrem Garten saß und in einer Zeitschrift blätterte. Ava winkte zurück und wünschte ihnen einen schönen Abend.

Sobald sie mit Gießen fertig waren, pflückte Abigail ein bisschen Salat und zog zwei Karotten aus der Erde. Sie wusch das Gemüse noch, bevor sie es dem Meerschweinchen in den Stall brachte. Im Sommer wohnte Pinky draußen in dem großen Außengehege, das Wyatt extra gebaut hatte.

Abigail sah Pinky ein bisschen beim Fressen zu, streichelte sie und sagte ihr Gute Nacht.

Bevor sie reingingen, bat Wyatt seine Tochter noch, ihnen ein paar reife Tomaten zu pflücken, die sie zu den Hotdogs essen konnten. Denn er achtete immer darauf, dass seine Tochter auch genügend Obst und Gemüse zu sich nahm.

Mit ihrer Ernte gingen sie zurück ins Haus, bereiteten die Hotdogs zu und setzten sich an den Küchentisch, der gerade mal Platz für zwei Personen bot. Wenn seine Mom beim Essen mit dabei war, musste Wyatt einen Stuhl aus dem Wohnzimmer holen, wo sich noch ein größerer Esstisch befand, den sie aber so gut wie nie benutzten. Das Wohnzimmer war sowieso ein Raum, in dem sie sich nicht allzu viel aufhielten. Hier saß Wyatt höchstens mal an freien Abenden, an denen es draußen zu kalt war, und las ein Buch oder sah sich einen Film an. Viel lieber las er aber auf der hinteren Veranda, am liebsten einen guten Thriller oder auch mal einen Gartenratgeber. Zu zweit hielten sie sich meistens in der Küche auf oder eben in Abigails Zimmer, das rosa gestrichen und auch so eingerichtet war. An den Wänden hingen eingerahmte Poster von *Frozen* und *PAW Patrol*, und seine Tochter schlief in einem Himmelbett, in dem es mehr Kuscheltiere gab, als man zählen konnte.

Ja, er verwöhnte seine Kleine vielleicht ein bisschen zu sehr, aber sie war doch alles, was er noch hatte.

«Guten Appetit, Daddy», sagte Abigail, als sie in ihren Hotdog biss. Ein bisschen Ketchup tropfte ihr auf den Teller, und sie nahm ihn mit dem Finger auf und schleckte ihn ab.

«Danke sehr, dir auch einen guten Appetit.» Er nahm ebenfalls einen Bissen, kaute und betrachtete Abigail gedankenverloren. Sie wurde von Tag zu Tag größer, hatte er das Gefühl. Und schlauer. Sie war so unglaublich wissbegierig, und er war sich sicher, in der Schule würde es ihr gut gefallen. Vor allem, weil sie auch nicht schüchtern war und sich immer gleich mit anderen Kindern anfreundete. Da brauchte er sich gar keine Sorgen zu machen, sie würde schon zurechtkommen.

«Lecker», sagte sie nun und lächelte ihn an.

Und da war es: Hannahs Lächeln. Wyatt schluckte. Denn sosehr er Hannah aus ihrer beider Leben verbannen wollte, so wollte es ihm doch nicht ganz gelingen. Weil Abigail ein Abbild ihrer Mutter war. Sie hatte die gleiche hohe Stirn und die gleichen niedlichen Ohren, sie hatte das gleiche seidige dunkelblonde Haar – und sie hatte ihr Lächeln. Hannahs Lächeln.

Doch Hannah war Vergangenheit. Und er wollte Abigail nicht spüren lassen, dass sie ihn an die Frau erinnerte, die sein Herz gebrochen und seine Träume zerstört hatte. Hin und wieder fragte sie nach ihrer Mommy, wo sie denn war und ob sie je wiederkommen würde, doch dann sagte Wyatt nur, sie würde Abigail sehr lieben, aber sie habe weggehen müssen, weil sie auf einer geheimen Mission sei. Weil sie Menschen und Tiere retten müsse wie die Hunde aus *PAW Patrol*, und das freute die Kleine sogar. «Meine Mommy ist eine richtige Heldin», sagte sie dann, und Wyatt widersprach ihr nicht, obwohl Hannah alles andere als das war. Allerdings wusste er, dass er seiner Tochter nicht ewig irgendwelche Märchen erzählen konnte. Irgendwann würde er sich mit ihr zusammensetzen und ihr die Wahrheit sagen müssen, doch das hatte noch Zeit. Noch wollte er ihre heile Welt und die Vorstellung von ihrer Helden-Mommy nicht zerstören.

Als sie aufgegessen hatten, stellte Wyatt nur schnell das Geschirr beiseite. Ums Aufräumen konnte er sich später noch kümmern, zuerst kam Abigail dran. Da sie lesen wollte, legten sie sich zusammen auf ihr Bett ins Kinderzimmer, natürlich erst nachdem seine Tochter sich ihren Pyjama angezogen und die Zähne geputzt hatte. Wyatt las ihr vor. *Cinderella* sollte es heute sein.

Während er von den bösen Stiefschwestern las und dem Prinzen, der nach der passenden Frau zu dem verlorenen Schuh suchte, sagte Abigail auf einmal: «Daddy, weißt du, wer mein Traumprinz ist?»

«Na, wer denn?»

«Du.»

Wyatt ging das Herz auf, und er küsste liebevoll ihre Stirn. «Danke, meine Süße», sagte er und hatte einen Kloß im Hals. Ach, wenn Trish doch nur dasselbe von ihm denken würde.

«Liest du weiter?», fragte Abigail.

«Ja, natürlich.» Er las das Buch zu Ende, und als er wieder zu Abigail sah, war sie eingeschlafen. Er legte *Cinderella* beiseite, deckte seine Tochter zu und dankte wie jeden Abend dem Universum, dass er sie hatte. Dann ging er in die Küche, machte den Abwasch und holte sich anschließend ein Bier aus dem Kühlschrank. Damit setzte er sich nach draußen auf die Veranda, nahm den neuen Harlan Coben zur Hand und ließ den Abend ausklingen.

Nur konnte er sich auf das Buch nicht im Geringsten konzentrieren, weil immer wieder Trish vor seinem inneren Auge auftauchte. Trish, wie sie diesen Typen küsste.

Wyatt wusste nicht, warum es ihm diesmal so viel mehr

ausmachte als die anderen Male. Vielleicht, weil er es so satthatte zu warten. Darauf, dass sie ihn endlich sah.

Weil er verdammt noch mal endlich gesehen werden wollte!

Womöglich sollte er sich wirklich mal aus seiner Deckung wagen. Nur wie? Das war die alles entscheidende Frage.

21

Trish traf als Erste bei Lexi ein. Es war Samstagabend, und sie wollten zusammen mit Helena und Savannah wieder einmal einen Mädelsabend machen. Mit Pizza, jeder Menge Süßigkeiten und einem guten Film. Heute hatte Trish für die perfekte Liebesschnulze gesorgt.

«Hi, meine Süße, wie geht es dir?», fragte sie ihre beste Freundin, die dabei war, einen Stapel kleiner Schüsseln aus dem Küchenschrank zu holen.

Lexi lachte. «Wir haben uns doch erst vor zwei Stunden vor dem *Animal Paradise* verabschiedet. Da ging es mir noch gut, und jetzt geht's mir sogar noch ein bisschen besser. Weil ich den ganzen Abend meine Lieblingsmenschen um mich haben werde.»

Den letzten Satz hatte sie in einem sehr sentimentalen Ton gesprochen, und Trish musste schmunzeln. Je weiter die Schwangerschaft voranschritt, desto rührseliger wurde Lexi.

«Ich freu mich auch schon sehr», sagte Trish, vor allem, weil sie dann hoffentlich alles andere ausblenden und einfach nur abschalten konnte.

Gestern Abend hatte sie sich mit Simon getroffen. In einem wirklich netten Restaurant in Hamilton, wo er endlich mal etwas bestellt hatte, was ihm auch zu schmecken schien. Ein Steak und dazu eine Ofenkartoffel, weil bei ihm anscheinend die Kartoffel nicht fehlen durfte. Letztlich hatte Trish ihm dann aber doch gesagt, dass sie ihn nicht wiedersehen wollte, und das nicht etwa wegen des Steaks, sondern wegen Wyatt! Der Dummkopf wollte nämlich überhaupt nicht mehr aus ihren Gedanken verschwinden.

Gestern Vormittag war er ihr im *Paradise Café* begegnet. Sie hatte sich eigentlich nur einen Muffin holen wollen, da stand er plötzlich vor ihr – und sah sie auf eine Weise an, die irgendetwas mit ihr machte. Dabei lächelte er sie nur an. So als wäre der Vorfall mit Simon und dem Kuss nie geschehen. Dann aber entdeckte sie etwas in seinen Augen, und das hatte sie nur als Zuneigung deuten können. Es war Begehren gewesen und Verlangen, Zärtlichkeit und Hoffnung – alles auf einmal.

«Hab einen wunderschönen Tag», hatte er ihr gewünscht, und sie hatte erwidert: «Das sagst du so leicht.» Dann war sie gegangen, und seitdem musste sie immer wieder an ihn denken.

Wyatt. Unfassbar, dass er anscheinend wirklich auf sie stand. Ausgerechnet! Wie war denn das passiert und wann? Und wohin sollte es führen?

«Kannst du mir mal helfen?», fragte Lexi, und Trish eilte ihr zu Hilfe, da ihrer Freundin fast ein paar Schüsseln aus den Händen gerutscht wären.

«Wofür brauchst du denn so viele davon?»

«Na, für all den Süßkram und das Knabberzeug.»

Sie folgte Lexi ins Wohnzimmer, wo sich auf einem der

Sessel ein Berg von Chipstüten, Kekspackungen und Schokolade in allen Variationen befand.

Sie lachte. «Oh mein Gott, wer soll das denn alles essen?»

«Na, was ihr nicht esst, verdrücke ich. Du weißt doch, dass ich in letzter Zeit alles esse, was ich in die Finger bekomme.»

«Oh ja, das weiß ich.»

Sie verteilten die leeren Schüsseln auf dem Couchtisch und befüllten sie mit *Cheetos* und *Doritos*, mit *M&Ms*, Miniatur-*Kit-Kat*-Riegeln, *Nutter-Butter*-Keksen, Erdbeer-*Oreos* und mit *Hershey's Kisses* in verschiedenen Sorten.

«Ich hab auch noch was dabei», sagte Trish und fischte zwei Tüten mit diesen leckeren mit weißer Schokolade überzogenen Mini-Brezeln aus ihrem Baumwollbeutel. «Aber die sind eigentlich gar nicht mehr nötig, oder?»

«*Hershey's*-Brezeln? Oh doch, die sind nötig!», sagte Lexi, nahm ihr die Packungen aus der Hand, riss sie auf und befüllte die letzte Schale damit.

In dem Moment klingelte es an der Tür.

«Ich geh schon», sagte Trish und ließ Lexis Schwester Helena und deren beste Freundin Savannah herein, die schon vor langer Zeit zu ihren eigenen Freundinnen geworden waren.

«Hey, ihr Süßen, wie schön, dass ihr hier seid.»

«Wir freuen uns auch», sagte Savannah.

«Wo ist denn Lexi? Alles gut mit ihr?», fragte Helena.

Trish lachte. «Na ja, gut ist relativ. Sie ist ein bisschen durchgeknallt, würde ich sagen. Bekommt bitte keinen Schock, wenn ihr ins Wohnzimmer geht.»

Die beiden zogen ihre Schuhe aus und warfen vorsichtig einen Blick in den Raum – und fingen sofort an, laut zu lachen.

«Was soll das denn werden?», rief Helena ihrer Schwester zu.

«Und die Pizza ist schon auf dem Weg!», rief Lexi grinsend zurück.

Nun umarmten sie sich erst einmal ausgiebig, bevor sie sich auf die Couch beziehungsweise die Sessel lümmelten. Helena griff nach ein paar *Doritos* und fragte: «Was sehen wir uns heute für einen Film an?»

Trish, die sich ihren Beutel auf den Schoß gelegt hatte, umfasste ihn jetzt, als wäre es ein wertvoller Schatz. «Ich habe eine DVD dabei, und ich hoffe, ihr seid alle einverstanden mit meiner Auswahl.»

«Zeig schon her!», sagte Lexi.

Sie holte die DVD hervor. «Das war der Lieblingsfilm meiner Mom. Er ist wunderschön. Kennt ihr ihn schon?»

«*Love Story*», las Lexi den Titel laut vor. «Nee, kenne ich nicht. Der sieht aber auch sehr alt aus.»

Trish nickte. «Ja, der ist von …» Sie drehte die DVD-Hülle um und suchte nach dem Erscheinungsjahr. «… von 1970.»

«Ich kenne das Buch», sagte Savannah, die gerne las. «Es ist sooo traurig.» Sie steckte sich zwei rote *M&Ms* in den Mund. Die roten mochte sie am liebsten.

«Ehrlich? Und das sollen wir uns antun?», fragte Helena.

«Oh ja, bitte», meinte Lexi. «Ich muss euch aber warnen. Ich bin zurzeit total nah am Wasser gebaut, bestimmt muss ich den ganzen Film über heulen.»

«Das tust du doch sowieso immer.» Trish verdrehte die Augen, und die anderen kicherten.

«Okay, also abgemacht. Wir sehen uns den Film an. Aber zuerst möchte ich wissen, was es bei euch Neues gibt», sagte

Savannah, die ein hübsches weinrotes Sommerkleid trug an diesem warmen Abend.

Trish wusste, dass sie eine Brille besaß, die exakt dieselbe Farbe hatte, doch die brauchte Savannah nur zum Lesen und trug sie deshalb gerade nicht.

«Bei mir ist das schnell zusammengefasst», sagte Lexi. «Ich werde immer fetter, das Baby wächst und gedeiht, und es tritt jetzt sogar schon.»

«Oh, ehrlich?», fragte Helena, die mit ihren blonden Locken ein Ebenbild von Lexi war. «Das ist aber früh. Du bist doch erst im vierten Monat, oder?»

«Der fünfte hat schon begonnen.»

«Ah, okay. Na, dennoch, das sind erst mal nur ganz kleine Bewegungen, die du da spürst. Du wirst dich wundern, wie doll das Kleine in ein paar Monaten um sich tritt und boxt. Da wirst du überhaupt keinen Schlaf mehr finden.»

«Das macht nichts. Wenn ich dann wach liege, kann ich mir ja ein paar schöne Babynamen überlegen.»

«Wisst ihr denn schon, ob es ein Junge oder ein Mädchen wird?», erkundigte sich Savannah.

«Nein. Dummerweise hat das Kleine diesen Bereich beim letzten Ultraschall gut versteckt.»

«Na, ihr werdet es schon früh genug herausfinden. Und die Hauptsache ist sowieso, dass es gesund ist, oder?», fragte Helena.

«Natürlich», stimmte Lexi zu.

«Wann zieht Aaron her?», wollte Savannah wissen und stellte sich nun die ganze *M&Ms*-Schüssel auf den Schoß.

Trish wusste, dass sie früher einmal sehr auf ihre Linie geachtet hatte, da ihr Mann Gene auf superschlanke Frauen stand. Seit sie aber mit Dylan zusammen war, aß sie, wie es ihr schmeckte. Weil Dylan sie so liebte, wie sie war, ob nun mit fünf Kilo mehr oder weniger auf der Waage.

«Heute in einer Woche», antwortete Lexi und strahlte übers ganze Gesicht.

«Wie schön.» Helena nahm die Hand ihrer Schwester und streichelte sie. «Ich freu mich so für euch.»

«Danke. Es wird dann zwar noch eine ziemliche Herausforderung, aber die packen wir sicher auch.»

«Was meinst du?», fragte Savannah.

«Na ja, Aaron wird es bestimmt nicht ganz leichtfallen, plötzlich wieder in einer Kleinstadt zu wohnen. New York ist ja eine ganz andere Welt.» Lexi hatte ihren Liebsten in den vergangenen Monaten ein paarmal dort besucht. «Aber wahrscheinlich wird er so beschäftigt sein, dass er gar nicht allzu viel darüber nachdenken kann, was er vermisst. Denn er will ja die Villa seines Grandpas von Grund auf renovieren. Und wir müssen natürlich noch all die Sachen für das Baby besorgen, einen Geburtskurs besuchen, und schließlich muss Aaron in die neue Rolle als Vater schlüpfen.»

«Ich bin mir sicher, dass er das ganz super hinbekommen wird. Da brauchst du dir gar keine Sorgen zu machen», meinte Trish.

«Mach ich auch nicht», sagte sie sanft. Dann fragte sie in die Runde: «Und was gibt es bei euch Neues?»

«Mit Dylan läuft es wunderbar», erzählte Savannah. «Er hat mir wieder einen Song geschrieben.» Ihr Freund war Countrysänger, früher war er sogar ein kleines bisschen berühmt gewesen, als er noch in Nashville gelebt hatte. Doch dann war sein Bruder gestorben, und er war fast ein Jahr lang durch die USA gereist und hatte in Lake Paradise – und bei Savannah – schließlich eine neue Heimat gefunden. «Und … ähm …» Savannah errötete ein wenig. «Wir versuchen, ebenfalls schwanger zu werden.»

«Was?» Trish sah ihre Freundin an. «Ihr beiden kennt euch doch erst seit wenigen Monaten.» Sie wusste zwar, dass Savannah in ihrer Ehe mit Gene zehn Jahre lang vergeblich darauf gewartet hatte, endlich Mutter zu werden, aber die Sache mit Dylan jetzt so schnell anzugehen, schien ihr irgendwie übereilt. Die Scheidung war doch gerade erst durch.

«Ja, aber wir sehen es beide so», entgegnete Savannah. «Wir werden nicht jünger, und das Leben ist zu kurz, um zu warten. Niemand von uns weiß, was das Morgen bringt. Aber wir wissen mit absoluter Sicherheit, dass wir den Rest unseres Lebens zusammen sein wollen.» Sie strahlte. «Manchmal ist das eben so, da spürt man es einfach.»

Savannah sah vollkommen glückselig aus, und Trish begann beinahe, neidisch zu werden.

«Hach, das hast du schön gesagt», schwärmte Helena, während sie noch mehr Chips in sich hineinstopfte. «Wie sieht es denn bei dir in der Liebe aus, Trish?»

Sie seufzte. «Ich hab gestern Abend mit Simon Schluss gemacht.»

«Oh nein, warum denn das?», fragte Helena.

«Keine Ahnung. Weil ich es wohl nicht gespürt habe, denke ich.»

«Das tut mir sehr leid. Wie hat er es aufgenommen?»

«Er wird es überleben. Wir sind ja nur ein paar Wochen miteinander ausgegangen.»

Lexi stupste sie an. «Erzähl ihnen von Wyatt!»

Sie warf ihrer besten Freundin einen bösen Blick zu. Wieso fing sie denn jetzt davon an?

«Was ist mit Wyatt?», wollte Savannah wissen, die als Teenager selbst einmal mit Wyatt zusammen gewesen und heute noch immer gut mit ihm befreundet war.

«Er ist total verknallt in Trish», verkündete Lexi.

«Ist er nicht!», widersprach sie sofort, obwohl sie sich da gar nicht mehr so sicher war.

Helena machte große Augen. «Ehrlich? Woher weißt du das?»

Lexi grinste. «Weil ich das merke. Schon seit einer ganzen Weile. Jedes Mal, wenn er bei uns im Salon ist, sieht er Trish auf diese bestimmte Weise an. Und er kommt in letzter Zeit *ständig* zu uns!»

«Ja? Und was nennt er als Grund?»

«Na ja, er bringt dann immer irgendein Tier vorbei, eine von Murielles Katzen, Abigails Meerschweinchen, Beverlys Kanarienvogel und vor ein paar Tagen sogar Avas Papagei.»

«Okay, das klingt wirklich ein wenig verdächtig», meinte Savannah.

«Ja, und ihr hättet ihn erst mal sehen müssen, als Trish und Simon sich geküsst haben! Das war am Mittwoch. Wyatt stand da, wie zu Eis erstarrt. Und sein Blick! Als hätte er Simon von Trish wegzerren und sie stattdessen selbst küssen wollen.»

«Jetzt übertreibst du es aber echt», meinte Trish genervt.

«Finde ich nicht», widersprach Lexi.

«Was denkst du denn, Trish?», fragte Helena. «Glaubst du auch, er ist in dich verliebt?»

Sie zuckte mit den Schultern. «Keine Ahnung. Also, ja, vielleicht mag er mich ein bisschen.»

«Oh, das ist ja großartig!», rief Savannah aus. «Ich fände es so schön, wenn ihr beiden zusammenfinden würdet. Wyatt ist so ein lieber Kerl, beschützend und einfühlsam. Und er ist ein toller Vater.»

«Ist mir klar», sagte sie. «Das heißt aber noch lange nicht, dass ich seine Gefühle erwidere.»

«Tust du nicht?», fragten Helena und Savannah gleichzeitig.

«Nein, tue ich nicht», erwiderte sie, nur dass sich dummerweise gleich wieder etwas in ihrem Bauch bemerkbar machte, das da nicht hingehörte.

«Aber warum hast du dann mit Simon Schluss gemacht?», fragte Lexi. «Obwohl er dich am Mittwoch noch mit deinen Lieblingsblumen überrascht hat?»

«Das hat absolut nichts mit Wyatt zu tun!», entgegnete Trish und hoffte zugleich, ihre Freundinnen würden ihr die Lüge nicht ansehen.

«Überleg es dir doch noch mal», meinte Savannah. «Er wäre wirklich eine gute Partie.»

Lexi nickte wie wild. «Das sage ich ihr ja auch schon die ganze Zeit.»

«Ach, wisst ihr, ich suche gar nicht nach einer guten Partie», sagte sie. «Oder nach einer festen Beziehung. Ich bin nicht wie der Rest der Stadt, möchte nicht so jung schon heiraten und mich für immer festlegen. Ich mag mein lockerleichtes Leben und meine Freiheit, und ich will denjenigen daten, den ich gerade daten will.»

Helena und Savannah warfen sich einen verständnislosen Blick zu.

«Na, wenn du meinst», sagte Savannah dann.

«Jetzt aber genug von mir», sagte Trish schnell. «Lasst uns den Film anmachen.»

«Und was ist mit mir?», fragte Helena. «Wollt ihr denn gar nicht wissen, wie es mir geht?»

«Oh, entschuldige bitte.» Trish lehnte sich von ihrem Sessel rüber und tätschelte Helena, die neben Savannah auf der Couch saß, den Arm. «Natürlich interessiert es uns. Erzähl doch mal, was es bei dir Neues gibt.»

«Nun … Leslie und Mattie fühlen sich hier sehr wohl und freuen sich schon auf die neue Schule.»

«Das ist schön. Richtig gut», sagte sie. «Aber was ist mit Parker? Hast du die Scheidung eingereicht?»

«Ja, habe ich. Und ich werde auch keinen Rückzieher machen. Das Schwein hat mich jahrelang betrogen und hätte es weiterhin getan, wenn ich ihm nicht auf die Schliche gekommen wäre.» Parker war nur aufgeflogen, weil Helena eine Restaurantrechnung in seiner Hosentasche gefunden hatte. «Er kann mir gestohlen bleiben», fuhr sie fort. «Ich bleibe mit den Kindern in Lake Paradise. Von mir aus kann er sie alle zwei Wochen besuchen kommen oder sie übers Wochenende zu sich nach Kansas City holen, aber ich gehe ganz bestimmt nicht mehr zu ihm zurück.»

«Das hast du gut entschieden. Ich bin sehr stolz auf dich», sagte Savannah und zog Helena an sich.

«Ja, das bin ich auch», meinte Lexi. «Übrigens wollte ich dir etwas vorschlagen, Helena. Ihr wohnt doch zurzeit noch bei Mom und Dad. Aber wenn Aaron und ich ins neue Haus ziehen, könntet ihr doch mein Haus haben.»

«Aber Grandma und Grandpa haben es dir überlassen,

Lexi. Das wäre irgendwie nicht richtig. Wir finden bestimmt was anderes.»

«Bist du verrückt? Das Haus steht dann leer. Was soll ich denn damit machen? Es verkaufen? Oder vermieten? Es wäre das einzig Richtige, wenn du und die Kinder dort einziehen würdet.»

«Das ist so lieb von dir.» Helena sah ganz gerührt aus. «Dann lass mich dir aber wenigstens Miete zahlen.»

«Darüber können wir ja sprechen, wenn es so weit ist, okay?»

Helena nickte, und in dem Moment klingelte es an der Tür.

«Die Pizza ist da!», rief Lexi und sprang auf, um wenig später mit zwei riesigen Pizzakartons zurückzukehren.

«Du hattest recht, sie ist wirklich durchgeknallt», flüsterte Helena Trish zu.

«Sag ich doch.» Sie grinste frech und machte Platz auf dem Tisch.

Als sie alle ein Stück Pizza in der Hand hielten, fragte sie: «Darf ich jetzt den Film reinlegen?» Sie war nämlich schon ganz gespannt darauf, wie ihre Freundinnen ihn finden würden.

«Ja, mach ihn an!», bat Savannah, und das tat sie.

22

«Wie war euer Wochenende?», fragte Murielle am Montag in die Runde. Sie war als Letztes zu den anderen gestoßen, weil sie Abigail noch in den Kindergarten hatte bringen müssen. Wyatt hatte die Nachtschicht gehabt und lag nun in seinem Bett und schlief.

«George und ich haben gestern einen langen Spaziergang um den See gemacht», erzählte Delores. «Als es angefangen hat zu nieseln, haben wir uns ins *Paradise Inn* gesetzt und ein Stück Kuchen gegessen. Savannah hat uns dabei Gesellschaft geleistet, und sie hat viel Neues erzählt. Am Abend zuvor hatte sie sich nämlich mit Helena, Lexi und Trish getroffen.»

«Ja? Und was gibt es Neues?», erkundigte sich Sadie, deren Kurzhaarfrisur heute einfach nicht sitzen wollte, weshalb sie ständig hier und dort ein wenig daran zupfte.

«Nun, ich habe erfahren, dass Aaron diesen Samstag nach Lake Paradise zieht, dass Trish sich von ihrem Freund getrennt hat und dass Lexis Baby schon tritt.»

«Ach, tatsächlich?» Murielle horchte auf.

«Ja. Es können aber nur leichte Stöße sein, da sie ja gerade erst im fünften Monat ist. Allerdings –»

«Nein, nein, ich meinte das mit Trish. Sie hat sich von ihrem Freund getrennt?»

Delores nickte. «Ja, das hat Savannah uns erzählt.»

«Wer war das noch gleich?», fragte Sadie nach, die bei Trish und ihren Freunden den Überblick verloren hatte. Von Zeit zu Zeit sah man sie mal mit diesem, mal mit jenem jungen Mann, aber Sadie kannte meistens nicht mal deren Namen, bevor es auch schon wieder vorbei war.

«Er hieß Simon, soviel ich weiß. Es war wohl dieser Kerl mit den kinnlangen Haaren und dem Motorrad», überlegte Delores.

Murielle schüttelte den Kopf. «Nein, der hieß anders. Simon war der Große mit den langen Haaren und der Brille. Er hat Trish erst kürzlich in Lake Paradise besucht, ich habe die beiden zusammen gesehen.» Unruhig rutschte sie auf ihrem Stuhl herum. «Das ist ja sehr interessant, dass sie sich nun von ihm getrennt hat.» Vor allem nach *dem* Kuss, dachte sie.

«Ja?», fragte Sadie, für die das nicht unbedingt überraschend kam. Dann aber ging ihr ein Licht auf, und sie sah Murielle neugierig an. «Ah, jetzt verstehe ich.»

«Was verstehst du?», wollte Delores wissen, die ein wenig verwirrt war.

«Na, ich habe doch schon vor einer Weile eine Theorie aufgestellt, die Murielles Sohn betrifft. Und eine gewisse Tiersaloninhaberin.»

«Trish?»

Murielle runzelte die Stirn. «Haben wir hier mehr als eine Tiersaloninhaberin, Delores?»

«Nein, ich ... tut mir leid. Ich erinnere mich, dass du gesagt hast, du hättest irgendwelche Blicke von Wyatt wahrgenommen.»

«Ja, und zwar jedes Mal, wenn Trish in der Nähe ist.» Sadie sah Murielle herausfordernd an. «Hat sich meine Vermutung etwa bestätigt?»

«Nun, dazu kann ich nichts weiter sagen», erwiderte sie, weil sie Wyatt ja versprochen hatte, nichts auszuplaudern. «Ich könnte mir Trish aber gut an seiner Seite vorstellen», fügte sie dann aber doch hinzu. Denn obwohl die junge Frau ein Lotterleben führte, was die Liebe anging, hatte sie sich immer gut um ihre jüngeren Schwestern gekümmert. Sie würde bestimmt auch ganz wunderbar mit Abigail zurechtkommen, und vielleicht könnte Wyatt sie ja ein wenig bändigen.

«Ja, ich finde auch, dass sie ein schönes Paar abgeben würden», sagte Sadie.

«Oooh! Meint ihr, wir sollten den beiden ein wenig unter die Arme greifen?», fragte Delores ganz aufgeregt.

«Noch nicht», entgegnete Murielle bestimmt. «Wenn der richtige Zeitpunkt gekommen ist, lasse ich es euch wissen.»

«Na gut.» Delores klang ein wenig enttäuscht.

«Ich hoffe, er kommt schon bald», sagte Sadie und schenkte nun Nolan ein Lächeln, der an ihren Tisch getreten war.

«Guten Morgen, Ladys, wie geht es euch?»

«Wunderbar», antworteten die drei im Einklang.

«Und wie geht es dir?», fragte Sadie.

«Ich kann mich nicht beklagen.»

«Du bist doch gut mit Trish befreundet, oder?», erkundigte sich Murielle.

«Ja, wieso?»

«Weißt du zufällig, weshalb sie sich von ihrem Freund getrennt hat?»

«Von Simon? Nein. Ich wusste nicht einmal, dass sie sich von ihm getrennt hat.»

Nolan kratzte sich am Kopf. Wahrscheinlich hätte er davon erfahren, wenn er Samstag am Mädelsabend teilgenommen hätte. Das hatte er nun schon öfter gedurft, aber ausgerechnet an diesem Abend hatte Jamies Schwester ihn und Jamie zum Dinner eingeladen, und da hatte er nicht absagen können.

«Oh. Na, da sind wir aber mal wieder besser informiert als du, mein Lieber», sagte Delores und lachte.

«Sieht ganz so aus. Hmmm ... leider kann ich euch da also nicht weiterhelfen. Wieso wollt ihr das denn so dringend wissen?»

«Ach, nur so», antwortete Murielle unschuldig.

Nolan zog die Augenbrauen zusammen. Weil das Tratschtrio nämlich nie irgendwas einfach nur so erfahren wollte.

«Na gut, wie ihr meint. Was kann ich euch denn heute bringen?»

«Ich hätte gerne einen Erdbeertee und ein Erdbeertörtchen», sagte Sadie, der heute nach der süßen roten Frucht war.

«Ich einen Milchkaffee und einen Marmormuffin», bat Murielle.

«Und ich nehme mal wieder einen Smoothie», sagte Delores seufzend.

«Welche Sorte?», wollte Nolan wissen.

«Wenn du Mango dahast?»

«Aber natürlich. Ich mach dir einen mit Mango und Himbeeren, ja? Das ist eine tolle Mischung.»

«Gerne.»

Nolan ging hinter die Theke, und die drei Frauen quatschten weiter.

«Was hast du denn gestern noch gemacht?», erkundigte sich Sadie bei Murielle.

«Ich habe meine Schwester Beverly besucht. Wir haben zusammen ein neues Strickmuster ausprobiert.»

«Ja?» Delores war ganz Ohr, da sie für ihr Leben gern strickte.

«Ja. Es ist gar nicht so schwer. Ich habe eine kleine Decke für Abigails Puppe gestrickt. Wenn du willst, zeige ich dir mal, wie das Muster funktioniert.»

«Das wäre toll.»

Murielle lächelte. «Und du, Sadie?»

«Ich stricke nicht, das weißt du doch.»

«Nein, das meinte ich nicht. Ich wollte nur wissen, was du gestern noch gemacht hast.»

«Ach, ich stand den ganzen Tag in meiner Eisdiele und habe Eis verkauft – was sonst? Abends habe ich mir dann einen alten Film angesehen, einen mit James Stewart.»

«Oh! Einen seiner ganz alten Filme?», fragte Delores.

«Ja. *Cocktail für eine Leiche.* Er war wirklich spannend.»

«Den kenne ich!» Delores wirkte plötzlich ganz aufgeregt. «George ist ein großer Fan dieser alten Kriminalfilme.»

«Ich sehe sie mir hin und wieder auch gern an», erklärte Sadie. «Ach ja, und ich habe gestern Annie gefragt, ob sie nicht Lust hat, mir ein wenig im Laden auszuhelfen. Nur zwei, drei Mal die Woche für ein paar Stunden.»

«Und? Möchte sie?»

«Sie war gleich Feuer und Flamme. Allerdings muss sie das erst noch mit Trish besprechen.»

Und da waren sie wieder beim Thema Trish, dachte Murielle.

«Sie wird es bestimmt erlauben», sagte Delores.

«Das hoffe ich.»

«Und wenn es klappt», meinte Murielle, «dann musst du unbedingt mal mit mir nach Hamilton kommen. Dann sehen wir uns zusammen die Boutique an, von der ich dir erzählt habe.»

«Das mache ich. Wenn es denn klappt.»

Ja. Jetzt lag es nur an Trish. Alles lag an Trish.

23

Am Montagmorgen ging Wyatt wie üblich seine Runde. Er spazierte in seiner Uniform über den Platz, schaute in den einen oder anderen Laden rein und grüßte Edda, die in der Eingangstür des Museums stand und sich die Sonne ins Gesicht scheinen ließ.

«Guten Morgen, Edda», rief er ihr zu.

«Guten Morgen, Wyatt. Hast du heute schon irgendwelchen Ärger aufgedeckt?»

«Nein, noch nicht.» Und darüber war er auch sehr froh. Seit dem Vorfall auf Bobbys Farm waren keine Hühner mehr verloren gegangen. Nachdem er mit Bobby den deftigen Süßkartoffeleintopf gegessen hatte, war er neulich noch in der Gegend herumgefahren und hatte einige der anderen Farmer befragt, ob sie etwas gesehen hätten oder ob sich auch bei ihnen etwas Ungewöhnliches ereignet hätte. Aber Fehlanzeige, er hatte auf diese Weise überhaupt nichts Neues erfahren. Anschließend war er noch zur Farm der Waltons gefahren. Sie waren einige der wenigen Farmer der Gegend, die keinen Mais anbauten, sondern Zuckerrohr. Doch auch dieses fand unter anderem in einer der Maisfabriken Verwendung, und zwar in Jonahs Popcornfabrik. Die Waltons wussten jedenfalls auch nichts, nicht einmal die Zwillingssöhne. Mit denen hatte Wyatt eine geschlagene halbe Stunde lang geredet, obwohl sie ziemlich wortkarg waren – wie es bei vierzehnjährigen Jungen so üblich war. Allerdings hatte es seit diesem Gespräch auch keinen weiteren Hühnerdiebstahl mehr gegeben, was also durchaus bedeuten könnte, dass doch die Walton-Jungs die Schuldigen waren. Vielleicht hatte Wyatt ihnen ja ein wenig Angst eingejagt, und sie hatten deshalb keinen weiteren Versuch gewagt.

Wie auch immer, für den Moment herrschte Ruhe, und das erleichterte ihn. Wobei es natürlich gar nicht so schlecht gewesen war, endlich mal etwas zu tun zu haben.

«Wie läuft es denn im Museum?», fragte er Edda und ging ihr ein paar Stufen entgegen.

«Ach, leider nicht sehr gut. In der gesamten letzten Woche hatten wir nur fünf Besucher. Vielleicht liegt es daran, dass noch Ferien sind und die Leute lieber an andere Orte verreisen. Ich hoffe nur, dass diese Woche wieder etwas mehr los sein wird.»

«Ja, das hoffe ich auch», sagte er. Und er fragte sich, wieso ausgerechnet in den Ferien tote Hose war, wo Lake Paradise doch in dieser Zeit normalerweise von mehr Touristen besucht wurde als sonst. Savannah hatte ihm erst kürzlich erzählt, ihr Hotel sei ununterbrochen ausgebucht. Gut, sie hatte nur zehn Zimmer, von denen sie und Dylan zwei bewohnten, aber immerhin schienen ja doch Leute von außerhalb zu kommen.

Apropos Savannah. Wyatt fiel auf, dass er schon eine Weile nicht mehr bei ihr im Hotel vorbeigeschaut hatte, und er beschloss, das heute nachzuholen. Doch zuerst wollte er noch dem *Animal Paradise* einen Besuch abstatten. Selbstverständlich nicht nur um nach dem Rechten zu sehen, sondern auch nach Trish.

Zunächst aber machte er noch am Zeitungskiosk halt, um sich mit Daniel zu unterhalten, der dort eine große Auswahl an Zeitschriften, Zeitungen und Secondhandbüchern verkaufte. Er befand sich an der Ecke Paradise Boulevard und Paradise Drive, gleich neben dem *Animal Paradise.*

«Guten Morgen, Daniel», sagte er – und sah genau in dem Moment seine Mutter herbeieilen. Sie kam in schnellen Schritten auf ihn zu und wirkte ganz aufgewühlt. Also ging er ihr entgegen.

«Da bist du ja!», sagte sie atemlos, als sie ihn erreicht hatte. Heute trug sie einen grünen Jogginganzug.

«Ist was passiert?», fragte er und nahm sie ein Stück beiseite.

«Ja!» Sie musste erst einmal verschnaufen.

«Und was?» Wirklich Sorgen machte Wyatt sich nicht, da seine Mom selbst dann so aufgeregt war, wenn jemand eine Katze ausgesetzt oder sich auch nur eine neue Frisur zugelegt hatte.

«Trish ...!», sagte sie mit gesenkter Stimme, und er wurde hellhörig.

«Was ist mit ihr?» Hatte sie sich verletzt? Hatte sie Probleme? Wollte sie aus Lake Paradise wegziehen?

«Sie hat sich von ihrem Freund getrennt.»

Er sah seine Mutter irritiert an. «Wirklich?»

«Ja! Wenn ich es dir doch sage.»

«Und wie verlässlich ist deine Quelle?», fragte er, während sein Herzschlag sich beschleunigte.

«Sehr verlässlich. Trish selbst hat es Savannah gesagt, und die hat es gestern Delores erzählt.»

«Oh.» Er blickte zum Tiersalon, in dem bereits Licht brannte, obwohl es noch nicht halb zehn war.

«Das ist ein Zeichen, Wyatt!»

Er sah wieder seine Mutter an. «Wie meinst du das, Mom?»

«Na, sie ist wieder Single! Du solltest sie um ein Date bitten. Wenn nicht jetzt, wann dann?»

«Ich weiß nicht … Sie hat doch gerade erst mit dem anderen Schluss gemacht. Da will sie bestimmt nicht gleich wieder daten.»

«Wer nicht wagt, der nicht gewinnt.»

«Schauen wir mal, was sich ergibt, okay?», sagte er, damit seine Mom Ruhe gab. «Ich muss jetzt weiter. Ich will mal raus zum See, im Hotel und im Seniorenheim reinschauen.»

«Mach das. Grüß Savannah von mir.»

«Das werde ich. Bis später dann.»

«Bis später!»

Er ging zurück zu Daniel, um sich noch ein bisschen zu unterhalten. Außerdem wollte er verhindern, dass seine Mom dachte, er würde in den Tiersalon gehen, um Trish gleich um ein Date zu bitten. Weil er es ja aber eh vorgehabt hatte, trat er, sobald er das Gespräch mit Daniel beendet hatte und von Murielle nichts mehr zu sehen war, durch die Tür.

Trish war gerade dabei, die Fensterscheiben von innen zu putzen.

«Guten Morgen, Trish.»

«Guten Morgen, Wyatt.» Sie hielt in ihrer Bewegung inne und richtete sich auf.

Er konnte sich ein Lächeln nicht verkneifen, und zwar ein ganz breites. Trish hatte also tatsächlich diesen langhaarigen Idioten abserviert, und das nach dem innigen Kuss in der letzten Woche – er konnte es kaum glauben.

«Ich wollte nur mal nach dem Rechten sehen. Ist alles in Ordnung bei dir?»

«Ja. Alles okay», erwiderte sie. «Und bei dir?»

Er strahlte sie an. «Alles bestens.»

«Na, das freut mich.»

«Was machen Annie und Becky?»

«Die genießen die letzten Ferientage. Annie ist beinahe jeden Tag bei ihrer Freundin Emily und übernachtet auch oft dort, und Becky verkriecht sich meist in ihrem Zimmer und plant ihr weiteres Leben.»

«Oh, stimmt. Sie kommt jetzt ins letzte Highschooljahr, der Ernst des Lebens beginnt bald.»

«Ja. Und sie hat mir erst vor ein paar Tagen verkündet, dass sie gern auf dasselbe College gehen würde wie unsere Mom.»

«Auf die Northwestern», sagte Wyatt, weil er natürlich wusste, an welchem College Trishs Mutter studiert hatte. Er wusste beinahe alles über sie.

Sie sah ihn kurz verwirrt an. «Ja, richtig.»

«Ich würde es ihr gönnen. Oder gibt es etwas, das dagegenspricht?», fügte er fragend hinzu, als er Trishs besorgten Blick wahrnahm.

«Nun ... etliche tausend Dollar Studiengebühren», sagte sie und zuckte mit den Schultern.

«Ach, ich bin mir sicher, ihr werdet eine Lösung finden. Wenn es denn ihr Schicksal ist.»

«Ja. Wir werden sehen.» Sie nahm ihr Tuch wieder in die

Hand. «Tut mir leid, Wyatt, aber ich muss mit den Fenstern fertig werden. Unser erster Kunde kommt gleich.»

«Kein Problem, ich will dich nicht aufhalten. Wo ist denn Lexi heute? Geht es ihr gut?»

Trish tauchte das Tuch in den Eimer. «Ja, sie hat nur um einen freien Vormittag gebeten, weil sie mit den Damen im Seniorenheim einen Zeichenwettbewerb veranstaltet», sagte sie, während sie weiterwischte. «Und da reichen die Freitage nicht aus.»

«Oh, wow.» Er wusste zwar, dass Lexi freitagnachmittags ehrenamtlich einen Zeichenkurs anbot, hatte aber keine Ahnung, dass sie so viel von ihrer Zeit für die älteren Herrschaften opferte. Er fand das wirklich bewundernswert. «Dort wollte ich gleich auch noch hin, dann bin ich mal gespannt, was die Damen und Herren so gezeichnet haben.»

«Das Thema ist *Hüte.*»

Er lachte. «Alles klar. Dann bis bald mal wieder. Hab einen schönen Tag.»

«Danke, den wünsche ich dir auch», sagte Trish und sah ihn – ein wenig länger als sonst – an. Oder bildete er sich das nur ein?

Jetzt oder nie, dachte Wyatt dann und trat mutig einen Schritt vor. «Trish, ich …»

Aber in dem Moment klingelte dummerweise sein Handy.

Verdammt!

Er ging ran, was blieb ihm anderes übrig? «Ja?»

«Wyatt, wir haben ein Problem», hörte er Officer Tom sagen. Und er wusste schon, bevor sein Kollege weitersprach, dass es wieder etwas mit Hühnern zu tun hatte.

24

Am frühen Nachmittag traf Lexi im Tiersalon ein.

«Danke noch mal, dass ich freinehmen konnte», sagte sie. «Der Wettbewerb war toll. Alle haben sich so viel Mühe gegeben und richtig schöne Bilder gezeichnet. Und das waren nicht nur einzelne Hüte, sondern auch Frauen mit Hüten, kleine Mädchen mit Hüten und sogar ein ganzer Berg voller Hüte.» Sie lachte.

«Klingt gut», erwiderte Trish und betrachtete das Kleid, das ihre Freundin heute trug. Es war ein luftiges gelbes Sommerkleid, unter dem ihr wachsender Bauch eine Menge Platz hatte. «Neues Kleid?»

«Ja. Ist es nicht schick? Ich habe es bei meiner Mom in der Boutique gefunden. So langsam passe ich nämlich in keines meiner Kleider mehr hinein, und ich weigere mich, schon Umstandsmode zu kaufen.»

Trish nickte nur und fegte dann die Hundehaare auf, von denen sie Martha Mitchells Vierbeiner befreit hatte. Martha war die Bibliothekarin der Stadt und seit Tag eins eine Stammkundin.

«Alles okay?», fragte Lexi und beäugte sie ein wenig besorgt.

«Ja klar», erwiderte Trish.

«Na gut. Wer kommt als Nächstes?»

«Lydia bringt Sherman zum Ohrenreinigen vorbei.» Sherman war der Dackel der Bürgermeistergattin Lydia Doyle.

«Okay. Dann bereite ich schon mal alles vor.»

«Tu das.»

Lexi ging ein paar Schritte, blieb dann aber stehen und drehte sich noch einmal zu ihr. «Ist wirklich alles gut? Du bist so einsilbig heute.»

Sie seufzte. «Ja, Lexi.»

«Okay, aber irgendwas stimmt nicht mit dir. Liegt es an mir? Hab ich dir irgendwas getan?»

Jetzt platzte es aus Trish heraus, und zwar so richtig: «Wieso hast du Helena und Savannah das von Wyatt erzählt?»

Erschrocken sah Lexi sie an. «Das ist es also. Ich … ich wusste nicht, dass du das so schlimm finden würdest.»

«Das hättest du dir aber denken können, oder? Du weißt doch, dass das ein schwieriges Thema für mich ist.»

«Warum ist es das eigentlich?»

«Das weiß ich ja selbst nicht!» Sie schrie die Worte beinahe hinaus. Aber sie wusste es tatsächlich nicht. Sie hatte keinen Schimmer, warum auch nur die Erwähnung Wyatts diese Furie aus ihr machte. Und sie verstand ja selbst nicht, warum ihr die Tatsache, dass immer mehr Leute von seinen Gefühlen für sie wussten, so viel ausmachte.

Vielleicht weil sie begann, selbst etwas zu fühlen? Und weil sie das eigentlich gar nicht wollte?

Als er heute Morgen hier gewesen war, wäre beinahe etwas passiert. Das hatte sie genau gespürt. Er hatte sie wieder so angesehen, und dann war er auf sie zugekommen. Er schien kurz davor gewesen zu sein, ihr etwas zu sagen, als sein Handy klingelte. Trish war sich beinahe sicher, dass er ihr seine Gefühle gestehen wollte, und sie hatte absolut keine Ahnung, wie sie darauf reagiert hätte.

Weil es doch Wyatt war. Und weil das einfach nicht passieren durfte.

«Trish, ich will dir nicht zu nahe treten, aber ich glaube, du versteckst dich vor deinen eigenen Gefühlen», sagte Lexi jetzt. «Ich glaube nämlich, du magst Wyatt mehr, als du dir eingestehen willst.»

«Ach ja? Und wieso bist du dir da so sicher?» Es klang patziger als beabsichtigt. Sonst redete sie nie in diesem Ton mit ihrer Freundin, aber heute konnte sie einfach nicht anders. Es hatte sich zu viel angestaut.

«Na, weil ich das sehe!», erwiderte Lexi. «Und weil ich dich gut kenne. Ich weiß, dass du in all den Typen, die du sonst so triffst, nie mehr siehst als eine heiße Nacht oder auch ein paar mehr. Aber wenn ich mal ganz ehrlich sein darf: Das tust du doch nur, weil du Angst vor etwas Festem hast. Vor einer richtigen Bindung.»

Sie stemmte die Hände in die Hüften und sah ihrer Freundin direkt ins Gesicht. «Ja? Und ist das ein Wunder? Ich habe so früh schon so viel verloren. Es macht mir einfach Angst, wenn ich zu viel Herz und Seele in etwas stecke – weil ich fürchte, dass ich es am Ende doch wieder nur verliere.» Mit diesen Worten, die sie zum ersten Mal laut ausgesprochen hatte, ließ sie die Hände wieder fallen. Traurig schüttelte sie den Kopf. «Ach, das kannst du nicht verstehen.»

Jetzt wurde auf einmal Lexi wütend. «Ehrlich? Du willst mir ehrlich sagen, ich kann das nicht verstehen? Hab ich denn nicht auch schon einmal alles verloren, was mir etwas bedeutet hat? Meinen Verlobten kurz vor der Hochzeit und wenig später mein ungeborenes Kind?»

Sofort taten Trish ihre Worte leid. Und doch wollte ihre Wut nicht weichen.

«Okay, du verstehst vielleicht, was Verlust ist. Aber du hattest danach nicht diese riesige Verantwortung auf deinen Schultern. Ich musste mich sofort um meine Schwestern kümmern, muss es noch immer. Und du weißt ja gar nicht, wie schwer es ist, ihnen Stabilität zu bieten und ihnen das Gefühl zu geben, sie sind nicht allein. Ihnen zu zeigen, ich bin immer für sie da und werde sie nicht auch noch verlassen.»

«Wenn du ihnen Stabilität schenken willst, dann solltest du vielleicht nicht jede Woche einen anderen belanglosen Typen mit nach Hause bringen», sagte Lexi in so bösem und vorwurfsvollem Tonfall, dass Trish ein Schauer über den Rücken lief.

«Ich habe nie auch nur einen einzigen von ihnen mit nach Hause gebracht!», fauchte sie zurück.

Dann merkte sie, wie aufgebracht sie war und dass sie einfach nur wegwollte, bevor dies in einen Streit ausartete, der nicht wiedergutzumachen war. «Ich geh raus an die frische Luft. Hier halte ich es keine Sekunde länger aus», sagte sie, stürmte aus der Tür und eilte davon.

Erst als sie die Paradise Avenue einmal auf und ab marschiert war, bemerkte sie, dass sie noch immer ihre pinkfarbene Plastikschürze trug. Sie nahm sie ab, knüllte sie zusammen und hätte sie am liebsten irgendwem an den Kopf geworfen – vorzugsweise Wyatt, der das ganze Chaos immerhin verursacht hatte. Stattdessen hielt sie die zusammengeknüllte Schürze nur fest, ging in die Drogerie und kaufte sich eine Flasche Wasser mit dem Dollarschein, den sie in ihrer Hosentasche fand. Dummerweise hatte sie sonst nichts dabei, weder ihr Portemonnaie noch ihr Handy, sie hatte alles im Salon liegen gelassen.

Der Salon. Sie musste zurück. Auch wenn sie wusste, dass Lexi den Rest des Tages gut ohne sie auskommen würde, war sie viel zu pflichtbewusst. Außerdem hasste sie es, sich zu streiten. Und obwohl ihre Freundin ein paar wirklich unschöne Dinge gesagt hatte, hatte sie im Grunde ja recht – mit allem! Trish war kein gutes Vorbild für ihre Schwestern. Sie hatte eine Scheißangst davor, sich zu binden. Und sie hatte – ob sie es nun wollte oder nicht – Gefühle für Wyatt entwickelt. Und zwar nicht erst, seit sie von seinen Gefühlen wusste, sondern schon lange davor. Doch sie hatte es nur als harmloses Flirten, als Freundschaft, als «nichts weiter» abgetan – und hatte sich selbst dabei belogen.

All das wurde ihr jetzt erst richtig klar, und deshalb eilte sie zurück zum *Animal Paradise*, wo Lexi sie mit Tränen in den Augen in Empfang nahm. Ihre Freundin kam sofort auf sie zu und hüllte sie in eine dicke Umarmung.

«Lexi, es tut mir leid, ich wollte dich nicht zum Weinen bringen», sagte sie.

«Es geht nicht um unseren Streit», entgegnete Lexi mit zitternder Stimme. «Ich muss dir etwas Trauriges sagen. Miss Eliza ist gestorben.»

25

«Annie, bist du zu Hause?», fragte Trish ihre kleine Schwester kurz vor Feierabend am Telefon.

Am anderen Ende der Leitung war ein Lachen zu hören, dann: «Hey, Trish. Ja, ich bin hier mit Emily.»

«Okay, gut. Könnt ihr euch bitte bei Halle was fürs Abendessen rausholen? Ich muss leider noch etwas erledigen und komme heute ein bisschen später.»

«Ja, klar.»

«Danke dir. Wir sehen uns dann nachher.»

«Okay.»

Annie legte auf, und Trish war froh, dass ihre Schwester nicht gefragt hatte, was sie vorhatte oder ob alles in Ordnung war. Denn sie wollte ihr die traurige Nachricht von Miss Elizas Tod nicht am Telefon verkünden.

Als sie zurück ins *Animal Paradise* gekommen war, hatte Lexi ihr erzählt, dass ihr Handy ein paarmal vibriert hatte. Und dass dann das Festnetztelefon geklingelt hatte. Dran gewesen war Cynthia, die Pflegerin, mit der Trish sich so oft über Miss Eliza unterhalten hatte. Sie hatte ihr mitteilen wollen, dass die alte Dame gestorben war und dass sie ihr einen Brief hinterlassen hatte. Nach Feierabend würde sie also noch raus zum Heim fahren – und Miss Elizas Zimmer mit all ihren Sachen ein letztes Mal betreten.

Lexi machte sich Sorgen um sie, weil sie wusste, wie nahe sie Miss Eliza gestanden hatte. «Soll ich dich zum Seniorenheim fahren?», bot ihre Freundin an.

«Nein, alles gut, ich kann allein fahren.»

«Ich möchte aber gern wiedergutmachen, was ich dir da vorhin alles an den Kopf geworfen habe. Es tut mir wirklich leid.»

«Mir tut es auch leid», sagte Trish, und sie umarmten sich noch einmal. «Na gut, wenn es dir wirklich nichts ausmacht, kannst du mich gerne fahren. Wir brauchen auch bestimmt nicht lange.»

Es war also beschlossene Sache, und nachdem sie um sechs Uhr die Ladentür geschlossen hatten, liefen sie das kurze Stück bis zu Lexis Haus in der Paradise Street und nahmen ihr Auto. Bis vor Kurzem hatte die Gute gar keins besessen, sondern war überall mit dem Fahrrad hingefahren, weil sie aber schwanger war, würde das bald keine Option mehr sein. Außerdem machten sie und Aaron sich, wann immer er in Lake Paradise war, öfter mal nach Hamilton, Omaha oder Lincoln auf. Also hatte Lexi sich einen kleinen gebrauchten Toyota angeschafft.

Sie fuhren den Paradise Parkway entlang bis hin zum See, parkten vor dem *Paradise Assisted Living Center* und betraten das dreistöckige Gebäude. Die Bewohner aßen gerade zu Abend, weshalb es leer auf den Gängen war. Trish sah im Zimmer der Pflegerinnen und Pfleger vorbei und entdeckte Cynthia, die sogleich von ihrem Stuhl aufsprang und auf sie zukam.

«Schön, dass du es geschafft hast. Mein herzliches Beileid, Trish.»

«Danke», sagte sie und fühlte sich komisch, weil sie wahrscheinlich die Person war, die Miss Eliza am nächsten gestanden hatte. Es war so traurig, dass die Frau sonst überhaupt keine Angehörigen mehr gehabt hatte. Einfach alles war traurig. Vor allem, dass Trish sie nun nie wiedersehen würde.

Cynthia ging mit ihr und Lexi zusammen in Miss Elizas Zimmer, in dem man noch den Geruch der alten Dame wahrnehmen konnte – eine Mischung aus Rosenwasser und Karamell.

«Hier ist der Brief», erklärte Cynthia. «Ich habe vorhin angefangen, ihre Klamotten zusammenzupacken und …»

«So bald schon? Ist sie nicht heute erst gestorben?», fragte Lexi und deutete auf die zwei vollgepackten Kartons mit Kleidung, die neben dem leer geräumten offenen Kleiderschrank standen.

«Nun», sagte Cynthia entschuldigend. «Das ist leider die übliche Vorgehensweise. Weil wir eine lange Warteliste haben und die neue Bewohnerin spätestens zum Wochenende hier einzieht.»

Lexi nickte, und Trish fragte: «Was ist das für ein Brief, den du erwähnt hast?»

«Das weiß ich leider nicht. Es steht aber dein Name drauf.» Cynthia übergab ihr einen rosafarbenen Umschlag, auf dem in schnörkeliger Schrift *Trish Price* geschrieben stand.

Gedankenverloren betrachtete Trish ihn eine Weile, bis Cynthia sagte: «Ich lasse euch dann mal allein. Falls ihr übrigens irgendetwas von ihrem wenigen Besitz haben möchtet, dürft ihr es euch gerne nehmen, es wird sonst doch nur weggeworfen beziehungsweise gespendet.»

Trish steckte den Brief ein und druckste verlegen herum. «Was ist denn eigentlich mit ihrem Schmuck?», fragte sie. «Ich hoffe, das kommt jetzt nicht falsch rüber, aber ... Miss Eliza hatte so eine hübsche Kette, die ich früher immer bewundert habe. Mit einem Rosenanhänger, einer Art Amulett.»

«Wenn du sie findest, nimm sie dir gerne.»

«Meinst du?»

«Ja, sicher.»

Einen Moment zögerte Trish. «Okay, danke. Das wäre ein sehr schönes Andenken an sie.»

Cynthia verließ den Raum, und Lexi sah sie bedauernd an. «Es ist wirklich tragisch, dass sie niemanden hinterlässt, der sich ihrer Sachen annimmt.»

«Ja. Ich glaube, sie hatte überhaupt keine Familie mehr.» Trish blickte zu dem Sessel am Fenster, auf dem Miss Eliza neulich noch gesessen und hinausgesehen hatte. Und so stark sie auch sein wollte, traten ihr jetzt doch Tränen in die Augen.

«Komm mal her, Süße.» Lexi zog sie an sich, um sie noch einmal sachte zu drücken. «Es tut mir so schrecklich leid.»

«Danke», erwiderte Trish schluchzend.

Als sie sich wieder beruhigt hatte, sahen sie die Schubladen und Kartons durch. Vielleicht fanden sie die Kette oder etwas anderes Bedeutsames, das sie vor dem Mülleimer bewahren konnten und das die Erinnerung an Miss Eliza lebendig halten würde. Lexi beschloss, den kleinen hölzernen Vogel mitzunehmen, der auf dem Nachttisch stand, außerdem eine Brosche in Form einer Fliege, die sie in einem Kästchen fanden.

Trish selbst wollte das Rosenkissen behalten, das auf dem Sessel lag. Es würde einen neuen Platz in ihrem Schlafzimmer finden. Dann stieß sie in einer der Schubladen tatsächlich auf ein Schmuckkästchen. Unter einigen alten Zeitschriften lag eine schmale Schatulle, in der sich drei Ketten befanden, darunter auch die mit dem Rosenamulett. Als Trish die Schatulle in ihre Handtasche steckte, hatte sie ein komisches Gefühl. Aber Cynthia hatte ja gesagt, sie könne mitnehmen, was sie wolle. Und falls am Ende wider Erwarten doch noch Verwandte auftauchen sollten oder irgendjemand sonst, der gerne ein Andenken an diese wunderbare Frau hätte, könnte sie ja die anderen beiden Ketten immer noch wieder hergeben.

«Gehen wir?», fragte Lexi irgendwann.

Trish nahm den Blick von dem Sessel, auf dem Miss Eliza nun niemals wieder sitzen würde, und nickte. «Ja, lass uns gehen.»

Arm in Arm verließen sie das Zimmer.

«Weißt du was?», sagte Trish. «Ich bin so froh, dass ich sie letzte Woche besucht habe. So habe ich sie wenigstens noch mal gesehen, bevor sie ging.»

«Ja, das verstehe ich gut.» Lexi lächelte. Da fiel ihr etwas ein, und sie blieb stehen. «Würde es dir etwas ausmachen, wenn ich ganz kurz meinem Grandpa Hallo sage? Wenn wir eh schon hier sind?»

«Nein, natürlich nicht.»

Sie klopften also bei Murphy an, der bereits vom Abendessen zurück war.

«Hi, Gramps», sagte Lexi, trat ein und ging langsam auf ihn zu. «Ich war in der Nähe und wollte nicht gehen, ohne dich wenigstens kurz zu sehen.»

Murphy, der nach zwei Schlaganfällen im Rollstuhl saß und nicht mehr sprechen konnte, blickte Lexi an und lächelte leicht.

«Wie geht es dir?», fragte Lexi und gab ihm einen Kuss auf die Wange.

«Hallo, Murphy», sagte auch Trish und trat näher. Sie fand es so süß, wie lieb sich Lexi immer um ihren Grandpa kümmerte. Obwohl es sicher nicht einfach war, besuchte sie ihn häufig, las ihm stundenlang vor, fuhr ihn am See spazieren oder holte ihn ab und nahm ihn mit auf die Feste, die in Lake Paradise stattfanden. Und das waren nicht wenige!

In jedem einzelnen Monat wurde etwas gefeiert. Die größten Spektakel gab es wohl zu Weihnachten, am Memorial Day im Mai und zur Maisernte im September. Doch auch der August hielt noch etwas bereit: Am letzten Wochenende fand das große Sommerfest statt, bei dem es nicht nur leckeres Essen und Trinken, sondern auch Spiele, Tanz und Gesang geben würde. Trish fragte sich, mit wem sie selbst wohl dieses Jahr dort hingehen würde.

«Es war ein langer Tag», sagte Lexi eine Viertelstunde später, als sie wieder im Wagen saßen.

«Ja, das war es.» Trish schloss für einen Moment die Augen, während ihre Freundin sie nach Hause fuhr.

Nachdem sie sich winkend von Lexi verabschiedet hatte, entdeckte Trish ihren Nachbarn Zac auf der anderen Straßenseite. Er winkte ihr von seiner Verandatreppe aus zu, auf der er saß und ein Bier trank. Sie winkte zurück, war aber heute nicht in der Stimmung, rüberzugehen und mit ihm zu quatschen oder gar zu flirten. Stattdessen atmete sie tief durch und ging ins Haus.

Annie, Emily und Becky saßen auf der Wohnzimmercouch und sahen sich irgendwas im Fernsehen an. Eine halb aufgegessene Pizza lag noch in ihrem Karton auf dem Tisch.

«Hey, ihr Süßen», rief Trish ihnen zu. Dann ging sie in die Küche, um sich ein Glas Wein einzuschenken. Heute Abend brauchte sie einfach eins.

Annie kam zu ihr und plapperte drauflos: «Hey, Trish, ich wollte dich noch was fragen. Gestern hat Sadie mir angeboten, ein paarmal die Woche in der Eisdiele mit auszuhelfen. Wärst du damit einverstanden?»

«In der Eisdiele? Oh.» Trish musste sich kurz sammeln. «Ja, klar, das kannst du gerne machen, wenn du möchtest. Und wenn die Schule nicht darunter leidet.»

«Oh, cool, danke. Ich hab heute bei Emily Corn Dogs selbst gemacht, vegetarische natürlich. Emily ist jetzt auch Vegetarierin, cool, oder?»

«Ja, cool», erwiderte sie müde.

«Ich hab dir einen mitgebracht, er ist im Kühlschrank.»

So lieb es war, dass ihre Schwester ihr ein Würstchen im Teigmantel mitgebracht hatte, musste Trish die ganze Zeit an etwas anderes denken.

«Danke, Annie. Du, ich … ich muss dir etwas sagen.»

«Was denn?» Jetzt sah ihre Schwester sie ein wenig besorgt an, wahrscheinlich weil ihr Tonfall nichts Gutes verhieß.

«Okay, warte, Becky sollte das auch hören. Gehen wir ins Wohnzimmer.»

Sie setzten sich zu den anderen. Trish bat Becky, den Fernseher auf leise zu stellen, und dann erzählte sie den Mädchen von Miss Eliza.

Annie fing an zu weinen, und Becky lehnte sich zu ihr und umarmte sie. «Wie traurig ist das denn?», sagte sie.

«Ja, ich finde es auch total traurig.» Trish musste schlucken. Dann kam ihr eine Idee. Nach einer kleinen Weile, wenn sich kein Angehöriger gemeldet hatte, würde Trish ihren Schwestern je eine der Ketten geben. Sie würden sie sicher in Ehren halten, weil Miss Eliza ihnen auch etwas bedeutet hatte. Doch für heute wollte Trish einfach nur in ihr Zimmer gehen und ein bisschen allein sein.

«Guckt nur weiter eure Sendung», sagte sie, nachdem Annie sich beruhigt hatte. «Ich gehe nach oben, okay?»

Sie stieg mit dem Rosenkissen und der Schmuckschatulle in der einen Hand und dem Weinglas in der anderen die Treppe hoch und setzte sich auf ihren Sessel. Und dann holte sie die Kette heraus, die Miss Eliza früher immer getragen hatte.

Vorsichtig öffnete sie das Amulett und starrte voller Erstaunen auf das Foto, das sich darin befand. Denn es zeigte jemanden, den sie sehr wohl kannte. Ein Mann lächelte ihr zu, und es war kein Geringerer als Alfred Highmore.

26

Eine halbe Stunde später saß Trish noch immer in ihrem Sessel und trank Wein. Inzwischen hatte sie sich die ganze Flasche nach oben geholt. Sie war nach wie vor verblüfft über ihre Entdeckung und starrte immer wieder auf das Foto von Alfred Highmore. Doch sie konnte sich einfach nicht zusammenreimen, was es bedeutete.

Hatten Miss Eliza und der alte, mürrische Highmore sich gekannt? Und selbst wenn, warum hatte sie etliche Jahre lang sein Bild um den Hals getragen? War sie etwa verliebt in ihn gewesen? Oder war da sogar noch mehr an der Sache dran?

Waren die beiden etwa ein Paar gewesen?

Trish musste überlegen. Alfred Highmore war, soweit sie wusste, über fünfzig Jahre lang verheiratet gewesen, bevor er im letzten Jahr verstorben war. Er war an die neunzig geworden. Seine Frau Mary-Anne war bereits einige Jahre zuvor verschieden, Trish war sich nicht sicher, wann das gewesen war. Überhaupt wusste sie nicht sehr viel über Alfreds Leben. Allerdings wusste sie sehr gut, an wen sie sich wenden konnte. Denn die drei Tratschtanten waren besser informiert als jedes Geburtenregister und jedes historische Buch, sie würden ihr sicher mehr sagen können. Und Trish nahm sich vor, gleich morgen früh zu ihnen zu gehen, wenn sie sicher wie jeden Tag um acht im Café sitzen würden.

Fürs Erste konnte sie nur Vermutungen anstellen.

Sie trank noch einen Schluck Wein. Dann fiel ihr plötzlich der Brief ein, der sich noch immer in ihrer Handtasche befand. Sie ging erneut nach unten, um ihn zu holen, und stieß dabei auf Annie, die fragte, ob Emily bei ihnen übernachten könne.

«Ja, klar. Sie soll nur kurz ihrer Mom Bescheid sagen.»

«Okay. Danke, Trish.»

«Kein Problem. Habt ihr das Wohnzimmer aufgeräumt?», fragte sie – und ärgerte sich im selben Moment, dass sie sich über solch belanglose Dinge Gedanken machte. Hatte sie nicht gerade erst wieder erfahren müssen, wie schnell das Leben vorbei sein konnte? Wie kurz es war? Sie nahm sich vor, sich mehr um die wirklich wichtigen Dinge zu kümmern, statt sich wegen Unnützem zu sorgen.

«Ja, haben wir», sagte Annie.

«Danke, Süße.» Sie sah ihre Schwester an und bekam schon wieder feuchte Augen. «Lass dich mal drücken.» Sie zog sie an sich und wollte sie am liebsten gar nicht wieder loslassen.

Als sie es schließlich doch tat, fragte Annie: «Ist alles okay?»

Sie nickte. «Ja, alles gut. Ich bin nur heute irgendwie … sentimental. Traurig. Ich vermisse Miss Eliza jetzt schon.»

«Ich auch. Und ihr Bananenbrot.»

«Oh Gott, ihr Bananenbrot! Du hast recht! Das werden wir nie wieder zu essen bekommen.» Nicht, dass Miss Eliza in den letzten Jahren noch gebacken hätte, aber nun gab es auch keine Möglichkeit mehr, sie nach dem Rezept zu fragen. Es war mit dem Geist der alten Dame davongeflogen.

«Echt schade», sagte Annie.

«Ja. Total schade», stimmte Trish zu.

«Kann ich jetzt wieder zu Emily zurück? Sie wartet in meinem Zimmer, und wir wollten noch ein paar lustige *TikTok*-Videos angucken.»

«Ja klar, macht ruhig.»

Nachdem Annie verschwunden war, sah Trish noch kurz nach Becky, die in ihrem Bett lag und bereits eingeschlafen war. Übers College nachzudenken, musste unglaublich müde machen. Sie konnte sich noch vage erinnern. Damals, als sie siebzehn gewesen war, hatte sie auch große Pläne gehabt – bis dann eines Tages der Anruf kam, dass ihre Eltern bei einem Flugzeugabsturz ums Leben gekommen waren. Es war kurz vor Weihnachten gewesen. Mom und Dad waren zusammen nach Florida gereist, um ihren Hochzeitstag zu feiern – und sie waren nicht mehr zurückgekommen. Manchmal tröstete Trish der Gedanke, dass sie wenigstens gemeinsam, vielleicht sogar in den Armen des anderen gestorben waren.

Sie seufzte. Heute war wirklich kein leichter Tag. Einer mit viel zu vielen traurigen Gedanken. Sie konnte nur hoffen, dass zumindest Miss Elizas Brief sie ein wenig aufheitern würde. Also holte sie ihn nun endlich aus ihrer Handtasche und ging damit zurück in ihr Zimmer.

Gedankenverloren betrachtete sie den rosafarbenen Umschlag. Hatte Miss Eliza gewusst, dass Rosa und Pink ihre Lieblingsfarben waren? Oder hatte sie einfach selbst gern Rosa gemocht? Sie war immerhin eine große Liebhaberin von Rosen gewesen. Trish erinnerte sich, dass in ihrem Haus damals überall welche zu finden gewesen waren, in Form von frischen Blumen oder als Deko. Als Muster auf Kissen, als

Bilder an den Wänden und als Duft, in welches Zimmer man auch trat. Trish glaubte sogar, Miss Eliza hatte ein Parfum mit Rosenessenzen benutzt. Dass die alte Dame bei ihrem Besuch letzte Woche noch immer nach Rosen gerochen hatte, schien dies zu bestätigen.

Ihr Name stand auf dem Umschlag. *Trish Price.* Unwillkürlich fragte sie sich, ob es noch weitere Umschläge gab. Ob Miss Eliza wohl auch anderen Menschen ein paar letzte Worte hinterlassen hatte. Nun, auch das würde sie sicherlich in den nächsten Tagen von den Tratschtanten erfahren.

Vorsichtig öffnete sie den Umschlag und faltete das Blatt Papier auseinander, das sich darin befand. Dann las sie die Worte, die allein für sie bestimmt waren.

Meine liebe Trish,

ich schreibe Dir diese Zeilen, weil ich weiß, dass ich dies bald nicht mehr kann. Meine Erinnerung schwindet, meine Worte ebenso, vielleicht kenne ich in wenigen Monaten nicht einmal mehr Deinen Namen. Falls es dazu kommen sollte, möchte ich Dir sagen, dass es mir leidtut.

Ich habe Dich in den letzten Jahren sehr in mein Herz geschlossen und bin froh, mit Dir einen Menschen in meinem Leben zu haben, der sich um mich kümmert. Dass da jemand ist, der mich mag, wie ich bin. Dem ich genug bin. Dem ich etwas bedeute. Und ich weiß, ich bedeute Dir etwas – genauso wie Du mir.
Du musstest viel durchmachen, mein armes Kind, es waren harte Jahre. Ich möchte Dir aber sagen, dass ich

Deine Stärke immer bewundert habe. Du bist eine so liebevolle Schwester und eine wunderbare Freundin, immer für alle da. Und ich bin mir ganz sicher, wenn Du eines Tages der Liebe begegnen wirst, dann wird dieser Mensch sich überglücklich schätzen können, Dich zu haben. Ich wünsche Dir, dass Du den einen bald findest und dass das Schicksal Dir weniger Steine in den Weg legt als mir.

Vielleicht wirst Du Dich wundern, wenn sich Edmund Keller irgendwann bei Dir meldet. Es wird bedeuten, dass ich von dieser Welt gegangen bin und endlich meinen Frieden gefunden habe. Dass ich so sein darf, wie ich wirklich bin. Und es wird ebenfalls bedeuten, dass Du meine Hinterlassenschaften erhältst. Ich weiß, bei Dir ist er in guten Händen, mein wertvollster Besitz. Pass bitte gut darauf auf, ich bin mir sicher, Du wirst meine Geheimnisse vertraulich behandeln.

Schon bald nehme ich Abschied. Von diesem Leben und von Dir, meine liebe Trish, um in einer anderen Welt fortzubestehen. Zusammen mit den Menschen, die immer an meiner Seite hätten sein sollen.
Denk ab und zu mal an mich. Ich trage Dich in meinem Herzen.

Deine Eliza Cole

Schon während des Lesens hatte Trish feuchte Augen gehabt, doch nach diesen bewegenden letzten Worten nun fing sie an, richtig zu weinen und zu schniefen. Das Ganze war einfach so tragisch – und so wirr. Denn sie verstand nur die Hälfte des Briefes. Was zum Beispiel sollte es bedeuten, dass das Schicksal Miss Eliza Steine in den Weg gelegt hatte, was die Liebe anging? Und wieso dankte sie Trish dafür, dass sie sie so gemocht hatte, wie sie war? Und dann die Sache mit Edmund Keller! Er war Savannahs Ex-Schwager und der Notar der Stadt. Welchen wertvollen Besitz, welche Geheimnisse würde er ihr überbringen? Was hatte die alte Dame ihr vermacht?

Sie griff nach einem Kleenex und putzte sich die Nase, dann füllte sie den letzten Rest Wein in ihr Glas.

«Ach, Miss Eliza», sagte sie und hielt sich den Brief an ihr Herz. «Ich würde Ihnen so gerne noch ein paar Fragen stellen. Mehr über Sie erfahren. Sie haben mir nämlich wirklich was bedeutet, und ich werde Sie nicht vergessen. Versprochen!» Sie trank einen Schluck Wein, dann hörte sie ein Klopfen und erschrak.

War es etwa Miss Eliza, die sich da bemerkbar machte? Angstvoll sah Trish sich um.

Da war es wieder, dieses Klopfen. Es kam von unten.

«Ach, so ein Unsinn! Das kannst du auch nur denken, weil du eine Dreiviertelflasche Wein intus hast», sagte sie zu sich selbst und erhob sich. Sie stellte das Glas ab, legte den Brief auf ihr Bett und ging die Treppe runter. Hin zur Tür. Sie öffnete sie – und entdeckte Wyatt, der ein wenig unschlüssig davorstand.

«Tut mir leid … Ich wusste nicht, ob ihr schon schlaft», stammelte er. «Ich wollte keinen wecken, deshalb habe ich nicht geklingelt. Weil ich aber Licht gesehen habe, dachte ich, ich sehe mal nach dir. Frage, wie es dir geht.» Er legte den

Kopf schief und sah sie mitleidig an. «Ich habe das von Miss Eliza gehört.»

Trishs Herz füllte sich mit Wärme und Dankbarkeit. Was für ein lieber Kerl Wyatt doch war.

«Möchtest du reinkommen?», fragte sie.

27

«Es ist so unglaublich traurig», sagte Delores und versuchte, die Tränen zu unterdrücken. Bereits gestern Abend hatte sie die Nachricht gehört, dass Miss Eliza von ihnen gegangen war, und seitdem war sie untröstlich.

«Ja, ich kann es auch noch nicht fassen», sagte Sadie.

«Nun, sie war 88 Jahre alt», warf Murielle ein. «Das muss man erst mal schaffen.»

Sadie sah ihre Freundin an. «Ja. Aber es ist ja leider nicht so, dass sie ein langes, glückliches Leben hatte, oder? Soweit ich weiß, war sie immer nur allein. Und auch jetzt gibt es niemanden, der um sie trauert.»

«Wir trauern um sie», widersprach Delores.

«Du weißt schon, wie ich es meine. Sie hatte weder einen Mann noch Kinder. Ich habe überhaupt nie jemanden in ihr Haus gehen sehen, außer hin und wieder Trish.»

«Ja, die beiden hatten sich wohl irgendwie angefreundet», sagte Murielle. «Es hat Trish sicher schwer getroffen, dass sie gestorben ist.»

«Wenigstens hat Miss Eliza nicht leiden müssen», sagte Delores. «Ich habe gehört, sie sei friedlich in ihrem Lieblingssessel eingeschlafen.»

«Trotzdem war sie am Ende nicht mehr sie selbst.» Murielle nahm einen Bissen von ihrem Bagel. «Sie hat uns ja nicht mal mehr erkannt, wenn wir sie hin und wieder besucht haben.»

«Ich weiß», sagte Delores, die sich heute mal etwas anderes bestellt hatte als einen Smoothie, und zwar einen Schokoladenmuffin. Manchmal musste es einfach etwas Süßes sein, besonders wenn man traurig war. «Es war göttliche Gnade, dass sie so friedlich von dieser Welt gehen durfte.»

Murielle nickte. «Mir fällt gerade etwas ein. Sie hat doch immer dieses leckere Bananenbrot gebacken. Hat sie je einem von euch das Rezept gegeben? Oder ist das Bananenbrot mit ihr gestorben?»

«Ich habe es nicht», meinte Sadie.

Delores schüttelte den Kopf. «Ich auch nicht.»

«Das ist aber wirklich schade. Es war das beste Bananenbrot, das ich je gegessen habe», sagte Murielle und schwelgte in Erinnerungen. Miss Eliza hatte es manchmal zu Feierlichkeiten beigesteuert, bei einem Stadtfest hatte sie einmal zehn Stück gebacken und für den Kuchenverkauf gespendet.

«Ja, da stimme ich dir zu», sagte Sadie.

In dem Moment betrat Trish das *Paradise Café*, und alle drei drehten sich mitfühlend zu ihr um.

«Trish!», rief Murielle. «Komm doch mal her, setz dich zu uns.»

Die junge Frau trat an ihren Tisch. «Das hatte ich ohnehin vor», sagte sie lächelnd und nahm auf dem freien Stuhl Platz. «Ich wollte euch nämlich etwas fragen.»

Doch bevor die drei Tratschtanten sich in Position bringen konnten, stand Nolan neben Trish, beugte sich zu ihr runter und drückte sie so fest, als wollte er sie auspressen wie eine Orange. «Du armes Ding, es tut mir so leid.»

«Danke, Nolan», erwiderte sie.

«Heute geht dein Frühstück auf mich. Was darf ich dir bringen?»

Trish grinste frech. «Wenn du so fragst, alle Muffins, die du dahast.»

Delores musste lachen und sah Nolan kurz erschrocken aufblicken.

«Du nimmst mich auf den Arm, oder?», fragte er.

«Natürlich, Nolan!», entgegnete Trish. «Einer reicht vollkommen. Und einen Kaffee, bitte, ich habe fürchterlich geschlafen.»

«Das sieht man dir nicht im Mindesten an», erwiderte Nolan, charmant wie immer. «Magst du einen Blaubeermuffin und einen Vanille-Macchiato haben?»

«Klingt perfekt», sagte Trish und wandte sich, sobald Nolan gegangen war, an die drei Damen. «Darf ich euch vielleicht ein paar Fragen zu Miss Eliza stellen? Es muss auch nicht jetzt sein.»

«Doch, doch, nur zu!», sagte Murielle. «Was möchtest du denn wissen?»

«Wie ihr ja sicher mitbekommen habt, hat Miss Eliza und mich eine Art Freundschaft verbunden, und ich habe mich des Öfteren mit ihr unterhalten. Allerdings weiß ich so gut wie gar nichts über ihre Vergangenheit. Und jetzt, da sie nicht mehr da ist, frage ich mich einfach, wer sie eigentlich war.»

«Nun, sehr viel wissen wir leider auch nicht», sagte Sadie.

Trish wirkte nicht sehr überzeugt. «Ach, kommt, ihr wisst doch immer mehr als alle anderen.»

«Also, ich weiß, dass sie das allerbeste Bananenbrot gebacken hat», sagte Delores, und Trish nickte ihr lächelnd zu.

«Ja, das weiß ich auch. Ich bin selbst öfter mal in den Genuss gekommen. Aber wisst ihr vielleicht etwas über ihre private Situation? Ihre Familie? Irgendwas?» Trish sah von Delores zu Sadie und schließlich zu Murielle.

«Nun ja, es gibt da schon ein paar Gerüchte», sagte Murielle und senkte ihre Stimme ein wenig, weil es nicht allzu nett war, über eine gerade erst Verstorbene zu tratschen.

«Erzähl mir bitte davon», sagte Trish.

«Na gut. Also, sie hat doch ganz allein in diesem riesigen Haus gewohnt. Und man erzählt sich, dass sie es geerbt hätte.»

«Ach ja? Und von wem?»

«Das kann ich dir leider auch nicht sagen.»

Trish schaute wieder in die Runde. «Und wisst ihr, wieso sie allein gelebt hat? War sie je verheiratet? Hatte sie Kinder?»

«Auch das wissen wir nicht mit Sicherheit», sagte Sadie.

«Hm …»

Trish sah ein wenig enttäuscht aus, sie hatte sich wohl mehr erhofft, dachte Delores.

«Ich weiß nur, dass sie aus dem Süden kam», fügte Sadie dann noch hinzu. «Aus Georgia, das hat sie mir mal erzählt.»

«Ja? Aus einer echten Südstaatenfamilie?», fragte Trish.

«Bestimmt aus einer sehr reichen, sonst hätte sie doch dieses riesige Haus nicht unterhalten können», meinte Sadie. «Außerdem war sie immer sehr elegant gekleidet.»

Trish seufzte. Das waren doch alles nur Vermutungen. «Wisst ihr denn wenigstens, was sie beruflich gemacht hat? Ich kannte sie ja nur in fortgeschrittenem Alter.»

«Oh ja!», meldete Delores sich zu Wort. «Ich habe mich mal mit ihr über Blumen unterhalten. Sie war wohl einige Jahre lang Floristin, unten in Georgia.»

«Ach, tatsächlich? Das würde auf jeden Fall ihre Liebe zu Rosen erklären», überlegte Trish laut.

«Vielleicht sprichst du mal mit Moesha, sie könnte da mehr wissen. Die beiden haben sich womöglich mal über ihre gemeinsame Leidenschaft unterhalten.»

«Eine gute Idee, Delores. Das mache ich.» Trishs Frühstück kam, und sie langte zu. «Ob sie mit irgendwem zusammen war, wisst ihr aber nicht, oder? Mit irgendeinem Mann?»

«Also … es wurde mal etwas gemunkelt», sagte Murielle zögerlich. Die nächsten Worte sprach sie hinter vorgehaltener Hand: «Alfred Highmore soll sie ein paarmal besucht haben.»

Trishs Augen weiteten sich. «Echt?»

«Ich habe es nie mit eigenen Augen gesehen, aber ja, so wird es erzählt.»

«Und wann soll das gewesen sein? Als sie noch jünger war?»

«Nun, Evelyn hat mal was angedeutet.» Evelyn war die Mutter von Buddy, dem Stadtpoeten. «Sie will gesehen haben, wie er ihr Haus ganz früh am Morgen verlassen hat. Und das ist keine zwanzig Jahre her, das heißt also, zu dem Zeitpunkt hat Mary-Anne noch gelebt.»

«Nicht dein Ernst!», sagte Trish.

«Nun ja, Evelyn ist aber nicht gerade die zuverlässigste Beobachterin», warf Sadie ein. «Sie verlegt doch ständig ihre Brille und ist dann blind wie ein Maulwurf.»

«Da hast du allerdings recht. Es hätte auch der Klempner sein können oder der Postbote», vermutete Delores.

«Um fünf Uhr am Morgen?», fragte Murielle skeptisch.

«Tja, einigen wir uns also darauf, dass wir gar nichts wissen», schlug Sadie achselzuckend vor.

Murielle hob ebenfalls ratlos die Schultern. «Ja, so sieht es wohl leider aus. Tut uns leid, Trish, dass wir dir nicht weiterhelfen konnten.»

«Nein, nein, ihr habt mir geholfen», erwiderte sie und steckte sich das letzte Stückchen Muffin in den Mund. Dann trank sie ihren Kaffee aus, stand auf und sagte: «Ich muss los. Vielleicht schaffe ich es noch zu Moesha, bevor ich den Tiersalon aufschließe.»

«Grüß sie von uns», bat Sadie.

«Das mache ich. Danke für alles, ihr Lieben, und habt einen schönen Tag!»

«Danke, du auch», sagte Delores.

Trish trat noch kurz an die Theke, um Nolan für das Gratis-Frühstück zu danken, dann war sie auch schon raus aus dem Laden.

Sadie konnte durch das Fenster beobachten, wie Buddy ihr einen gelben Zettel in die Hand drückte, bevor er zu ihnen ins Café kam.

«Guten Morgen, Buddy!», rief sie ihm zu. «Hast du für uns auch ein Gedicht?»

Er gab ihr eins, ohne dabei zu lächeln. Er war einfach kein Mann von großen Emotionen.

«Na, dann wollen wir mal sehen, wovon es heute handelt», sagte Sadie, obwohl sie es sich alle drei denken konnten. Laut las Sadie vor:

Die Rosen-Frau, die Rosen-Frau
Sie trank auch gerne mal Kakao
Immer nett und immer gut
Machte sie mir häufig Mut
Stets ein Lächeln im Gesicht
Widme ich ihr mein Gedicht
Leider ist Miss Eliza nun tot
Werd' vermissen ihr Bananenbrot

28

Wyatt war mit einem Lächeln erwacht. Er hatte Abigail mit einem Kuss auf die Wange geweckt und ihr anschließend etwas zum Anziehen herausgelegt, dann war er in die Küche gegangen, hatte das Radio angestellt und angefangen, Waffeln zu machen. Als seine Tochter in die Küche kam, duftete alles ganz wunderbar. Wyatt war gerade dabei, *Conversations in the Dark* von John Legend mitzusingen, das auf seinem Lieblingssender lief. Und, Herrgott, er fühlte diesen Song heute so sehr! Denn ja, er liebte Trish genau so, wie sie war. In seinen Augen war sie perfekt – und er schwor, ihr niemals das Herz zu brechen.

Gestern Abend war einfach magisch gewesen. Nachdem Trish ihn in ihr Haus gebeten hatte, hatten sie stundenlang zusammen in der Küche gesessen und sich unterhalten. Sie hatten einander Geschichten über Miss Eliza erzählt und gelacht, aber ein paarmal war Trish auch den Tränen nahe gewesen. Der Verlust der alten Dame nahm sie sehr mit – was Wyatt sofort klar gewesen war, als er im Seniorenheim erfahren hatte, was passiert war. Und er hatte sogleich an Trish denken müssen.

Sein Darts-Abend war gestern ausgefallen, weshalb er

Zeit mit Abigail verbringen konnte. Doch Trish war ihm einfach nicht aus dem Kopf gegangen. Und sobald seine Tochter schlief, hatte er nicht anders gekonnt, als seine Mom zu bitten, noch mal rüberzukommen. Um zu Trish gehen zu können. Um für sie da zu sein. Egal, ob sie ihn nur als Freund betrachtete. In solchen Zeiten war es das Wichtigste, demjenigen, den man mochte, eine Schulter zum Anlehnen zu bieten.

Trish hatte sich dann zwar nicht bei ihm angelehnt, doch sie hatte sich ihm anvertraut, ihm von Begegnungen mit Miss Eliza erzählt. Ihm offenbart, wie sehr die alte Dame ihr geholfen hatte, als ihre Eltern so plötzlich gestorben waren und ihre ganze Welt zusammengefallen war.

Wyatt hatte das alles sehr bewegt. Nicht nur Trishs Offenbarungen, sondern auch die Erkenntnis, was für ein guter Mensch Miss Eliza gewesen war.

«Vielleicht können wir etwas Besonderes für sie machen», hatte er später am Abend vorgeschlagen. «Eine Trauerfeier. Sie hätte sich bestimmt gefreut zu wissen, dass wir sie gebührend verabschieden.» Er ahnte, dass es sonst niemanden gab, der solch eine Feier auf die Beine stellen würde. Natürlich würde es eine Beerdigung geben, und garantiert würde auch der eine oder andere Stadtbewohner daran teilnehmen, aber eine richtige Abschiedsfeier war eine schöne Idee, fand er.

Trish traten wieder Tränen in die Augen, und sie sah ihn dankbar an. «Das ist wirklich eine wundervolle Idee. Ich bin sofort dabei.»

Die nächste halbe Stunde hatten sie sich Gedanken zu einer solchen Feier gemacht. Sie hatten überlegt, wo sie stattfinden könnte, was man zu essen anbieten und welche Musik gespielt werden sollte. Am Ende hatten sie sich darauf geeinigt, die Angelegenheit bei der nächsten Stadtversammlung anzusprechen und um Mithilfe und weitere Einfälle zu bitten.

Um halb zwölf hatte Wyatt sich dann verabschiedet. Er wollte Trish ein wenig Ruhe gönnen, sie war bestimmt erschöpft, und er wollte sich auch nicht weiter aufdrängen. Also erhob er sich, sagte ihr, dass sie tapfer sein sollte, Miss Eliza hätte es so gewollt. Und sie nickte und gab ihm zum Abschied eine Umarmung. Sogar eine richtig lange!

Mit einem breiten Lächeln hatte Wyatt das Haus verlassen und war glücklich nach Hause getänzelt, wo seine Mom ihn fragend angesehen hatte. Doch er hatte nur gesagt: «Es war ein netter Abend.»

«Ja? Willst du mir auch verraten, wo du gewesen bist?», hatte sie sich erkundigt.

«Hier und da», hatte er ausweichend geantwortet und ihr einen Gutenachtkuss auf die Wange gegeben. Er war noch an der Tür stehen geblieben, bis sie ihr Haus nebenan betreten hatte, dann hatte er sich nach draußen auf die Veranda gesetzt und in den Sternenhimmel geguckt, bis er irgendwann müde geworden und ins Bett gegangen war.

Heute jedoch war das Hochgefühl wieder da! Er konnte nur noch an Trish denken und freute sich schon sehr darauf, sie wiederzusehen, spätestens morgen Abend bei der Stadtversammlung. Sie würden die Sache mit der Trauerfeier vor den Einwohnern von Lake Paradise ansprechen, und vielleicht würde das sogar bedeuten, dass sie sich demnächst öfter sahen …

«Daddy, warum lächelst du so komisch?», fragte Abigail, während sie auf ihr Frühstück wartete.

Irritiert sah er sie an. «Ich lächle komisch?»

Abigail nickte. «Ja. Du hörst gar nicht mehr auf damit.»

Er musste lachen. «Weißt du, ich lächle, weil ich glücklich bin. Weil es ein guter Tag ist.»

«Das finde ich auch. Heute wollen wir im Kindergarten unser Lieblingstier malen. Ich male einen Schmetterling.»

«Oh. Einen Schmetterling? Ich dachte, deine Lieblingstiere wären Giraffen und Meerschweinchen?»

«Und am meisten Schmetterlinge.»

«Ah! Gut, das zu wissen.» Er lächelte seine Kleine an. «Die Waffeln sind fertig. Womit hättest du deine gerne? Wir haben Erdbeeren, Blaubeeren oder Ananas.»

«Erdbeeren, bitte. Und Sahne.»

Er runzelte die Stirn. «Sahne zum Frühstück?»

«Nur ein kleines bisschen. Biiitte, Daddy.»

Wie könnte er da Nein sagen?

«Na gut, ein klitzekleines bisschen.» Er gab Abigail drei Löffel von den klein geschnittenen Erdbeeren auf ihre Waffel. Dann nahm er die Sahne aus dem Kühlschrank, sprühte einen ordentlichen Klecks auf die Beeren und reichte seiner Tochter den Teller.

Abigail lief bereits das Wasser im Mund zusammen, das war nicht zu übersehen. Sofort stürzte sie sich auf ihr Frühstück, während Wyatt sich nun selbst noch einen Teller mit einer Waffel und einem Früchtemix bereitete und sich zu ihr setzte. Er hatte noch nie etwas davon gehalten, sein Kind zum Warten aufzufordern, bis er auch so weit war. Wenn sie Hunger hatte, sollte sie ruhig schon anfangen. Ohnehin aß er viel schneller als sie, und am Ende würden sie dann gleichzeitig fertig sein.

«Das ist sooo lecker, Daddy», sagte Abigail, den Mund voller Erdbeeren und einen Schnäuzer aus Sahne.

«Freut mich sehr», erwiderte er und sah seiner Kleinen dabei zu, wie sie die in seinen Augen wichtigste Mahlzeit des Tages verputzte.

Eine halbe Stunde später brachte er sie zum Kindergarten. Als sie den Stadtplatz überquerten, entdeckte er Trish, die vor Ruperts Supermarkt stand und die Obstauslage betrachtete. Sie sah auf und winkte ihnen zu, und er und Abigail winkten zurück.

Dann blieb Abigail plötzlich stehen und rief: «Guck mal da, Daddy!»

Wyatt blickte in die Richtung, in die seine Kleine zeigte.

«Ach herrje!», entfuhr es ihm.

29

Wyatt, Abigail und auch ein paar andere Einwohner starrten auf den Rasen – über den gerade zwei Hühner spazierten.

Sofort rief Wyatt Officer Tom an, damit dieser herkam und die Tiere einsammelte. Und nachdem er Abigail abgeliefert hatte, eilte er seinem Kollegen zu Hilfe. Denn Tom lief noch immer hinter den gackernden Hühnern her und versuchte, sie zu fangen. Die Viecher waren flinker als erwartet, sodass sie zusammen eine geschlagene Stunde brauchten, bis sie die beiden Ausreißer erwischt hatten.

Trish und Lexi hatten sich vor den Salon gestellt und ihnen lachend zugesehen. Jetzt applaudierten sie.

Aber Wyatt und Tom mussten die Hühner gut festhalten, damit sie nicht wieder davonflatterten.

«Hey, Trish», rief Wyatt. «Hast du eine Idee, wie wir die beiden jetzt zu ihrer Farm zurückbringen können? Ich kann sie ja schlecht ins Auto setzen, da drehen sie bestimmt voll durch und flattern hin und her.»

«Sorry, aber ich habe keine Transportboxen im Laden. Und was anderes fällt mir leider auch nicht ein», sagte Trish.

«Ihr könntet doch zwei Vogelkäfige in der Tierhandlung besorgen», schlug Lexi vor.

«Gute Idee. Aber wo lasse ich die Hühner so lange?»

«Wie wäre es denn mit der Gefängniszelle?», schlug Trish vor. «Da können sie nicht weg, und sie haben zudem noch genügend Bewegungsraum.»

Wyatt fand diese Idee gar nicht mal so schlecht. Die Zelle war zurzeit, wie meistens, leer. Und eigentlich wäre das sogar ganz praktisch. Dann bräuchten Tom und er nämlich gar nicht die drei Höfe abzuklappern, sondern die Farmer könnten auf dem Revier vorbeikommen, um die Hühner zu identifizieren.

Bei der Vorstellung musste Wyatt lachen. Dieser Ort war doch wirklich verrückt! Während in anderen Städten Amerikas Leute kommen mussten, um Leichen zu identifizieren, waren es hier Hühner.

«Was ist so lustig?», fragte Lexi.

«Ach, nur dieser ganze Ort.»

«Ja, wärst du damals in Omaha geblieben, müsstest du dich jetzt nicht mit solchen Sachen herumschlagen», meinte Lexi.

«Ja, wahrscheinlich. Ich bin trotzdem froh, zurück nach Lake Paradise gekommen zu sein.»

«Das sind wir auch», sagte Trish und schenkte ihm ein warmes Lächeln.

Wyatt und Tom hatten gerade die Hühner in die Zelle gesteckt, als ein Anruf reinkam. Es war ein aufgebrachter Jamie, der ihm mitteilte, dass sein kompletter Wagen mit Ketchup beschmiert war.

«Wie meinst du das, mit Ketchup?», fragte Wyatt.

«Na, Ketchup! Überall!»

Herrje, dieser Tag war gerade mal ein paar Stunden jung – und das Städtchen schien bereits völlig außer Kontrolle.

«Okay, ich komme gleich vorbei. Wo steht dein Wagen?»

«Vor Nolans Haus», sagte Jamie, der nach dem Rauswurf von Ricarda bei seinem Freund eingezogen war. «Ich wollte mich gerade zum Restaurant aufmachen, als ich es gesehen habe.»

«Ich bin gleich bei dir. Bleib bitte so lange noch da, ja?»

«Okay.»

Wyatt legte auf und wandte sich an seinen Kollegen. «Tom, kannst du Hunter, Bobby und Jim anrufen und sie herbestellen? Sie sollen uns sagen, ob sie die Hühner als ihre wiedererkennen.»

«Wird erledigt, Boss», erwiderte Tom, und Wyatt machte sich schnell auf zu Jamie.

Schon von Weitem konnte er sehen, warum der Restaurantbesitzer so aufgebracht war. Sein schicker blauer Flitzer war völlig eingesaut. Es sah so aus, als hätte jemand zwanzig Flaschen Ketchup darüber entleert.

«Himmel, wer macht denn so was?», entfuhr es ihm, als er Jamie und seinen Mustang erreicht hatte.

Jamie sah aus, als wäre er kurz davor, in Tränen auszubrechen, und Wyatt wusste auch, warum. Denn der Wagen bedeutete dem Mann eine Menge, er hatte das Modell aus den Siebzigern eigenhändig auf Vordermann gebracht, den Motor ausgewechselt, die Sitze ebenfalls, und am Ende hatte er dem Mustang einen neuen Anstrich verpasst. Zac hatte Jamie bei alldem geholfen.

«Es ist so schrecklich», jammerte er.

«Okay, versuch dich zu beruhigen, Jamie», sagte Wyatt zu seinem Kumpel. «Schön ist es nicht, aber es ist immerhin nur Ketchup. Das lässt sich leicht wieder abwaschen.»

«Aber da ist auch Ketchup auf dem Fahrersitz!», sagte er.

«Hattest du denn das Fenster aufgelassen?»

«Dummerweise ja. Einen Spalt.»

«Okay. Also, das ist dann eindeutig Sachbeschädigung.» Wyatt kratzte sich am Kopf. Dieses Vergehen kam in Lake Paradise nicht sehr häufig vor, hin und wieder aber doch. «Ich vermute mal, dass sich da einfach ein paar Teenies einen Streich erlaubt haben.» Wie es wahrscheinlich auch bei den Hühnern der Fall gewesen war.

«Das denke ich nicht», meinte Jamie.

«Nein? Was ist denn deine Theorie?»

«Ich glaube ja, es könnte Ricarda gewesen sein.»

«Ricarda?» Wyatt runzelte die Stirn. Würde sie so etwas tun? Klar, sie war vollkommen neben der Spur, weil Jamie sie über ein Jahr lang hinter ihrem Rücken mit Nolan betrogen hatte. Weil der Mann, den sie geliebt hatte, sich als schwul geoutet hatte. Weil ihre Ehe im Eimer war und sie selbst jetzt allein dastand – von ihrem Hausschwein einmal abgesehen. Aber würde Ricarda wirklich so weit sinken? Wyatt hatte sie immer als anständige Frau wahrgenommen, er glaubte nicht, dass sie sich dazu herablassen würde, mit Ketchupflaschen um sich zu spritzen, um sich an ihrem Ex zu rächen.

«Ist eure Scheidung eigentlich schon durch?», fragte Wyatt.

«Ja, gestern kam die Scheidungsurkunde an», sagte Jamie. Und jetzt verstand Wyatt auch, warum sein Kumpel den Darts-Abend abgesagt hatte. Wahrscheinlich hatte ihn das schlechte Gewissen geplagt.

Dabei hatte Jamie Glück, in Nebraska zu leben, wo Scheidungen schnell vollzogen wurden und beide Ehepartner schlicht einvernehmlich bestätigen mussten, dass sie Differenzen hatten und nicht mehr zusammenleben wollten. Und dass einer der beiden plötzlich aufs andere Geschlecht stand, sollte wohl jeden Richter dazu veranlassen, einem Scheidungsantrag rasch stattzugeben, dachte Wyatt und wandte sich wieder an Jamie.

«Ich kann es mir ehrlich nicht vorstellen, aber du kennst Ricarda besser als ich. Wenn du es als Möglichkeit in Betracht ziehst, dann gehe ich der Sache auf den Grund.»

«Danke, Wyatt. Kann ich jetzt los? Ich muss ins Restaurant, du weißt ja, wir sind zurzeit ziemlich unterbesetzt.»

Ja, das war auch kein Wunder. Denn erstens war Ricarda nicht mehr da, die auch Teilhaberin gewesen war. Jamie hatte sie bereits ausbezahlt, und das sehr großzügig, wie Wyatt wusste. Und zweitens hatten inzwischen eine Kellnerin, einer der Köche plus der Barkeeper gekündigt, aus Solidarität zu Ricarda, mit der sie befreundet waren. Deshalb stand Jamie jetzt nur noch mit einem Koch und zwei Servicekräften da, und Wyatt fragte sich, wie er das *Food Paradise* überhaupt noch am Laufen hielt, da es immer sehr voll war, und zwar zu fast jeder Tageszeit.

«Ja klar, geh nur», sagte er. «Ich kümmere mich um alles Weitere und melde mich bei dir, wenn ich etwas herausbekommen habe.»

«Okay, danke.» Jamie marschierte los.

«Du, Jamie?» Wyatt war noch etwas eingefallen. «Willst du dein Auto denn hier einfach so stehen lassen? So vollgeschmiert?»

Jamie drehte sich zu ihm um. «Ich dachte, ich müsste es so lassen. Wegen der Beweise.»

«Oh … Hm. Ich denke, es reicht, wenn ich ein paar Fotos mache, dann kannst du es gern in die Waschanlage bringen.»

«Und was ist mit Fingerabdrücken?»

«Ich glaube nicht, dass wir unter all dem Ketchup welche finden werden», erklärte Wyatt. Sein Kumpel hatte anscheinend zu viele Krimis gesehen.

«Alles klar, dann mache ich das, sobald ich eine freie Minute habe.»

Wyatt nickte und hob eine Hand, um Jamie zum Abschied zu winken. Dann machte er sich daran, mit seinem Smartphone alles festzuhalten. Währenddessen überlegte er, ob es wirklich Ricarda gewesen sein könnte, die diese Sauerei veranstaltet hatte.

«Nein», sagte er am Ende zu sich selbst und schüttelte lachend den Kopf. «Nie und nimmer!»

Als er jedoch eine halbe Stunde später Ricardas Haus auf dem Paradise Boulevard betrat und es beinahe leer vorfand, war er sich da nicht mehr so sicher. Die Tür war nicht abgeschlossen gewesen, und als er sich jetzt umblickte und durch die Räume ging, realisierte Wyatt, dass hier bereits eine ganze Menge Zeug fehlte. Im Schlafzimmer waren der Kleiderschrank und die zwei Kommoden ausgeräumt, im Flur und im Wohnzimmer fehlte jegliche Deko, und es gab einige Leerstellen an den Wänden, wo früher einmal Bilder gehangen hatten. In dem Regal stand nur noch ein einziges Fotoalbum.

Wyatt nahm es in die Hand und öffnete es, obwohl es eigentlich privat war. Ein strahlendes Hochzeitspaar lächelte ihm entgegen. Und jetzt wusste er, warum ausgerechnet dieses eine zurückgelassen worden war. Ricarda hatte keine Erinnerungen an glückliche Tage mit Jamie mitnehmen wollen. Das erklärte auch, weshalb an den Wänden nur noch die Bilder hingen, die sie zusammen zeigten.

Aber bedeutete das, dass Ricarda wirklich schon weg war?, fragte sich Wyatt. Über alle Berge, ohne irgendwem Bescheid zu sagen? Ohne sich zu verabschieden? Ja, es musste so sein, denn sonst hätte seine Mutter davon gewusst und ihn längst informiert.

Nachdenklich ging er durch die Schiebetür in den Garten. Tatsächlich, das Schwein war auch weg. Lake Paradise schien also ab sofort eine Bewohnerin und ein Haustier weniger zu haben. Oje, wenn Bürgermeister Doyle das erfuhr, würde er sicher gleich wieder das Ortsschild anpassen lassen. Er wollte nämlich, dass immer alles seine Richtigkeit hatte. Deshalb durften selbstverständlich auch keine 4022 Einwohner auf dem Schild stehen, wenn es nur noch 4021 waren.

Da fiel ihm der Tod von Miss Eliza ein, und er seufzte. Nun, das Schild musste eh geändert werden, da hatte sich Ricarda eigentlich sogar den besten Zeitpunkt für ihren Fortgang ausgesucht.

Wyatt verließ das Haus, überquerte die Straße und klingelte bei Shane Doyle, der aber nicht öffnete. Also versuchte er es nebenan bei Delores und George.

«Oh! Guten Morgen, Wyatt!», sagte George überrascht, als er aufmachte und ihn vor der Tür stehen sah.

«Guten Morgen, George.»

«Schaust du nur so vorbei, oder hast du etwas auf dem Herzen?», wollte der ältere Herr wissen.

«Also, eigentlich hätte ich gern von euch gewusst, ob ihr

eine Ahnung habt, wo Ricarda hin ist. Sie scheint die Stadt verlassen zu haben.»

«Oh ja», sagte George. «Ich habe sie gestern davonfahren sehen. Sie hatte ihren Wagen bis oben hin vollgeladen und dazu noch einen Anhänger hintendran.»

«Ja, wirklich?» Wyatt fragte sich, warum diese Neuigkeit noch nicht bei ihm gelandet war, sie hatte doch sicher schon die Runde gemacht. «Weißt du zufällig noch, um welche Uhrzeit das war?»

«Hm, ich war noch mal aufgestanden, um mir ein Glas Wasser zu holen. Es muss kurz vor Mitternacht gewesen sein.»

Delores trat nun zu ihnen, begrüßte Wyatt und fragte, worum es ging.

«Ich bin auf der Suche nach Ricarda», erklärte er. «Sie scheint allerdings die Stadt verlassen zu haben, und Georges Geschichte bestätigt meine Vermutung.»

Delores sah ihren Mann verwirrt an. «Welche Geschichte denn?»

«Ich habe Ricarda in der Nacht davonfahren sehen, als ich mir ein Glas Wasser geholt habe, das ist alles», erzählte er.

Jetzt riss Delores ihre Augen weit auf. «Du hast was? Warum hast du das bisher mit keinem Wort erwähnt?»

«Es … war mir wohl entfallen», sagte George entschuldigend, denn er wusste ja eigentlich, wie gern seine Frau etwas zuerst erfuhr – noch vor ihren Freundinnen, damit sie ihnen brühwarm davon berichten konnte. «Ich kam erst wieder drauf, als Wyatt mich dazu befragt hat.»

Wyatt ahnte, dass in Lake Paradise tatsächlich noch niemand von Ricardas übereiltem Auszug wusste.

«Ach, und Ricarda ist jetzt also weg?», fragte Delores und schielte zum Nachbarhaus hinüber. «Für immer etwa?»

«Genau das wissen wir nicht», sagte Wyatt. «Da im Haus aber viele persönliche Gegenstände fehlen, bin ich mir fast sicher.»

«Nun, ich könnte es gut verstehen», erwiderte Delores. «Die Arme hatte es wirklich nicht leicht in letzter Zeit.»

Da konnte Wyatt ihr nur zustimmen.

George räusperte sich. «Aber sag mal, Wyatt, wieso bist du denn überhaupt auf der Suche nach ihr?» Er schien fast so neugierig zu sein wie seine Gattin.

Ach, wieso nicht?, dachte Wyatt. Bald würde es eh die ganze Stadt wissen.

«Jemand hat Jamies Auto verunstaltet, es von oben bis unten mit Ketchup eingeschmiert. Ich wollte Ricarda fragen, ob sie irgendwas darüber weiß und –»

«Du meine Güte!», unterbrach ihn Delores. «Was ist denn nur in unserem idyllischen Städtchen los? Erst werden Hühner gestohlen, jetzt Autos beschmiert. Glaubst du etwa, es sind Kriminelle unterwegs?»

Wyatt lächelte sie beruhigend an. «Das glaube ich eher nicht, nein. Bestimmt sind es nur ein paar Kinder, die sich langweilen.»

«Wenn es nun aber doch irgendwelche Aktivisten sind?»

«Mach dir da mal keine Sorgen, Delores. Ich bin mir sicher, wir haben die Sache bald aufgeklärt, und dann wird es in unserem Städtchen wieder genauso ruhig wie vorher.» *Und genauso langweilig*, fügte er im Stillen hinzu.

«Na, wenn du das sagst, dann will ich dir mal glauben, Sheriff.»

«Gut, ich danke euch. Und wenn ihr irgendetwas hört wegen Ricarda oder Jamies Mustang, meldet ihr euch dann bitte bei mir?»

«Wird gemacht!», versprach George.

«Wyatt, willst du denn nicht noch ein bisschen hereinkommen?», fragte Delores. «Ich habe ein Früchtebrot gebacken.»

«Würde ich gerne, allerdings muss ich direkt zurück zum Revier. Wir haben vorhin zwei Hühner auf dem Stadtplatz eingefangen.»

«Ja, das habe ich gesehen, als ich vom Café zurück nach Hause gegangen bin. Es sah sehr lustig aus, wie ihr hinter ihnen her wart.» Delores musste schmunzeln.

«Das kann ich mir denken.» Wyatt zuckte mit den Schultern. «Wie auch immer, wir haben sie eingefangen und in die Zelle gesperrt.»

«Oh, die Armen.»

«Da bleiben sie doch nur so lange, bis sie zu ihrem Farmer zurückkönnen. Wir müssen nur noch herausfinden, zu wem sie gehören. Und darum muss ich mich jetzt kümmern.»

«Dann tu das», sagte Delores.

Ihr Mann sah sie auffordernd an. «Willst du Wyatt nicht ein Stück von deinem Früchtebrot mitgeben? Er kann es ja später in seiner Mittagspause essen.»

«Aber ja!», entgegnete Delores und eilte zurück ins Haus.

«Es ist wirklich köstlich», versicherte George ihm. Und keine zwei Minuten später hielt Wyatt eine Tupperdose in der Hand.

«Danke, Delores. Und danke auch dir, George, für deine hilfreichen Informationen.»

«Gern geschehen», sagten die beiden im Einklang.

«Sehen wir uns morgen Abend auf der Versammlung?» Die wöchentlichen Stadtversammlungen fanden seit Anfang des Jahres immer mittwochs statt.

«Nein, wohl eher nicht», meinte Delores. «Morgen Abend läuft *Charade* im Fernsehen, mit Cary Grant und Audrey Hepburn.»

«Na, dann viel Spaß euch dabei», sagte er und wandte sich zum Gehen. Er hoffte zwar auf viele Teilnehmer bei der Stadtversammlung, jedoch war er sich sicher, dass Delores und George sich ohnehin über eine Abschiedsfeier für Miss Eliza freuen würden.

«Auf Wiedersehen, Wyatt!», rief George, und Delores winkte eifrig.

Jetzt musste Wyatt nur noch zwei Hühner ihren Besitzern zuordnen, einen Ketchup-Vorfall klären und seine Mutter bitten, morgen Abend auf die Versammlung zu verzichten, damit er dort hingehen konnte. Zur Not würde er sonst Abigail mitnehmen. Denn er wollte sich von nichts davon abhalten lassen.

30

Während Bürgermeister Doyle am folgenden Abend die Tagespunkte der Stadtversammlung aufzählte, musste Trish innerlich lachen – sie dachte noch immer an die gestrige Hühnerjagd von Wyatt und Tom. Wie die Irren waren die beiden hinter den Tieren hergelaufen und hatten dabei einfach zu lustig ausgesehen. Vielleicht hätten sie den Hühnern zurufen sollen, dass sie nicht vorhatten, sie zu essen, dachte sie.

«Warum grinst du so?», flüsterte Lexi, die neben ihr saß.

«Ich musste nur wieder an die Hühner denken», flüsterte sie zurück.

«Und an Wyatt?»

Sie nickte. «An den auch. Der war ja an der Sache beteiligt.»

«Ja, ja …»

«Pssst!!!», zischten Buddy und seine Mutter gleichzeitig, die vor ihnen saßen.

«'tschuldigung», zischte Trish leise zurück und versuchte, wieder dem Bürgermeister zu folgen. Er erzählte jetzt etwas von dem Ortsschild, das korrigiert werden musste. Dabei fiel ihr natürlich gleich wieder Miss Eliza ein, und sie wurde traurig.

«Falls also noch jemand vorhat, die Stadt zu verlassen, sollte er es besser gleich sagen», warnte Doyle alle Bewohner und sah dabei nicht sehr glücklich aus. «Oder falls einer von euch von jemandem weiß, der wie Aaron Highmore bald hierherziehen möchte …»

Da sich niemand meldete, gab er an Wyatt weiter.

Der Sheriff trat ans Pult. «Guten Abend, liebe Stadtbewohner. Ich habe heute gleich mehrere Anliegen. Erstens geht es um die gestohlenen Hühner. Inzwischen sind schon auf drei Farmen in der Gegend Tiere entwendet worden. Gestern Morgen haben wir auf dem Stadtplatz zwei frei laufende Hühner eingefangen, es könnte also sein, dass noch mehr auftauchen. Falls das der Fall sein sollte, meldet euch bitte gleich bei mir oder ruft das Revier an. Dafür wäre ich euch sehr dankbar. Äh … und meldet euch natürlich auch, falls euch etwas über die Diebe zu Ohren kommen sollte. Und damit komme ich direkt zum nächsten Thema.» Er straffte den Rücken. «Jamie wurde das Auto von oben bis unten mit Ketchup beschmiert.»

Ein Raunen ging durch den Saal.

«Leider gibt es bisher keine Augenzeugen. Auch hier gilt: Wer etwas gesehen hat oder zu dem Thema etwas hört, wendet sich bitte an uns.» Er ordnete seine Notizen. «Ja, und nun komme ich auch schon zu meinem letzten Punkt.»

Trish konnte sehen, wie er in der Menge nach ihr suchte und wie seine Augen erstrahlten, als er sie in der dritten Reihe entdeckte. Er winkte sie zu sich.

Sie stand auf, drängelte sich an Lexi und Helena vorbei und betrat die Bühne.

«Hallo, alle miteinander», sagte sie, als sie am Rednerpult stand.

Wyatt beugte sich zu ihr. «Möchtest du oder soll ich?», fragte er leise.

«Ich mach das schon», antwortete sie, weil sie wusste, dass ihre alte Freundin es so gewollt hätte. Sie atmete einmal tief durch, dann begann sie zu reden. «Wie ihr alle wisst, ist leider eine sehr liebe Stadtbewohnerin von uns gegangen: Miss Eliza. Sie wird uns fehlen. Und sie soll einen würdigen Abschied bekommen.» Trish musste schlucken. «Ich habe mir nun also zusammen mit Wyatt etwas ausgedacht.» Sie lächelte ihn an. «Wir würden gerne eine Trauerfeier veranstalten. Und damit meine ich eine richtige Feier, mit Musik und Essen und allem Drum und Dran.» Sie blickte euphorisch ins Publikum. «Aber erst mal würde ich gern wissen, was ihr überhaupt von dieser Idee haltet und ob ihr dabei wärt.»

«Das ist eine wundervolle Idee», rief Murielle, die wie beinahe immer in der ersten Reihe saß. Nur dass sie heute auch noch Abigail neben sich hatte.

Wahrscheinlich hatte Wyatt nicht gewusst, wo er die Kleine sonst lassen konnte, dachte Trish. Abigail blätterte in einem Bilderbuch.

«Wir kommen auf jeden Fall!», riefen Lexis Eltern, Donna und Ian, in den Saal.

Und auch Savannah, ihr Freund Dylan und ihre Eltern, James und Teresa Jones, signalisierten sofort lautstark Zustimmung.

«Soll die Feier dann nach der Beerdigung stattfinden?», erkundigte sich James, der als Pastor die Zeremonie leiten würde.

Trish nickte. «Ja, so hatten wir uns das vorgestellt.» Erneut sah sie Wyatt an und war froh, als er übernahm.

«Wir würden gerne ein Buffet aufbauen, wer also etwas beisteuern möchte, ist herzlich willkommen.»

«Sagt mir, was ich backen soll, und ich stelle mich in die Küche», sagte May, die großartige Kuchen backte.

«Alice hilft bestimmt auch mit dem Essen», rief Savannah und bot somit ihre Köchin aus dem *Paradise Inn* an, die leider nie an den Versammlungen teilnehmen konnte, weil sie für das leibliche Wohl der Gäste zuständig war.

«Das wäre wirklich super», erwiderte Trish dankbar.

«Wer könnte denn für die Musik sorgen?», fragte Wyatt in die Menge.

«Das mache ich!», rief Shane Doyle sofort, der zu jeder Gelegenheit sein Können als DJ unter Beweis stellen wollte – das aber leider nicht vorhanden war.

«Wenn du ausschließlich die Liste abspielst, die ich dir gebe, dann gerne», sagte Trish. Sie wollte verhindern, dass er nur schnulzige Balladen wie *My Heart Will Go On* von Céline Dion oder *Candle in the Wind* von Elton John spielte. Denn sie hatte eher Lieder von Ella Fitzgerald und Billie Holiday im Sinn.

«Na gut», entgegnete Shane. Er schien sich trotzdem auf seinen Einsatz zu freuen.

«Alles klar», sagte sie. «Dann brauchen wir nur noch ein paar starke Männer zum Aufbauen der Tische und Stühle auf dem Stadtplatz. Die Deko übernehmen meine Schwestern und ich.»

Ein paar Männer meldeten sich, und Wyatt notierte ihre Namen.

«Das Einzige, was jetzt noch fehlt, ist ein Datum», sagte Trish.

Es folgten ein paar Vorschläge, und man einigte sich

schließlich auf den Sonntag. Gleich nach dem Gottesdienst sollte die Beerdigung stattfinden, und dann würden sich im Anschluss alle auf dem Stadtplatz treffen, um von Miss Eliza Abschied zu nehmen.

Trish war zufrieden und lächelte Wyatt glücklich an. Sie war ihm sowieso unendlich dankbar – allein schon, weil er sich Montagabend so lieb um sie gekümmert hatte. Er war extra bei ihr vorbeigekommen, um zu schauen, wie es ihr ging. Und dann hatte er stundenlang bei ihr gesessen und sie wieder aufgebaut. Auch die Idee einer Abschiedsfeier für Miss Eliza war von ihm gekommen. Was für ein großes Herz er doch hatte!

Wäre das Treffen heute ein Date gewesen, dann hätte Wyatt allein an diesem Abend tausend Punkte ergattert.

Als der Gemeindesaal sich eine halbe Stunde später geleert hatte und sie noch mit Wyatt zusammenstand, um einige Dinge abzusprechen, trat Dylan zu ihnen.

«Hey», sagte er. «Ich wollte euch nur wissen lassen, dass ich auch zur Verfügung stehe.»

«Ich weiß», sagte Trish. «Du hast dich doch schon fürs Tischeaufbauen gemeldet.»

«Ja, ja, ich meinte aber eher, was die Musik angeht.» Dylan war ja vor noch gar nicht langer Zeit Sänger in Nashville gewesen, der Hauptstadt der Countrymusik. Und auch hier in Lake Paradise hatte er regelmäßig Auftritte, so sang er zum Beispiel an zwei Abenden der Woche in *Jamie's Food Paradise* und war auch schon fürs große Sommerfest engagiert.

«Ach, Mensch, warum hast du das nicht früher gesagt?», fragte sie.

Er zuckte mit den Schultern. «Shane ist mir zuvorgekommen.»

«Mist! Du würdest das sicher viel besser machen und könntest mit deinen leisen Gitarrenklängen für die passende Stimmung sorgen.»

«Das könnte ich ja immer noch. Ich meine, falls Shane damit einverstanden ist.»

Wyatt lachte. «Ich glaube nicht, dass er sich seinen großen Auftritt wieder wegnehmen lässt.»

Trish überlegte. «Okay, wie wäre es denn, wenn du zuerst spielst, gleich wenn wir von der Beerdigung kommen und alle noch ganz melancholisch sind? Und Shane könnte dann später Musik auflegen, wenn die Leute sich wieder gefangen haben und vielleicht sogar tanzen wollen.»

«Klingt nach einem guten Plan», sagte Dylan. «Da bin ich dabei. Weißt du vielleicht, welche Musik Miss Eliza besonders gern mochte?»

Trish nickte. «Sie hat gern Billie Holiday gehört. Ich würde denken, dass sie die Musik aus den Vierziger- und Fünfzigerjahren generell sehr mochte: Ella Fitzgerald, Lena Horne, Nina Simone …»

«Ah, okay. Habe ich bisher noch nicht gespielt, aber ich bin offen für alles. Und für Miss Eliza sowieso. Ich überlege mir mal ein bisschen was.»

Sie nickte erneut. «Mach das gerne.»

Trish war sich nicht einmal sicher, ob Dylan die alte Dame gekannt hatte, vermutete aber, dass er es vor allem für sie tun wollte. Weil sie mit Savannah befreundet war.

«Ich danke dir, Dylan, das ist so toll von dir.» Sie konnte nicht anders, als ihn zu umarmen.

Er verabschiedete sich, und Trish sah durch die offene Tür, wie er zu Savannah und ihren Eltern rüberging, die vor dem Gemeindehaus standen.

«So, und was ist nun mit uns beiden?», fragte Wyatt ganz unvermittelt.

Trish blickte ihn ein wenig erschrocken an. Er wollte doch jetzt nicht etwa über ihre Beziehung zueinander sprechen, oder?

«Was ist denn mit uns?», wagte sie zu fragen.

«Na, wir werden uns schon noch mal treffen müssen, um alles zu planen, oder?»

«Ach so, ja, klar.»

Wyatt lachte. «Was dachtest du denn? Du sahst gerade ziemlich irritiert aus.»

«Ach, ich ... ich dachte nur, du meintest, wir beide sollten auch etwas singen. Darin bin ich nämlich überhaupt nicht gut», redete sie sich heraus.

«Kann ich mir nicht vorstellen», erwiderte er.

«Oh, du hast mich noch nie singen hören.» Sie lachte. «Okay, wann hast du denn Zeit?»

«Morgen hab ich Spätdienst, aber Freitag könnte ich versuchen zu tauschen. Tom schuldet mir noch etwas.»

«Alles klar. Freitagabend um acht?»

«Perfekt. Bei mir oder bei dir?», wollte er wissen. «Oder auch gerne in der *Tavern*, der Pizzeria oder im *Food Paradise*», fügte er schnell hinzu. Und Trish war froh über seinen Vorschlag, sich in einem Restaurant zu treffen, da zu viel Zweisamkeit sicher nicht gut wäre.

«In der *Tavern* ist es wahrscheinlich zu laut», sagte sie. Und sie wollte sich ungern in die Pizzeria setzen, weil sie unangemessene Bemerkungen von Halle vermeiden wollte. «Lass uns doch zu Jamie gehen. Es ist koreanische Woche, und ich habe das vegetarische Bibimbap noch nicht gekostet.» Sie hatte von Lexi gehört, dass die Reis-Gemüse-Schale superlecker sei.

«Prima. Dann am Freitag um acht bei Jamie. Ich reserviere uns gerne einen Tisch.» Wyatt lächelte sie noch einmal an, bevor er ging.

Als sie ihm wenig später folgte, konnte Trish sehen, wie seine Tochter, die zusammen mit Murielle draußen gewartet hatte, auf ihn zulief. Er hob sie auf seine Schultern, und zusammen trabten sie nach Hause.

Fast hätte Trish sich gewünscht, einfach mitgehen zu können.

31

Donnerstagmorgen begann die Schule wieder, und Trish musste früh aufstehen, um Annie und Becky zu wecken. Während die ältere der beiden ihr *Senior Year* begann, besuchte die jüngste der Price-Schwestern nun die zehnte Klasse und war ein *Sophomore.* Nachdem sie ihnen ein nahrhaftes Frühstück aus Toast, Rührei und Obstsalat gemacht, ein Lunchpaket bereitet und vom Fenster aus gewinkt hatte, atmete Trish durch.

«So, und was jetzt?», fragte sie sich selbst.

Es war erst zwanzig nach sieben am Morgen, sie war bereits angezogen und hatte gefrühstückt. Und obwohl es jedes Jahr dasselbe war, kamen ihr nach zwölf Wochen Sommerferien diese ganz normalen Schultage doch irgendwie komisch vor. In diesem neuen Schuljahr würde sich sicherlich viel ändern. Becky würde ihren Abschluss machen, und dann würde vielleicht auch Annie anfangen, Zukunftspläne zu schmieden.

Und Trish selbst – nun, sie würde weiter ihren Weg gehen. Würde Tag für Tag im *Animal Paradise* stehen, für ihre Schwestern da sein, sich mit ihren Freundinnen verabreden und hin und wieder ein Date haben.

Nur dass sie das plötzlich gar nicht mehr wollte.

Weil sie sich mehr wünschte.

Was es genau war, wonach sie sich sehnte, konnte sie gar nicht richtig greifen, sie wusste nur eins: Sie wollte nicht mehr so unbedacht mit ihrem Herzen umgehen. Vielmehr wollte sie zulassen, dass es sich festlegte. Dass es eine Heimat fand.

Und obwohl der Gedanke ihr Angst machte, wollte sie es wenigstens ausprobieren. Vielleicht würde sie dann ja endlich auch verstehen, wovon all diese Liebeslieder handelten und wovon ihre Freundinnen ständig schwärmten.

Sie überlegte, die frühen Stunden zu nutzen und ein paar Besorgungen zu erledigen. Schließlich konnte sie sich schon mal um die Deko für die Trauerfeier kümmern. Also beschloss sie, raus zum Discounter zu fahren, wo sie sicher alles finden würde, wonach sie suchte: Pappteller und -becher mit Rosenmuster, dazu passende Servietten und schlichte hellrosa Papiertischdecken. In ihrer Mittagspause wollte Trish dann noch zu Moesha in den Blumenladen gehen und einige Blumengestecke und -girlanden bestellen, in denen korallenrote Rosen vorkamen, falls Moesha bis Sonntag welche besorgen konnte. Das Ganze würde Trish zwar einiges kosten, aber das war egal. Es war das Mindeste, was sie für Miss Eliza tun konnte, nachdem diese ihr damals so geholfen hatte und auch danach immer ein offenes Ohr – und ein Stück Bananenbrot – für sie gehabt hatte.

Noch immer bedauerte Trish, das Rezept dafür nicht zu kennen. Es hätte die Abschiedsfeier perfekt gemacht, wenn es dort Miss Elizas berühmtes Bananenbrot gegeben hätte.

Als sie zwei Stunden später ihre Einkäufe zu Hause abgeliefert hatte und auf dem Weg zur Arbeit war, erhielt sie einen Anruf von Edmund Keller. Der Notar fragte, wann sie Zeit hätte, bei ihm vorbeizukommen.

«Ich könnte gleich heute noch», sagte sie sofort. «In meiner Mittagspause. So um zwei. Wäre das okay?»

«Ja, natürlich. Dann sehen wir uns später in meinem Büro.»

Trish steckte ihr Handy wieder weg und freute sich richtig darauf zu erfahren, was Miss Eliza ihr hinterlassen hatte.

«Ich weiß noch nicht, wie lange ich weg sein werde», sagte sie einige Stunden später zu Lexi.

Sie hatten bereits mehrere Hunde gewaschen und frisiert, einem Hamster die Krallen geschnitten und einem Nymphensittich den Schnabel gekürzt.

«Kein Problem. Ich komme allein klar», sagte Lexi.

«Und nach dem Notar wollte ich auch noch zu Moesha, die Deko für die Feier am Sonntag bestellen. Weil sie den Blumenladen ja auch um sechs schließt und ich das abends nicht mehr schaffe.»

«Mach ruhig», sagte Lexi. «Erledige alles, was du zu erledigen hast.» Ihre Freundin lächelte sie an. «Ich kann immer noch nicht glauben, dass die Idee für die Feier von Wyatt stammt.»

«Ich weiß! Für so sensibel hätte ich ihn auch nicht gehalten.»

«Du weißt schon, dass er das alles nur für dich tut, oder?»

Lexi dachte sicher, dass sie das sofort wieder abstreiten würde. Doch heute sagte Trish stattdessen: «Ja, ich weiß. Und das ist ja das Wundervollste daran.»

Lexi sah sie überrascht an. «Hast du dir da gerade endlich

eingestanden, dass Wyatt dich mag? Dass da zwischen euch etwas ganz Besonderes ist?»

«Nun wollen wir es mal nicht übertreiben, ja?», erwiderte sie und schüttelte belustigt den Kopf. «Ich muss jetzt los.»

Keine zehn Minuten später saß sie Edmund Keller gegenüber, auf dessen Schreibtisch sich eine große Kiste befand. Sie sei die vergangenen fünf Jahre in einem Lagerraum verstaut gewesen, hatte der Notar ihr erzählt.

«Und du bist dir sicher, dass das wirklich alles für mich ist?», fragte sie irritiert.

Edmund nickte. «Ja. In Eliza Coles Testament steht, dass du, Trish Price, die Kiste und sämtlichen Inhalt erhalten sollst.»

«Wow!» Sie betrachtete die hölzerne Kiste, die, wie sollte es auch anders sein, mit einem Rosenmuster bemalt war. «Und was ist da nun drin?»

«Das weiß ich nicht, ich habe sie nicht geöffnet», sagte Edmund.

«Darf ich?», fragte Trish.

«Natürlich, sie gehört jetzt dir. Sofern du mir hier eine Unterschrift gibst, um zu bescheinigen, dass du das Erbe annimmst. Dann kannst du damit tun und lassen, was du willst.» Er schob ihr ein Formular hin, das sie unterzeichnete.

Neugierig stand Trish auf und öffnete den metallenen Verschluss, hob den schweren Deckel an und sah in die Kiste. Darin befanden sich jede Menge Bücher und Hefte. Als sie eines herausnahm und durchblätterte, entdeckte sie handschriftliche Notizen. Es waren Rezepte und andere nützliche Anleitungen, wie es aussah.

«Oh, darauf hatte ich so gehofft!», sagte sie glücklich.

Es würde sie zwar einiges an Zeit kosten, alles durchzugehen, aber vielleicht würde sie hier das Rezept für das Bananenbrot finden. Irgendwo in dieser riesigen Kiste musste es doch zu finden sein, oder?

«Sehr schön», erwiderte Edmund.

«Hm. Die Frage ist allerdings, wie ich dieses schwere Ding jetzt nach Hause bekomme.» Sie versuchte die Kiste anzuheben, ihr wurde aber schnell klar, dass sie das allein nicht schaffen würde.

Trish musste nicht lange überlegen. Denn ihr fiel gerade nur ein Mensch ein, der ihr spontan dabei helfen könnte. Also wählte sie seine Nummer. Und keine fünf Minuten später stand Wyatt in der Tür.

«Du brauchst meine Hilfe?», fragte er, nachdem er beide begrüßt hatte, und strahlte Trish an.

«Ja. Ich habe diese Kiste von Miss Eliza geerbt und kann sie nie und nimmer allein nach Hause tragen. Wärst du so lieb, mit anzupacken?»

«Na klar», sagte Wyatt. Er trat ein paar Schritte auf die Kiste zu.

Trish wollte gerade vorschlagen, dass sie jeder an einer Seite anfassen könnten, als Wyatt sie bereits hochgehoben hatte.

«Ist sie auch nicht zu schwer für dich allein?», fragte sie besorgt. Die Kiste wog bestimmt an die zwanzig Kilo.

«Wenn wir uns schnell auf den Weg machen, wird es sicher gehen», sagte Wyatt und ging voran. «Mach's gut, Edmund», rief er noch, bevor er auch schon aus der Tür war.

Trish bedankte sich noch einmal bei dem Notar und lief Wyatt dann nach.

Es dauerte nur ein paar Minuten bis zu Trishs Haus, trotzdem kamen sie wegen der Hitze ganz schön ins Schwitzen. Vor allem natürlich Wyatt.

«Wo soll ich sie hinstellen?», fragte er, als sie in den Flur traten.

«Einfach gleich hier auf den Boden», sagte sie, und Wyatt stellte die Kiste ab.

«Danke, Wyatt, das war wirklich sehr nett von dir, mir so spontan zu helfen.»

«Du hattest Glück, dass ich auf dem Revier war.» Er blickte ihr in die Augen. «Das habe ich wirklich gerne gemacht.»

Sie merkte, wie ihr warm wurde. «Magst du ein Wasser haben?»

«Da sage ich nicht Nein.»

Sie ging zwei kleine Flaschen aus dem Kühlschrank holen und reichte Wyatt eine. Dann nahm sie selbst ein paar Schlucke, um sich abzukühlen.

Nachdem sie sich erfrischt hatten, sagte Trish: «Ich muss jetzt weiter, zurück in den Salon. Meine Mittagspause ist gleich rum, und ich wollte noch kurz zu Moesha wegen der Blumen.»

«Oh, ich will dich auch gar nicht aufhalten. Wir sehen uns ja morgen?»

«Ja, genau», sagte sie und begleitete ihn durch den Flur.

«Ich freue mich schon», sagte Wyatt.

«Ich mich auch», erwiderte sie, während sie die Haustür zuzog. Denn das tat sie wirklich – sogar viel mehr, als sie erwartet hätte.

32

«Ach, das ist aber blöd», sagte Wyatt, der seinen Kollegen am Telefon hatte. Es war Freitagvormittag, und Wyatt saß in seiner Küche.

«Ich weiß, dass ich dir noch was schuldig bin», sagte Tom. «Weil du neulich für mich eingesprungen bist, aber wir haben hier leider einen kleinen Notfall. Mein Schwiegervater hatte einen leichten Schlaganfall, Beth hat es gerade vor einer Stunde erfahren. Und jetzt will sie natürlich sofort zu ihm nach Davenport. Sie ist aber so aufgelöst, dass ich sie nicht allein fahren lassen möchte, also werde ich sie hinbringen.»

«Oje, tut mir sehr leid, das zu hören. Ist schon gut, Tom, mir wird sicher etwas einfallen. Und deinem Schwiegervater wünsche ich gute Besserung.»

Wyatt verfluchte sich selbst, er hätte den Termin einfach schon früher ansprechen müssen.

«Danke, Wyatt», erwiderte Tom. Dann schlug er vor: «Warum fragst du nicht Peter? Vielleicht kann er nach seiner Schicht ein paar Stunden länger bleiben?»

«Der hat Karten für ein Konzert in Omaha. Seine Lieblingsband spielt.»

«Mist. Ist dein Termin heute Abend denn sehr wichtig?»

Wyatt nickte, und ein Strahlen zog über sein Gesicht. «Ja, schon. Aber wie gesagt, mach dir keine Gedanken. Die Familie geht vor.» Dann fiel ihm noch etwas ein. «Du, Tom, wie lange werdet ihr denn in Davenport bleiben?»

«Beth bleibt wohl länger, ich werde aber morgen zu meiner Spätschicht zurück sein, keine Sorge.»

Da war Wyatt beruhigt, und als sie aufgelegt hatten, überlegte er, was er tun sollte. Er wollte das Treffen mit Trish auf gar keinen Fall absagen, erstens, weil er ihr seine Hilfe fest versprochen hatte, und zweitens, weil er sie gern sehen wollte. Weil er es kaum erwarten konnte, wieder mit ihr zusammenzusitzen und ihr dabei zuzuschauen, wie ihre Augen glänzten bei dem Gedanken an die Abschiedsfeier für Miss Eliza, die ihr so viel bedeutete.

Als er am Abend seine Schicht begann, wusste er noch immer nicht weiter. Den Nachmittag hatte er mit Abigail verbracht, sie waren auf dem Spielplatz am See gewesen. Und als er sie eben bei seiner Mom abgegeben hatte, wollte diese von ihm wissen, ob er nicht morgen, an seinem freien Tag, Pumpkin in den Tiersalon bringen könne. Der Kater, der Pumpkin hieß, weil er dick und orange war wie ein Kürbis, habe ein paar widerspenstige Kletten in seinem Fell, die gelöst oder, wenn es nicht anders ging, auch herausgeschnitten werden mussten.

«Mom …» Wyatt sah seine Mutter an, die es natürlich nur gut mit ihm meinte. «Du brauchst da wirklich nicht nachzuhelfen. Ich habe die Sache ziemlich gut allein im Griff.»

«Ach ja?» Er merkte ihr an, dass sie das bezweifelte. «Nun, Pumpkin muss aber auf jeden Fall in den Salon.»

«Dann bring du ihn doch hin.»

«Ich? Äh … ich habe morgen schon etwas vor. Denn da du dich am Samstag selbst um Abigail kümmern kannst, will ich mich mit Beverly treffen. Wir wollen Wolle kaufen gehen in Hamilton.»

Er wusste nicht, ob das stimmte oder ob seine Mom das gerade auf die Schnelle erfunden hatte. Es war ihm aber auch egal. Er hatte sich lange genug zum Affen gemacht, indem er mit jedem Tier, das irgendwie in Reichweite war, ins *Animal Paradise* gegangen war. Jetzt war das nicht mehr nötig. Er hatte sich endlich zusammengerissen und es geschafft, Trish auf andere Weise näherzukommen. Und heute Abend wollte er ihr sagen, was er für sie empfand – wenn er denn den Mut dazu aufbrachte.

«Na gut, wie du willst», hatte seine Mom erwidert und dabei fast ein bisschen beleidigt gewirkt. Aber er wusste, das würde wieder vergehen. Am Ende wollte sie doch nur, dass er glücklich war.

Und deshalb durfte er das Treffen mit Trish auf keinen Fall versäumen!

Wyatt packte seine Wasserflasche und seine Brotdose aus und legte beides auf den Schreibtisch. Daneben lag bereits die heute erschienene *Paradise Gazette*, in der von der geplanten Abschiedsfeier für Miss Eliza berichtet wurde.

Er atmete tief durch. Es war sechs Uhr abends, die Spätschicht begann. Peter war bereits nach Hause gegangen, um sich für das Konzert fertig zu machen, und Tom war sicher schon bei seinem Schwiegervater in Davenport. Wyatt selbst hatte also einen langen, einsamen Abend in Uniform vor sich. Erst um zwei Uhr in der Nacht würde er Feierabend machen. Falls danach noch etwas passieren sollte – was bisher fast noch nie der Fall gewesen war –, würde man ihn auf dem Handy erreichen, das er immer eingeschaltet auf seinem Nachttisch liegen hatte.

Er überlegte. Im Grunde war doch auch sonst an einem Freitagabend nicht viel los. In Bereitschaft war er sowieso immer. Warum konnte er sich dann nicht einfach trotzdem mit Trish treffen? Wenn man ihn brauchte, wäre er ja erreichbar. Und da er in *Jamie's Food Paradise* sitzen würde, das sich direkt um die Ecke vom Revier befand, wäre er im Notfall auch sofort zur Stelle.

Ja, so würde er es machen, beschloss er und hoffte gleichzeitig, dass es ein ruhiger Freitagabend werden würde.

Als er um acht bei Jamie eintraf, saß Trish bereits an einem der Tische und hatte einen Haufen Unterlagen vor sich ausgebreitet.

«Hallo, Wyatt», sagte sie und strahlte ihn an.

Sie trug ein schlichtes schwarzes T-Shirt und hatte ihr dunkles Haar zu einem Pferdeschwanz hochgebunden. Ihre Lippen glitzerten, als hätte sie irgendein Lipgloss darauf verteilt. Er kannte sich da nicht so aus, wusste nur, dass es superschön an ihr aussah.

«Hallo, Trish», erwiderte er und setzte sich zu ihr an den Tisch. «Was ist das denn alles?» Er nahm einen der Zettel in die Hand, es war eine Liste mit Speisen, die Trish für die Feier eingeplant hatte.

«Das sind alle wichtigen Notizen, die ich mir bisher gemacht habe. Was du da gerade hältst, ist die Speiseliste. May backt so viele Kuchen, wie sie schafft, hat sie versprochen. Und Alice bereitet neben weiteren Kuchen auch Fingerfood vor. Käse- und Obstspieße, Würstchen im Schlafrock und so weiter.»

«Klingt gut. Und wer sorgt für die Getränke?»

«Ich habe Rupert und Howie überredet, welche zur Verfügung zu stellen. Und zwar kostenlos. Die beiden haben sofort zugesagt, und wie ich sie kenne, wird jeder versuchen, den anderen zu überbieten. Für ausreichend Getränke sollte also gesorgt sein.» Trish grinste zufrieden.

«Perfekt. Wie ich sehe, hast du alles im Griff», sagte er und schenkte ihr ein Lächeln.

«Habe ich. Es gibt da aber noch ein paar Probleme. Wir können die Stühle aus dem Gemeindezentrum ausleihen und die Tische aus dem Lager holen, hat Doyle gesagt, aber ich weiß noch nicht, wann wir die aufstellen sollen. Sonntagvormittag werden viele Stadtbewohner ja in der Kirche sein und danach bei der Beerdigung. Somit auch diejenigen, die sich eigentlich freiwillig gemeldet haben.»

«Hmmm … Wie wäre es, wenn ich das übernehmen würde? Also, die Polizei von Lake Paradise? Ich gehe ja nicht in die Kirche», sagte er, obwohl er wusste, dass seine Mutter es sich anders wünschen würde. «Und Peter auch nicht. Er hat am Sonntag die Frühschicht, ich werde ihn einfach mit einspannen.»

«Oh, das wäre wirklich super. Und du denkst, dass ihr das zu zweit schaffen werdet?»

Wyatt zögerte. Sicher war er sich da nicht, da es wirklich viele Stühle und Tische sein würden. Tom wollte er nach der morgigen Spätschicht seinen Schlaf gönnen, dann fiel ihm aber noch jemand ein. «Ich könnte Aaron fragen, ob er mit anpackt. Er zieht doch morgen her, oder?»

«Ja, daran hatte ich auch schon gedacht, aber Aaron wird am Wochenende sicher genug mit dem Umzug zu tun haben.»

«Und was ist, wenn ich ihm morgen beim Umzug helfe und er uns dafür am Sonntag unterstützt? Es ginge ja nur um ein paar Stunden.»

«Das würdest du tun?», fragte Trish erstaunt. «Hast du denn morgen Zeit?»

Er nickte. «Es ist mein freier Tag.» Den er zwar eigentlich mit Abigail verbringen wollte, aber die könnte vielleicht auch zu seiner Mom. Murielle könnte sie nach Hamilton mitnehmen, und falls das nicht ginge, könnte Wyatt die Kleine auch mal für ein paar Stunden zu Delores bringen. Die freute sich immer, Kinder um sich zu haben. Irgendeine Lösung würde er schon finden.

«Das wäre ja super!», rief Trish und legte ihm dankbar eine Hand auf den Unterarm.

Er starrte auf ihre Hand. Was diese schlichte Berührung bei ihm auslöste, war kaum zu beschreiben. Es war wie Blitze und Donnern und Schmetterlinge und eine Herde Elefanten gleichzeitig. Und als Trish die Hand wieder zurückzog, war da nur noch Verlangen. Nach mehr! So viel mehr.

«Das mache ich wirklich gerne», entgegnete er mit wild pochendem Herzen. «Ich habe dir doch versprochen zu helfen.»

«Und auf dein Wort kann man vertrauen», sagte sie, jetzt ganz leise. Und sie schaute ihn dabei auf eine Weise an, die neu für ihn war.

«Ja, das kann man. Also, das kannst *du.*» Er blickte ihr über den Tisch hinweg in die Augen und merkte, wie ihm heiß und kalt wurde.

Was passierte hier gerade? Erkannte Trish Price endlich, wer er wirklich war? Spürte sie endlich auch diese besondere Verbindung zwischen ihnen, die er schon so lange spürte?

«Das weiß ich», sagte sie und lächelte ihn noch einmal an. Dann jedoch schüttelte sie den Kopf, wie um ihre Gefühle abzuwerfen, und widmete sich wieder den Notizen.

Gemeinsam gingen sie noch ein paar andere Sachen durch und bestellten dann etwas zu essen. Und während sie die leckeren koreanischen Speisen verputzten, unterhielten sie sich über dies und das. Trish erzählte von ihren Schwestern, und er berichtete von Abigail, die so aufgeregt war, endlich in die Schule zu kommen, dass sie nur noch herumhüpfte wie ein Flummi.

«Am Montag ist es also so weit, deine Kleine wird ein Vorschulkind», sagte Trish anerkennend.

«Ja, und ich glaube, ich bin fast genauso aufgeregt wie sie», erwiderte er.

«Das kann ich gut verstehen. Als Annie im letzten Jahr auf die Highschool gekommen ist, war das auch für mich sehr emotional.»

«Ja, sie werden so schnell groß», sagte er.

«Oh ja, da hast du recht. Sag mal, hast du denn schon alles besorgt, was Abigail für die Einschulung braucht? Einen Rucksack, eine Federtasche und ein hübsches neues Outfit?», erkundigte Trish sich.

«Aber natürlich! Das ist alles längst besorgt.»

Trish lächelte. «Warum frag ich überhaupt? Selbstverständlich hast du dich schon um alles gekümmert.»

Er lächelte zurück. Es war das wärmste Lächeln der Welt.

Wyatt war sich nicht sicher, ob es Trish nervös machte,

aber mit einem Mal wich sie seinem Blick aus und fragte: «Sind Giraffen und Meerschweinchen eigentlich immer noch Abigails Lieblingstiere?»

«Ja, und neuerdings auch Schmetterlinge», sagte er und dachte dabei an die vielen Schmetterlinge, die gerade durch seinen Bauch flatterten.

«Gut zu wissen», meinte Trish und schob ihren leeren Teller beiseite. «So, wollen wir noch kurz den musikalischen Ablauf besprechen? Hast du mit Shane geredet?»

Er nickte. «Habe ich. Er war zwar nicht allzu begeistert, ist aber damit einverstanden, dass auch Dylan ein paar Songs zum Besten gibt.»

«Oh, das ist super. Dann rufe ich Dylan später noch an und sage ihm, dass er definitiv mit dabei ist. Wie ich ihn kenne, hat er sowieso schon ein paar Songs eingeübt.»

«Sehr gut. Sind Dylan und Savannah morgen eigentlich auch mit dabei, um Aaron beim Einzug zu helfen?», fragte er. «Lexi kann ja nicht so richtig mit anpacken.»

«Ja, Dylan wird den ganzen Tag mithelfen, und Savannah stößt irgendwann dazu. Ich kann auch erst gegen Mittag, wenn Becky den Salon übernimmt. Lexi hat morgen frei.»

«Okay. Um wie viel Uhr kommt Aaron denn an, weißt du das?»

«Er ist heute Nachmittag schon hergeflogen, und der Umzugswagen soll morgen früh um zehn da sein.»

«Alles klar. Ich werde dann den Vormittag noch mit Abigail verbringen und sollte spätestens um zwölf dazustoßen.»

Trish sah ihn mit glänzenden Augen an. «Ich kann echt nicht glauben, dass du das tust.»

«Warum denn nicht?»

Sie zuckte mit den Schultern. «Wahrscheinlich, weil es schwer zu glauben ist, dass jemand so gut ist auf dieser Welt.»

Er musste schlucken, ihre Worte berührten ihn sehr. Und er wusste, dass dies der Moment war, in dem er ihr seine Gefühle gestehen sollte. Es war die eine Chance, die er nicht verstreichen lassen durfte. Und deshalb erwiderte er ihren Blick, ignorierte den Kloß in seinem Hals und sagte: «Ich würde einfach alles für dich tun, Trish.»

33

Trish saß vor Miss Elizas Rosenkiste und streichelte gedankenverloren über das Holz. Becky hatte ihr geholfen, das schwere Ding in ihr Zimmer hochzutragen. Und nun öffnete sie den Deckel und holte ein paar Notizbücher heraus. Sie hoffte, das Bananenbrot-Rezept zu finden. Doch schon als sie das erste Buch aufschlug, erkannte sie, wie schwer diese Mission werden würde. Denn die Notizbücher hatten überhaupt keine Ordnung. Miss Eliza schien alles hineingeschrieben zu haben, was sie bewegte, und zwar wild durcheinander. Zu einem Rezept reihte sich ein Zitat, darunter folgte eine kleine Geschichte oder ein Gedanke. Sogar ein paar Songtexte standen dort geschrieben, was Trish sehr freute, denn das würde ihr und Dylan bei der Musikauswahl für die Abschiedsfeier weiterhelfen. Die alte Dame schien sie ja festgehalten zu haben, weil sie sie mochte.

Ein Song hieß *Summertime*. Sie googelte ihn gleich und fand auf *YouTube* eine Version von Ella Fitzgerald zusammen mit Louis Armstrong und dann noch eine von Billie Holiday, von der Trish wusste, dass Miss Eliza sie sehr gern gehört hatte. Sie hatte sogar alte Platten besessen, die sie hin und wieder aufgelegt hatte, wenn Trish sie besuchen kam.

Trish klickte das Video an und hörte, wie Billie Holiday von einem leichten Leben, von springenden Fischen und von hochgewachsener Baumwolle sang. Das Lied berührte Trish so sehr, dass ihr die Tränen kamen. Nicht nur, weil die Melodie so schön war, sondern auch, weil sie sich selbst und Miss Eliza in deren Wohnzimmer sitzen und den Klängen lauschen sah.

Es war, als würde ihr erst jetzt bewusst, wie viel die Frau ihr wirklich bedeutet hatte. Ja, sie war eine gute Freundin gewesen, eine Stütze und eine Zuhörerin, aber sie war auch ein wenig Muttersatz gewesen. Die zweite Mutter, die Trish verloren hatte.

Von ihren Gefühlen überwältigt, schnäuzte sie sich die Nase und atmete tief durch. Dann schrieb sie den Songtitel auf eine Liste für die Feier. Er sollte als Erstes gespielt werden. Und Trish hoffte, Dylan würde dieses wunderbare Lied genauso rüberbringen können, wie sie es gerade wahrgenommen hatte. Mit all seinen Emotionen und Erinnerungen. Was natürlich schwer sein würde, weil Dylan Miss Eliza überhaupt nicht gekannt hatte. Wenn es aber einer schaffen konnte, dann Dylan, der doch immer mit so viel Gefühl sang, dass es einem beim Zuhören eine Gänsehaut bescherte.

Trish musste an die letzten Stunden zurückdenken, die sie mit Wyatt verbracht hatte. Auch er hatte ihr heute eine Gänsehaut bereitet – was völlig unerwartet geschehen war.

Zugegeben, in den vergangenen Tagen hatte sie sich mehr und mehr zu ihm hingezogen gefühlt, was hauptsächlich daran gelegen hatte, dass er sich nach dem Tod von Miss Eliza so lieb und fürsorglich und auch hilfsbereit verhalten hatte. Aber das heute Abend … das war mehr als das gewesen. Es war ein Gefühl gewesen, das Trish bisher noch nicht gekannt hatte, und sie fragte sich, ob sich so wohl die Liebe anfühlte.

Natürlich war sie schon verliebt gewesen. Verknallt bis über beide Ohren. Wer kannte das nicht? Aber die wahre Liebe hatte sie bisher nur in Filmen und Songs erlebt – wie sollte sie denn wissen, ob es sich jetzt hierbei darum handelte?

Nun, sie würde es sicher herausfinden, und das hoffentlich schon bald. Gelegenheit würde sie auf jeden Fall genug haben, da sie Wyatt in den nächsten beiden Tagen sehr viel um sich haben würde. Allein der Gedanke bewirkte schon, dass ihr warm ums Herz wurde.

Unwillkürlich musste sie wieder an seine Blicke denken. An diese innigen Blicke und an seine Worte. Er würde alles für sie tun, hatte er gesagt. Und das Verrückte war, dass sie ihm voll und ganz glaubte. Sie spürte, dass er, egal in welcher Situation, an ihrer Seite sein würde. Dass er es wirklich wollte. Und allein das war schon so viel wert.

Trish forschte weiter in der Kiste und holte noch mehr Notizbücher hervor. Sie blätterte eine ganze Menge durch und notierte sich ein paar der unzähligen Songs. Dann fand sie endlich das, wonach sie schon die ganze Zeit gesucht hatte: das Rezept für Miss Elizas berühmtes Bananenbrot.

Sie fotografierte es mit dem Handy ab, schickte es gleich an May und bat sie, das Brot für die Feier am Sonntag zu backen. Sie wollte die Kiste eigentlich schon wieder schließen, als ihr ein Buch auffiel, das ein besonders schönes rosafarbenes Blumenmuster hatte. Es schien sehr alt zu sein und machte Trish neugierig. Vorsichtig holte sie es hervor und schlug es auf. Voller Erstaunen und Ehrfurcht starrte sie es an. Denn auf der ersten Seite stand:

Tagebuch
1972–1978

Ob sich am Boden der Kiste noch mehr solcher Tagebücher befanden? Sofort suchte sie weiter und stieß tatsächlich auf weitere Bücher, die auf der ersten Seite mit Jahreszahlen versehen waren. Sie holte alle hervor und begann, sie zu sortieren. Am Ende lagen zwölf Bücher auf dem Boden ihres Schlafzimmers, und Trish konnte kaum glauben, welch wertvollen Schatz sie da gefunden hatte.

Sie wusste, sie würde lange brauchen, um all die Tagebücher zu lesen, und kurz fragte sie sich, ob Miss Eliza das wirklich gewollt hätte. Aber die alte Dame hatte sie ihr hinterlassen, und das sicher nicht ohne Grund.

Obwohl Trish wusste, dass in nur sechseinhalb Stunden ihr Wecker klingeln würde und sie morgen einen anstrengenden Tag vor sich hatte, konnte sie nicht anders, als das erste Buch in die Hand zu nehmen und zu lesen. Von Miss Eliza, über die sie nun endlich mehr erfahren sollte.

07. August 1955

Liebes Tagebuch,
ich habe alles hinter mir gelassen. Du bist mein einziger Freund und ständiger Begleiter hier in dieser großen neuen Welt.
Gestern Nachmittag bin ich angekommen an diesem wundersamen, lauten Ort namens Atlanta. Ich habe es mir genau so vorgestellt und doch auch völlig anders. Ich bin überwältigt von all den Autos, den hohen Gebäuden, den vielen Menschen. Abbeville ist dagegen so unglaublich klein.

Heute Morgen habe ich gleich Mommas Bekannte, Mrs. Dailey, aufgesucht, die mir tatsächlich eine Anstellung in ihrem Restaurant gegeben hat. Ich werde von nun an eine gelbe Uniform tragen und den Gästen gute alte Südstaatenküche servieren. Das Gumbo und der Catfish mit Hushpuppies sind die beliebtesten Gerichte auf der Karte, sagt Mrs. Dailey.
Ich bin sehr gespannt auf die kommenden Tage.
Bis bald!
Deine Eliza

34

«Ich kann noch immer nicht fassen, dass sie nicht mehr da ist», sagte Delores wehmütig.

«Ja, es ist so traurig, dass Miss Eliza gestorben ist», pflichtete Sadie ihr bei.

Doch Delores schüttelte den Kopf. «Ich meine nicht Miss Eliza. Also, dass sie von uns gegangen ist, ist selbstverständlich auch traurig, aber ich spreche von Ricarda. Die Arme tut mir so schrecklich leid.»

«Ach, Liebes», sagte Murielle, die heute einen gelben Jogginganzug trug. «Wo immer sie hingegangen ist, dort geht es ihr jetzt bestimmt besser. Das hier hatte doch keine Zukunft.»

«Ja, da muss ich Murielle recht geben», meinte Sadie. «Jetzt kann sie noch mal ganz von vorne anfangen.»

«Aber das hätte sie auch hier gekonnt», protestierte Delores. «Wir hatten doch vor, ihr einen netten neuen Mann zu finden.»

Murielle nahm ihren Spiegelei-Bagel in die Hand. «Den findet sie sicher auch anderswo», sagte sie und biss ab.

Delores jedoch seufzte schwer. Sie fand das alles zu schade, sie hatte Ricarda wirklich gerngehabt.

«Einen freut es aber, dass sie weg ist», meinte Sadie dann

und deutete mit dem Kopf in Richtung Nolan, der hinter der Theke stand und strahlte wie ein Honigkuchenpferd. Ganz so, wie er es seit Tagen tat.

«Oh ja! Und Jamie ebenso», sagte Murielle. «Habt ihr die beiden gesehen? Seit Ricarda die Stadt verlassen hat, sind sie verliebter denn je. Sie laufen Hand in Hand durch die Gegend und scheinen das schlechte Gewissen völlig vergessen zu haben.»

«Ach, ich gönn es ihnen ja», sagte Sadie. «Am Ende wollen wir doch nur, dass alle glücklich sind, oder?»

«Ja, da hast du recht», sagte Delores.

Murielle winkte Nolan herbei, und er trat freudestrahlend an ihren Tisch.

«Pass auf, dass dir dein Lächeln nicht steif wird», sagte Murielle spöttisch.

«Und wenn schon!? Wer mag keinen freundlichen Cafébesitzer?», fragte Nolan und strahlte, wenn möglich, nun noch mehr.

«Ist ja schon gut, mein Lieber», erwiderte Murielle grinsend. «Magst du mir noch einen Milchkaffee bringen?»

«Aber sicher!» Nolan tänzelte wieder hinter den Tresen.

Murielle lag richtig. Er war glücklich und konnte überhaupt nicht mehr aufhören zu lächeln.

Natürlich war es traurig, dass Ricarda fortgegangen war, und das nur seinetwegen. Selbstverständlich plagten ihn deswegen Schuldgefühle. Aber er war auch froh, sich endlich nicht mehr verstecken zu müssen. Sich nicht mehr zurückhalten zu müssen. Die Leute in Lake Paradise hatten zwar eine Weile gebraucht, aber jetzt schienen sie das schwule Traumpaar – das bisher einzige in diesem Städtchen – endlich zu akzeptieren. Oder wenigstens zu tolerieren. Es gab keine bösen Blicke, keine gemeinen Worte, keine Hausverbote und auch keine mit Ketchup beschmierten Autos mehr. Es schien endlich vorbei zu sein. Sie waren frei und durften sie selbst sein. Das Leben war schön.

Nolan bereitete Murielles Milchkaffee zu und brachte ihn ihr.

«Sag, Murielle, besitzt du eigentlich auch einen schwarzen Trainingsanzug?», erkundigte er sich, da er die Gute immer nur in diesen Anzügen sah. Sie schien die Dinger in jeder nur erdenklichen Farbe zu besitzen.

«Warum?», fragte Murielle stirnrunzelnd.

Sadie lachte. «Bestimmt fragt er wegen der Beerdigung.» Sie blickte zu Nolan. «Das tust du doch, oder?»

«Ja. Ich dachte mir, dass Murielle morgen sicher Schwarz tragen möchte.»

Murielle lachte laut auf. «Du glaubst echt, ich erscheine im Jogginganzug auf einer Beerdigung?»

Er zuckte mit den Schultern. «Hab dich, glaube ich, noch nie in was anderem gesehen.» Ohnehin wusste er nicht, was Murielle auf einer Beerdigung trug, da er sie noch nie auf einer gesehen hatte. Damals zur Beisetzung von Alfred Highmore war, soviel er wusste, nur Sadie gegangen. Und das auch nur, um Aaron beizustehen, der extra aus New York angereist war. Aaron war nämlich nicht nur der Sohn vom großen Vincent Highmore, sondern auch von der bereits verstorbenen Mathilda, die eine gute Freundin Sadies gewesen war.

«Nein, nein», entgegnete Murielle nun. «Ich besitze schon noch etwas anderes. Morgen werde ich mein schwarzes Kostüm tragen – wenn ich denn noch reinpasse.»

Nolan nickte. Dann fragte er: «Heute zieht Aaron nach Lake Paradise, oder?»

«Ja, genau!» Delores war die Schnellste gewesen. «Der Lieferwagen kommt gegen zehn Uhr an.»

«Wie schön. Dann haben wir ja wieder einen Bewohner mehr.»

«Ja. Zwei weg, einer dazu», flüsterte Delores.

«So ist das Leben, meine Süße», meinte Murielle und legte ihr kurz eine Hand auf den Arm. «Also gut, und wie wollen wir Aaron nun willkommen heißen in unserem hübschen Städtchen?»

Murielle, Sadie und Delores waren das selbst ernannte Begrüßungskomitee und dachten sich für jeden neuen Stadtbewohner eine nette Kleinigkeit aus. Dylan hatten sie, als er vor drei Monaten beschloss, sich hier niederzulassen, einen Präsentkorb übergeben. Mit ein paar nagelneuen Notizheften, in die er seine Liedtexte schreiben konnte, und jeder Menge Snacks, die er am See essen konnte, wo er sich die meiste Zeit über aufhielt, um seine Songs zu dichten. Er hatte sich sehr darüber gefreut und sich gefühlte hundert Mal bedankt.

«Wir könnten ihm auch einen Korb schenken», schlug Delores vor, während Nolan zum nächsten Tisch weiterging.

«Für Aaron sollte es aber ein Obstkorb sein», überlegte Murielle. «Er ernährt sich doch so gesund und isst ständig nur Früchte und Nüsse.»

«Gut, dann also ein Obstkorb. Ich habe im Hinterzimmer der Eisdiele noch ein paar Körbe gehortet, da finden wir sicher einen schönen. Und Obst können wir gleich auf dem Markt kaufen», schlug Sadie vor.

«Eine gute Idee», meinte Murielle. «Bis um halb elf muss

ich allerdings fertig sein, denn da hab ich einen Termin bei Lindsay. Ich will mir die Nägel für morgen schwarz lackieren lassen. Und danach bringt Wyatt Abigail zu mir.»

«Ich dachte, er hat heute seinen freien Tag?», fragte Sadie.

«Hat er auch. Aber er will Aaron beim Einzug helfen.»

«Ah! Er ist so ein lieber Junge», sagte Delores. «Du hast da wirklich gute Arbeit bei der Erziehung geleistet.»

«Oh, vielen Dank.» Murielle bekam ganz rosige Wangen.

«Ja, ehrlich. Wyatt hilft doch auch Trish bei den Vorbereitungen für die Abschiedsfeier morgen.»

«Er hilft ihr nicht nur, er hatte sogar die Idee!», sagte Sadie.

Murielle starrte ihre Freundin an. «Wie meinst du das?»

«Na, Wyatt hat vorgeschlagen, dass sie eine Feier für Miss Eliza machen. Wusstest du das etwa nicht?» Sadie sah Murielle überrascht an.

Langsam und sichtlich verwirrt schüttelte diese den Kopf. «Nein. Er hat es mit keinem Wort erwähnt. Woher weißt du das denn?»

«Savannah hat es mir erzählt.»

«Nun, das sieht meinem Wyatt ganz ähnlich, dass er auf eine solche Idee kommt. Und es mir dann verschweigt.»

«Ach, nun sei nicht beleidigt», sagte Sadie. «Freu dich lieber, dass dein Sohn so ein einfühlsamer Mann ist. Und dass er Trish näherzukommen scheint.» Sie zwinkerte Murielle zu.

«Ja, ich habe gehört, die beiden haben sich gestern Abend im *Food Paradise* getroffen», fügte Delores hinzu.

«Aber nur um die Feier zu besprechen», meinte Murielle.

«Na, was nicht ist, kann ja noch werden», sagte Sadie.

Und darauf hoffte Murielle auch.

35

Um Viertel nach zwölf nahm Trish die pinkfarbene Schürze ab und fragte Becky zum wiederholten Mal, ob sie auch wirklich allein klarkommen würde.

«Natürlich komme ich klar! Ist doch nicht das erste Mal, dass ich allein im Laden stehe», erwiderte ihre jüngere Schwester.

«Ja, aber ich war immer höchstens für ein, zwei Stunden weg, nicht sechs Stunden bis zum Ladenschluss.»

«Auch das werde ich schaffen. Es kommen doch eh nur noch Hunde zum Baden vorbei, erinnerst du dich? Du hast nur solche Termine ausgemacht – weil du mir nicht mehr zutraust.»

«Das stimmt nicht», widersprach Trish, obwohl Becky eigentlich recht hatte. Sie hatte extra keine Termine fürs Schnabelkürzen oder Ähnliches vergeben, weil sie ihre Schwester nicht überfordern wollte. Außerdem wollte sie verhindern, dass man sie anrief und sie zu Hilfe eilen musste.

Sie hatte so unglaublich viel zu tun in den nächsten vierundzwanzig Stunden: Zuerst würde sie Lexi und Aaron helfen, dann May beim Bananenbrotbacken unterstützen und morgen früh dann den gesamten Platz schmücken. Zum

Glück würde Moesha die Blumen direkt dorthin liefern. Und Gott sei Dank hatte Trish in ihren Schwestern zwei fleißige Helferinnen für die Deko. Allein könnte sie das nie und nimmer schaffen.

«Nun geh schon endlich», forderte Becky sie auf.

«Okay. Aber falls was sein sollte, ruf an, ja? Und vergiss nicht, nachher abzuschließen. Und denk dran, dass du morgen früh helfen wolltest.»

«Das weiß ich alles. Jetzt raus mit dir, raus, raus!» Becky scheuchte sie mithilfe eines Handtuchs aus dem Salon.

In der Tür blieb Trish noch einmal stehen. «Danke, Becky. Ich weiß es echt zu schätzen, dass du das alles für mich machst.»

«Ist wirklich kein Ding. Aber du kannst dich ja vielleicht … mit ein paar neuen Ohrringen revanchieren.»

«Abgemacht!», sagte Trish und eilte davon.

Sie passierte den Marktplatz, schaute kurz bei Annie vorbei, die heute zum ersten Mal im *Ice Cream Paradise* aushalf, winkte Howie und Ginny zu, die vor dem Supermarkt standen, und wünschte Edda einen schönen Tag, die gelangweilt an der Museumstür lehnte. Schließlich bog sie in die Paradise Street ein, und als sie bei Lexis Haus ankam, war der Möbelwagen schon da.

Aaron, Jonah und Dylan schleppten gerade ein schwarzes Sofa ins Haus. Trish rief ihnen einen Gruß zu und stieß dann beinahe mit Wyatt zusammen, der zwei übereinandergestapelte Umzugskartons trug.

«Oh, sorry», sagte sie. «Ich wusste nicht, dass du schon da bist.»

«Hab ich doch versprochen», sagte er und hielt die Kartons so, dass er an ihnen vorbeigucken und sie anlächeln konnte.

«Ja, ich weiß», erwiderte sie. «Dann will ich mal sehen, ob Lexi Hilfe braucht.» Sie ließ Wyatt mit der schweren Ladung vorbei und folgte ihm ins Haus. Dort stand Lexi inmitten des Wohnzimmers und sah ein wenig verzweifelt aus.

«Da bist du ja!», rief sie ihr zu.

«Ich eile zu Hilfe. Was kann ich tun?»

«Mir zuerst einmal sagen, warum ich dem Ganzen hier zugestimmt habe. Ich hab nämlich absolut keine Ahnung, wohin mit all den Möbeln von Aaron.» Lexi deutete auf das riesige schwarze Sofa, das die Männer neben ihrem mittelgroßen beigefarbenen abgestellt hatten. Und auch Trish sah sofort, dass für beide Sofas kein Platz war.

«Was, wenn ihr ein paar der Möbel schon zur Villa fahrt?», schlug sie vor.

«Hmmm … das wäre eine Idee», sagte Lexi und wandte sich an Aaron. «Wäre es sehr schlimm, wenn ihr die Couch wieder raustragen und zurück auf den Umzugswagen laden würdet?»

Aaron seufzte, doch Dylan sagte sofort: «Kein Problem.»

Woraufhin auch Aaron meinte: «Okay, Schatz. Hauptsache, du bist glücklich.»

Trish musste schmunzeln. Denn Aaron hatte in den vergangenen Wochen sicher auch schon das eine oder andere Mal erfahren müssen, was es bedeutete, sich mit einer schwangeren, hormongesteuerten Frau anzulegen.

Tatsächlich hatte Lexi jetzt – besagten Hormonen sei Dank – sofort wieder Tränen in den Augen. «Ihr seid die Besten!»

Doch bevor sie den Männern auch noch vor Dankbarkeit um den Hals fallen konnte, hielt Trish sie auf und fragte, ob Helena auch noch kommen würde.

«Nein, sie hat sich leider einen Virus eingefangen und Leslie auch. Die Kleine hat ihren ersten Schultag an der neuen Schule verpasst.»

«Oh nein, die Armen.»

«Ja, allerdings. Ich hoffe ja, dass sie schnell wieder gesund werden und dass vor allem Mattie sich nicht auch noch ansteckt! Der hat nämlich am Montag seine Einschulung.»

Oh, genau wie Abigail, dachte Trish. «Kommt er in die Vorschule?», fragte sie.

«Nein, schon in die erste Klasse.»

«Es wird sicher alles gut gehen, und Helena und Leslie werden bestimmt bald gesund», sagte sie. «Und wir schaffen das auch ohne deine Schwester. Apropos! Was kann ich denn machen?»

«Wenn du ein paar leichte Sachen hereintragen magst? Ansonsten kannst du mir hier drinnen bei der Zuordnung helfen.»

«Ich schau mal, was sich noch alles im Wagen befindet», sagte sie und ging wieder nach draußen. Vor allem tat sie das, um nach Wyatt zu sehen. Weil sie ihn in diesem Moment unglaublich gern sehen wollte.

Sie traf ihn im Umzugswagen an.

«Hey, Wyatt, gibt es hier was Leichtes zu tragen für mich?», rief sie ihm zu.

«Lass mich mal sehen», erwiderte er, stellte sich aufrecht hin, legte die Hände an die Hüften und blickte sich um. «Ja, dahinten sind noch einige kleinere Sachen.» Er suchte kurz im hinteren Teil der Ladefläche und holte dann eine Stehlampe hervor.

Sie musste lachen. «Ich denke, ich kann schon ein bisschen mehr als eine Lampe tragen.»

Wyatt zuckte die Achseln. «Dann komm halt gleich noch mal wieder. Ich finde bestimmt noch eine zweite.» Er zwinkerte ihr zu.

Sie nickte amüsiert und brachte die Lampe ins Haus. Lexi schickte sie damit direkt ins hintere kleine Zimmer, das noch leer war. Ihre Freundin hatte nämlich die letzten drei Jahre hauptsächlich in Wohnzimmer, Schlafzimmer und Küche gewohnt. Von den beiden kleineren Zimmern hatte Lexi immer gedacht, sie würden eines Tages für ihre Kinder sein, eins war sogar schon eingerichtet, mit einem Babybett und allem. Doch nach ihrer Fehlgeburt damals hatte sie den Raum nicht mehr betreten können. Trish wusste davon. Und sie fand es gut, dass Lexi und Aaron vorhatten, in die Villa zu ziehen. Lexis Haus weckte viel zu viele schlimme Erinnerungen.

Trish hoffte nur, Aaron würde alles rechtzeitig fertig renoviert haben, bevor das Baby kam. Aber da er vom Fach war, sollte er das sicher meistern.

Sie stellte die Lampe ab und ging wieder nach draußen. Wyatt wartete im Umzugswagen schon mit zwei Nachttischlampen auf sie, die er ihr sofort überreichte. Sofort musste sie lachen.

«Hey, du hast ja wirklich noch welche gefunden.»

«Jap. Mal sehen, wie viele sich da noch verstecken.»

Trish brachte die Lampen ins Haus und stellte sie ab, dann floh sie regelrecht vor Lexi, die schon wieder über irgendetwas stöhnte. Zu viele Stühle oder so.

Als sie wieder bei Wyatt ankam, hielt er ihr einen Karton mit einem Smoothiemaker entgegen.

«Pass auf, der fällt schon fast auseinander», sagte er.

«Alles klar», erwiderte sie und wollte ihm den Karton gerade abnehmen, als er ihnen entglitt. Bei dem Versuch, ihn aufzufangen, trafen sich ihre Hände, was bei Trish gleich wieder ein Kribbeln auslöste. Und obwohl sie den Smoothiemaker retten konnten, hielten sie einander weiter fest – bis Jonah und Dylan kamen und Wyatt sie losließ.

«Ich versuche mal, das Ding heil reinzubringen», sagte sie und verduftete schnell, bevor man ihr ihre Gefühle noch ansehen konnte.

Sie hörte die Männer lachen, glaubte aber nicht, dass es dabei um sie ging. Wahrscheinlich erzählte Wyatt gerade von irgendwelchen Hühnern, die wieder einmal in der Gegend umhergelaufen waren.

In den letzten Tagen waren in und um Lake Paradise weitere frei laufende Tiere aufgetaucht, und Wyatt und seine Truppe hatten sie einfangen müssen. Ein Huhn hatte sich sogar in Bürgermeister Doyles Salatbeet verirrt und sich dort satt gefressen. Das hatte Wyatt ihr gestern Abend beim Dinner erzählt. Aber so lustig sie seine Erzählungen auch fand, Trish taten die armen Hühner leid. So ein Durcheinander! Die Tiere mussten doch völlig ängstlich sein. Erst wurden sie von irgendwem gestohlen, dann anscheinend ausgesetzt, und schließlich wurde Jagd auf sie gemacht. Wer sich diesen blöden Scherz erlaubt hatte, hatte wirklich nicht gut darüber nachgedacht.

Als Trish mit dem Smoothiemaker ins Haus trat, wurde Lexi auf sie aufmerksam und bugsierte sie mit dem Karton in die Küche. «Den müssen wir unbedingt hierbehalten», erklärte sie. «Aaron ist verrückt nach seinen Smoothies. Jeden Morgen macht er sich einen.»

«Mit frischen Früchten?», fragte sie. «Erdbeeren und so?»

Lexi verzog das Gesicht. «Nein, meistens mit frischem Grünkohl, Rote-Bete-Blättern und Staudensellerie. Mir wird schon schlecht, wenn ich nur daran denke.»

Trish lachte. «Ja, das verstehe ich gut. Das klingt auch für mich ziemlich eklig, und ich bin nicht mal schwanger.»

«Danke!», sagte Lexi und umarmte sie.

Trish wusste nicht genau, weshalb ihre Freundin ihr dankte. Weil sie ihr zugestimmt hatte? Weil sie ihr heute half? Weil sie ihr freigegeben und dafür gesorgt hatte, dass der Salon trotzdem besetzt war? Egal, sie drückte sie fest und sagte: «Gern geschehen.»

Nachdem sie alles ins Haus gebracht hatten, was fürs Erste hierbleiben sollte, beschlossen die Männer, den Rest zur Villa zu fahren. Derweil wollte Trish für Pizza sorgen, die sie gemeinsam essen konnten, sobald alle zurück waren.

Sie nahm also Lexis Auto und fuhr los zu Halles Pizzeria, wo ihre Tante ihr sogleich sagte, dass die Bestellung aufs Haus gehe. Als Trish überlegte, welche Sorten sie nehmen sollte, fiel ihr auf, dass sie gar nicht Wyatts Lieblingspizza kannte. Und dann wurde ihr klar, dass sie allgemein ziemlich wenig über ihn wusste. Welche Vorlieben hatte er? Welche Kleidergröße? Sah er sich lieber Filme an oder Serien? Oder bevorzugte er ein gutes Buch? Was aß er zum Frühstück? Duschte er lieber heiß oder kalt? Und wann hatte er wohl zum letzten Mal eine Frau geküsst?

All diese Gedanken machten sie schwindlig. Deshalb bat sie Halle schlicht, ihr zwei große Margheritas, eine Funghi und eine mit Thunfisch mitzugeben. Da würden sicher alle etwas finden, was sie mochten.

Als sie zurückkam, waren die Männer noch nicht wieder da. Es konnte aber nicht mehr allzu lange dauern, da in dem Umzugswagen nur noch vier oder fünf größere Möbelstücke und ein paar Stühle gewesen waren. Also setzte sich Trish zu Lexi aufs Sofa und fragte, wie es ihr gehe. «Ist alles in Ordnung? Bist du müde?»

«Ich hab doch nichts getan, außer Anweisungen zu geben», sagte sie und verzog das Gesicht.

Trish wusste, dass ihre Freundin gern mehr mit angepackt hätte, aber ihre Gynäkologin hatte ihr davon abgeraten, da sie ja schon eine schwere Fehlgeburt hinter sich hatte. Und weil dieses Baby in ihrem Bauch für Lexi das Wichtigste auf der Welt war, hatte sie darauf gehört.

«Ja, das weiß ich. Aber auch das kann anstrengend sein», meinte Trish.

«Oh ja, das war es allerdings.» Lexi lachte.

Sie redeten noch ein bisschen über Aarons Pläne, was die Villa anging, und über die Trauerfeier für Miss Eliza. Beinahe hätte Trish ihrer Freundin von den Tagebüchern erzählt, doch da hörten sie schon die Männer hereinkommen.

«Wo ist der Umzugswagen?», fragte Lexi Aaron, sobald er durch die Tür getreten war. «Ich habe gar keinen Motor gehört.»

«Wir haben den Fahrer damit zurückfahren lassen und sind das Stück zu Fuß gegangen.»

«Von der Villa?»

Trish wunderte sich über die Frage, denn die Villa befand sich nur die Paradise Avenue entlang, keine zehn Minuten zu Fuß.

«Ja», antwortete Aaron.

«Und inzwischen lasst ihr uns verhungern?», fragte Lexi.

Trish sah, wie Aaron tief ein- und ausatmete. «Ihr hättet doch schon ohne uns anfangen können.»

«Das wäre aber unhöflich gewesen», sagte Lexi, und man konnte heraushören, dass sie eigentlich die Männer als unhöflich empfand.

«Ist doch alles gut», warf Trish schnell ein. «Jetzt sind sie ja da.» Sie blickte in die Runde. «Wer hat Lust auf Pizza?»

Sofort stürzten Dylan, Jonah und Wyatt sich auf das Essen, während Aaron erst noch Lexi in den Arm nahm, die sich wieder einmal bei ihm entschuldigte.

«Du musst dich nicht für jedes falsche Wort entschuldigen», sagte er.

«Möchte ich aber.»

«Ich verstehe das doch, Süße.» Aaron küsste sie auf die Stirn. «Also, wie wäre es damit: Du entschuldigst dich jetzt für die nächsten tausend Mal, und ich sage dir jetzt schon, dass ich dir tausend Mal verzeihe?»

«Perfekt, so machen wir es!» Lexi strahlte und schmiegte sich an ihn.

Trish sah zu Wyatt rüber, der die beiden ebenfalls beobachtet hatte. Er hielt ein Stück Margherita in der Hand und lächelte ihr zu. Sie lächelte zurück.

Wie gern würde ich mich jetzt an ihn schmiegen, dachte sie …

36

Um kurz nach sechs waren sie größtenteils fertig. Zumindest standen die Möbel an ihrem Platz, und die meisten Kartons waren ausgepackt. Lexi war auf dem Sofa eingenickt, und Aaron sagte, er wolle noch kurz bei seinem Vater vorbeischauen.

Trish legte Lexi eine leichte Decke über und verließ mit den anderen das Haus.

Aaron bedankte sich noch einmal bei ihnen, bevor er sich zum imposanten Wohnsitz von Vincent Highmore aufmachte. Dylan fuhr zusammen mit Savannah, die vor zwei Stunden dazugestoßen war, zum Hotel. Und Jonah eilte nach Hause, weil May Unterstützung mit dem Baby brauchte, damit sie in Ruhe backen konnte. Zurück blieben nur Wyatt und Trish.

Er war sich nicht sicher, was er jetzt tun sollte. Ihr einfach einen schönen Abend wünschen und gehen? Sie fragen, ob noch etwas für morgen zu besprechen oder vorzubereiten war? Oder sie einfach küssen, wie er es schon den ganzen Tag am liebsten getan hätte?

«Was … hast du jetzt vor?», fragte er vorsichtig, während sie nebeneinander in Richtung Stadtplatz schlenderten.

«Oh, so einiges», erwiderte Trish. «Vor allem möchte ich

noch jede Menge Bananenbrote backen. So viele, wie ich heute schaffe.»

«Bananenbrote?», fragte er verwundert.

«Ja. Miss Eliza hat das beste Bananenbrot gebacken, das du dir nur vorstellen kannst, und ich habe das Rezept dafür in der Kiste gefunden, die sie mir vermacht hat.»

Er musste schmunzeln. «Aber warum willst du denn gleich so viele davon backen?»

«Weil ich glaube oder besser gesagt hoffe, dass morgen ziemlich viele Leute an der Abschiedsfeier teilnehmen werden. Und wirklich jeder soll ein Stück von ihrem Bananenbrot abbekommen. Ich habe bereits May das Rezept geschickt und sie gebeten, ebenfalls welche zu backen. Heute Abend möchte ich dann aber noch mein Bestes geben. Ich hoffe ja, dass Annie mir dabei hilft.» Sie holte ihr Handy aus der Tasche und seufzte beim Anblick einer Nachricht.

«Alles in Ordnung?», fragte er.

«Annie hat mir geschrieben, dass sie bei Emily ist und dort auch übernachtet. Sie machen sich vegetarische Lasagne und wollen sich ein paar Filme ansehen.»

«Oh. Na, vielleicht kann Becky dir beim Backen helfen?»

Trish schüttelte den Kopf. «Die habe ich schon den halben Tag im Tiersalon eingespannt und ihr gesagt, sie kann heute Abend mit Freunden nach Hamilton. Aber das ist okay, die beiden haben versprochen, morgen mit anzupacken, also …»

«Tja, dann muss *ich* dir wohl helfen», sagte er schneller, als er sich den Gedanken durch den Kopf gehen lassen konnte.

Trish lachte auf und sah ihn belustigt an. «Beim Backen?»

«Klar, warum nicht?»

«Kannst du das denn überhaupt?»

«Na, hör mal! Ich bin alleinerziehender Super-Dad, natürlich kann ich backen!»

«Entschuldige bitte, wie konnte ich nur annehmen, du könntest es nicht?» Trish stieß ihn spielerisch an.

«Ich nehme deine Entschuldigung an», erwiderte er grinsend. «Also, soll ich dir nun helfen, die zweihundert Bananenbrote zu backen, oder nicht?»

Wieder lachte Trish. «Also, ich bin schon froh, wenn wir zehn schaffen. Aber ja, gerne, ich wäre dir unglaublich dankbar, wenn du mir dabei helfen würdest. Also, wenn das auch wirklich okay ist. Ich meine, du hast heute immerhin deinen freien Tag, und Abigail hatte nicht wirklich viel von dir.»

«Wie wäre es denn, wenn ich kurz nach Hause gehe und ihr eine Gutenachtgeschichte vorlese und dann in etwa einer Stunde zu dir komme?»

«Klingt perfekt!», sagte Trish, und sie klang ehrlich begeistert.

«Also gut, dann bis gleich.»

Sie trennten sich vor Lindsays Nagelsalon, er ging nach links und Trish nach rechts. Wyatt konnte es kaum erwarten, wieder den Abend mit ihr zu verbringen. Diesmal ganz allein, wie es aussah. Schon der Gedanke machte ihn nervös, aber auch wahnsinnig glücklich. Bananenbrot war zwar keine ganz so romantische Angelegenheit, aber vielleicht könnten sie es ja zu einer machen.

«Daddy!», rief Abigail ihm zu, als er ins Haus seiner Mutter trat.

«Hallo, mein kleiner Engel», sagte er und hob sie auf seinen Arm. «Wie war dein Tag?»

«Toll! Granny und ich waren in Hamilton!»

«Ach, wirklich? Und was habt ihr da gemacht?»

«Granny und Tante Beverly haben Wolle gekauft, und ich hab eine neue Puppe bekommen. Und neue Schuhe für meine Einschulung.»

«Ja? Die musst du mir sofort zeigen.» Er ließ seine Tochter runter, und sie rannte los, um nur eine Minute später mit einem Schuhkarton zurückzukommen. «Guck mal, da sind Schmetterlinge drauf!»

Er nahm eines der rosa Schühchen in die Hand. Und tatsächlich, auf den Klettverschluss war ein großer purpurroter Schmetterling genäht.

«Wow, die sind ja großartig!», sagte er. «Eine gute Wahl.»

«Danke sehr», erwiderte Abigail freudig.

Als seine Mutter mit einer Puppe in der Hand zu ihnen trat, flüsterte er ihr zu: «Du sollst sie doch nicht immer so verwöhnen.»

«Ach, man wird doch nur einmal eingeschult», erwiderte sie, während Abigail sich mit ihrer neuen Puppe auf den Sessel setzte und spielte.

Er lachte. «Nein, das wird man nicht. Dieses Jahr kommt sie erst in die Vorschule. Nächstes Jahr dann in die erste Klasse. Außerdem sind da noch die Junior Highschool, die reguläre Highschool und das College.»

«Ja, und? Dann bekommt sie dann halt auch noch neue Schuhe.»

«Na, wenn du meinst.» Er zog seine Mom an sich und drückte sie. «Danke dafür.»

Seine Tochter so glücklich zu sehen, ließ Wyatts Herz jedes Mal schmelzen.

«Gern geschehen», sagte Murielle. «Wie war denn dein Tag? Wie war der Umzug?», erkundigte sie sich, und er wusste, dass, was auch immer er ihr jetzt sagte, sie es gleich morgen weitererzählen würde. Spätestens. Also musste er wie immer behutsam seine Worte wählen.

«Es war anstrengend, aber wir haben alles erledigt. Aaron und Lexi wohnen ab sofort zusammen.»

«Wie schön für die beiden.»

«Ja, das finde ich auch.»

«Vor allem, da ja bald Nachwuchs kommt.»

«Ja, stimmt.»

«Und? War Trish auch da?»

Er nickte. «Natürlich, sie ist Lexis beste Freundin.»

«Und was haben sie heute mit dem Tiersalon gemacht?»

«Den hat Becky nachmittags übernommen.»

«Ah, sehr schön. Und? Hast du dich ein bisschen mit Trish unterhalten können?»

«Wir waren da, um zu helfen, Mom, nicht um uns zu unterhalten.» Als er ihren enttäuschten Blick sah, entschied Wyatt, ihr wenigstens ein bisschen was zu geben. «Aber ja, zwischendurch haben wir auch geredet.»

«Ja? Worüber denn?»

«Über dies und das … Über die Abschiedsfeier für Miss Eliza hauptsächlich.»

«Die ja angeblich deine Idee gewesen ist, wie man sich erzählt.»

Fassungslos starrte er seine Mom an. Es war einfach unfassbar, was sich an diesem Ort alles herumsprach.

«Ja, irgendwie war es das», sagte er. «Entschuldige, dass ich es dir nicht gleich gesagt hab.»

«Schon gut, mein Junge. Seid ihr denn mit allen Vorbereitungen fertig?»

Er sah zu Abigail hinüber, die ihrer Puppe jetzt etwas vorsang. «Noch nicht, nein. Morgen früh ist noch einiges zu tun. Die Tische und Stühle müssen aufgestellt werden, was ich zusammen mit Peter und Aaron übernehmen werde. Und dann sind da noch die … die Bananenbrote.»

«Die Bananenbrote?» Murielle machte große Augen. «Meinst du etwa Miss Elizas berühmtes Bananenbrot? Hat Trish das Rezept dafür gefunden?»

«Ja. Und sie will sich heute Abend noch in die Küche stellen und backen. Und ich … ich habe ihr auch dabei meine Hilfe angeboten.»

Murielle hob die Arme. «Na, was machst du dann noch hier?», rief sie. «Mach, dass du zu ihr kommst!»

Er musste lachen. «Eigentlich wollte ich Abigail erst noch was vorlesen. Aber wenn es wirklich okay für dich ist, würde ich danach dann noch mal losziehen.»

«Ich hatte sowieso damit gerechnet, dass du bis spätabends beschäftigt bist und dass Abigail bei mir schläft. Das ist also überhaupt kein Problem. Gegessen haben wir auch schon, du kannst ihr jetzt also gerne vorlesen.»

«Alles klar. Dann mache ich das.» Er ging zu Abigail rüber und fragte sie, auf welches Buch sie heute Lust hatte.

Exakt achtunddreißig Minuten später betätigte Wyatt die Klingel von Trishs Haus. Sie öffnete ihm beinahe sofort und strahlte ihn an. Ihr T-Shirt und auch ihre rechte Wange waren mit Mehl bestäubt.

«Wie ich sehe, hast du schon angefangen», sagte er.

Trish blickte an sich herunter und schüttelte das Mehl ab. «Ja, ich habe schon mal alle Zutaten bereitgelegt und ein bisschen was abgemessen. Komm doch rein.»

Das ließ er sich nicht zweimal sagen. Er betrat Trishs Haus, ging zur Küche durch und musste lachen, als er den Bananenberg auf dem Küchentisch sah. «Du liebe Güte! Wo hast du die denn alle her?»

«Ich bin heute Morgen vor der Arbeit losgezogen und habe bei Howie, Rupert und auf dem Markt die reifsten Bananen gekauft, die ich finden konnte. Die Früchte müssen nämlich schon ein bisschen weicher sein, am besten sogar schon schön braun und matschig.»

«Na, da bin ich jetzt aber gespannt.»

«Du wirst sehen, Miss Elizas Bananenbrot ist das beste, das du je gegessen hast. Ich kann gar nicht glauben, dass du es noch nie gekostet hast. Sie hat es doch früher immer für die verschiedensten Feste gebacken.»

«Ich kann mich wirklich nicht erinnern», erklärte Wyatt. «Bin aber auch nicht so der Bananenfan.»

«Das wird sich hoffentlich bald ändern.»

«Na, ich glaube eher, nach diesem Abend werden sie mich in meinen Albträumen verfolgen.»

Trish grinste ihn an. «Ich entschuldige mich jetzt schon dafür.»

«Alles klar.» Er klatschte in die Hände. «Okay, wobei darf ich behilflich sein?»

«Also, ich habe hier fünf Rührschüsseln. In jeder davon fertigen wir einen Teig an.» Sie zeigte ihm alles. «Ich war eben noch schnell bei Jamie und habe mir drei Kastenformen ausgeliehen, das heißt, mit meinen zwei haben wir dann jetzt auch davon fünf und können mehrere Brote auf einmal backen.» Wyatt nickte, und sie fuhr fort: «Okay, du kannst jetzt in jede der Schüsseln drei Bananen geben und sie mit einer Gabel zerdrücken.»

«Wird gemacht, Boss.»

«So gefällt mir das», erwiderte Trish und sah ihn an. Sah ihm fest in die Augen. Einen sehr langen Moment. Dann widmete sie sich wieder ihrem Mehl.

Als die ersten beiden Brote im Ofen waren, wollte Trish sich gleich an die nächsten machen. Doch Wyatt war inzwischen fast am Verdursten und bat um ein Wasser.

«Oh, wie dumm von mir. Ich hätte dir längst was zu trinken anbieten sollen», sagte Trish. «Hier in der Küche sind mittlerweile bestimmt dreißig Grad.» Es war draußen noch immer sehr warm, und dazu kamen der Ofen und die Hitze, die irgendwie zwischen ihnen entfacht war.

«Ist doch kein Problem.»

Sie holte eine kleine Wasserflasche aus dem Kühlschrank und reichte sie ihm, und Wyatt trank alles in einem Zug aus.

«Übrigens …», sagte er dann. «Du hast da Mehl auf deiner Wange.»

«Oh, echt? Seit wann?»

«Äh … schon seit ich eingetroffen bin.»

«Was? Und statt was zu sagen, hast du mich wie ein Mehlmonster herumlaufen lassen?»

Er grinste sie an. «Ich finde, es steht dir.»

Trish wischte sich auf den Wangen herum und fragte: «Ist es jetzt weg?»

Er ging einen Schritt auf sie zu. «Nein, warte, da ist noch ein bisschen was.»

Vorsichtig führte er eine Hand an ihr Gesicht und entfernte die restlichen weißen Stellen. Doch auch danach nahm er seine Hand nicht zurück, sondern ließ sie auf ihrer Wange liegen.

«Oh, Trish», entfuhr es ihm.

Und im nächsten Moment küssten sie sich.

37

Am Sonntag erwachte Trish mit einem Lächeln im Gesicht. Obwohl heute die Beerdigung von Miss Eliza stattfinden würde, war sie einfach fröhlich und konnte dieses Gefühl auch nicht abstellen.

Sie hatte Wyatt geküsst. Hatte einfach nicht anders gekonnt, als er seine Hand auf ihre Wange gelegt und sie angesehen hatte, als wäre sie die schönste Frau auf der Welt.

Es war eine ganz neue Erfahrung gewesen. Anders als all die anderen Küsse mit den anderen Männern, die zwar fast immer auch aufregend gewesen waren, doch niemals so innig.

Himmel, sie war sich vorgekommen wie auf Wolken! Der Kuss hatte gefühlt ewig gedauert, und sie hatte für immer so weitermachen können. Dann aber hatte May auf ihrem Handy angerufen und gefragt, ob drei Bananenbrote reichten, da sie auch noch einen Erdbeerkuchen, einen Blueberry Pie und 24 Schokomuffins gebacken hatte.

«Oh, May, das ist mehr als genug», hatte Trish erwidert und Wyatt mit einem verlegenen Lächeln angeschaut. «Du bist so super, danke dir sehr für deinen Einsatz.»

«Das mache ich doch gerne», hatte May am anderen Ende

der Leitung gesagt. «Ich habe Miss Eliza ja auch sehr gemocht. Unsere letzte Begegnung ist schon eine ganze Weile her, aber ich erinnere mich genau: Ich bin ihr am See begegnet, und sie hat mir ein paar Entenküken gezeigt, die erst wenige Tage alt waren. Sie war vollkommen angetan von ihnen, hatte sogar jedem einen Namen gegeben.»

Trish hatte lächeln müssen. Genau das wünschte sie sich – diese Art von Erinnerungen! Sie hoffte sehr, dass bei der Abschiedsfeier viele solcher kleinen Geschichten und Anekdoten über Miss Eliza erzählt werden würden. Denn so würde auch sie ihre liebe alte Freundin sogar nach ihrem Tod noch ein bisschen besser kennenlernen.

«Das ist wirklich süß», hatte sie zu May gesagt. «Ich backe übrigens auch gerade noch Bananenbrote, damit wir morgen wirklich genug für alle haben.»

«Bist du denn gar nicht müde? Du hast doch auch schon Aaron beim Einzug geholfen, oder? Jonah hat übrigens erzählt, dass Halles Pizza noch nie so gut geschmeckt hat wie heute.» Sie hörte May lachen.

«Haha, ja, das kann ich mir vorstellen. Aber weißt du, so viel hab ich gar nicht getan, die Männer haben die Schwerstarbeit erledigt. Ich habe die meiste Zeit nur Lampen ins Haus getragen.» Sie zwinkerte Wyatt zu.

«Na, dann back mal schön weiter. Helfen deine Schwestern dir wenigstens?»

Trish hatte Wyatt angesehen und ihrer Freundin dabei fast sagen wollen, wer wirklich bei ihr war, es dann aber doch nicht getan. «Nein, die sind beide unterwegs», hatte sie schlicht erwidert, May noch einmal gedankt und ihr einen schönen Abend gewünscht.

Und dann hatte Wyatt sie erneut an sich gezogen und noch einmal geküsst, und zwar so lange, bis die Küchenuhr geklingelt hatte, um ihnen mitzuteilen, dass die ersten Bananenbrote fertig waren.

Jetzt musste Trish lächeln, wenn sie daran dachte. Und sie konnte es kaum erwarten, Wyatt heute wiederzusehen. Doch bevor es wieder ans Küssen ging, gab es noch jede Menge anderer Dinge zu tun. Sie musste Becky wecken und Annie anrufen, damit diese ebenfalls nicht verschlief und bald zu ihnen stieß. Sie musste sich ein schwarzes Outfit heraussuchen, zusammen mit ihren Schwestern den Platz schmücken und die Bananenbrote hinbringen. Danach würden sie gemeinsam zur Beisetzung gehen, die im Anschluss an den sonntäglichen Gottesdienst stattfinden sollte, und anschließend konnte das Fest zu Ehren von Miss Eliza endlich beginnen.

Doch bevor sie sich in diesen ereignisreichen Tag stürzte, wollte Trish unbedingt noch ein paar Seiten aus Miss Elizas Tagebuch lesen. Dazu war sie seit ihrer Entdeckung am Freitag nicht mehr gekommen. Sie sah auf ihr Handydisplay. Es war erst kurz nach sieben, für einen Eintrag würde Zeit sein. Also nahm sie das erste Buch behutsam in die Hand und schlug es auf.

12. September 1955

Liebes Tagebuch,
wie wundervoll mein neues Leben ist! Ich liebe die Stadt, ich liebe meine Arbeit, und ich liebe die Freiheit! Die Gäste im Restaurant sind überwiegend freundlich und

geben gutes Trinkgeld. Ich habe schon ein wenig beiseitelegen können, damit ich mir bald eine eigene kleine Wohnung leisten und aus dem Zimmer bei Mrs. Johnson ausziehen kann, denn dort ist es laut, und ich finde kaum Schlaf. Und doch war ich nie glücklicher. Ich habe Momma geschrieben, und gestern kam ein Brief von ihr an. Sie schreibt, dass sie mich vermisst und dass Poppa sehr böse ist, weil ich mich einfach aufgemacht habe, ohne mich von ihm zu verabschieden. Aber, liebes Tagebuch, wir wissen beide, dass er mich niemals hätte gehen lassen. Wenn es nach ihm gegangen wäre, hätte ich bereits einen Baumwollfarmer geheiratet und drei Kinder bekommen. Aber so stelle ich mir meine Zukunft einfach nicht vor. Zuerst einmal werde ich nur aus Liebe heiraten – und dann ganz bestimmt keinen Farmer. Weil es doch so viel aufregendere junge Männer gibt.

Ich hoffe, ich werde bald einen kennenlernen. Ich hoffe, ich werde die Liebe finden. Wünsch mir Glück!

Deine Eliza

Der Platz war geschmückt, die Tische und Stühle aufgebaut, und während viele der Bewohner den Gottesdienst besuchten, richteten Trish, Lexi, Becky und Annie das Buffet her. So viele Leute hatten etwas beigesteuert: Alice, die Köchin aus dem *Paradise Inn*, hatte wahre Wunder vollbracht und mehrere Platten mit Häppchen und Fingerfood zubereitet. Donna, Murielle, Delores und ein paar der anderen Frauen aus dem Ort hatten frisches Brot oder Kuchen gebacken. Hunter hatte hart gekochte Eier von seinen wiedergefundenen Hühnern mitgebracht, Nolan alle Reste aus dem Café vom Vortag und eine Platte belegter Bagels und Howie und Rupert die Getränke. Dazu kamen all die Köstlichkeiten von May und die zahlreichen Bananenbrote, die Trish und Wyatt gebacken hatten. Zudem hatte Halle versprochen, später noch Minipizzen vorbeizubringen.

Trish staunte nicht schlecht, als Wyatt, der zusammen mit Aaron und Peter die Tische und Stühle aufgebaut hatte, noch mal nach Hause eilte, um wenig später mit einer üppigen Gemüseplatte zurückzukommen. «Alles bio, aus meinem eigenen Garten», sagte er stolz, als Trish ihm die Spende abnahm.

«Das ist ja super!» Zum Dank hätte sie ihm am liebsten einen Kuss gegeben. Doch das traute sie sich noch nicht. Nicht vor den anderen und vor allem nicht heute. Sie wollte auf keinen Fall, dass sie und Wyatt das Gesprächsthema des Tages waren, denn dieser Tag sollte ganz allein Miss Eliza gehören.

Als sie eine Stunde später in ihrem eng anliegenden schwarzen Kleid auf dem Friedhof stand, war Trishs gute Laune verflogen. Denn die Trauer um ihren Verlust war wieder da, und zwar in vollstem Ausmaß.

Pastor Jones hielt eine wirklich schöne Trauerrede, die viele zu Tränen rührte, so auch Trish und ihre Schwestern, die links und rechts neben ihr standen. Aber trotz aller Traurigkeit freute sich Trish, dass die Leute so zahlreich gekommen waren, um Miss Eliza die letzte Ehre zu erweisen. Sie hatte noch nie eine so gut besuchte Beerdigung gesehen. Bei Alfred Highmore im letzten Jahr waren es keine zwei Handvoll Menschen gewesen.

Alfred Highmore. Als sie jetzt an ihn dachte, fragte Trish sich erneut, in welcher Verbindung er wohl zu Miss Eliza gestanden hatte. Natürlich erwähnte der Pastor ihn mit keinem Wort – wahrscheinlich, weil er gar nichts davon ahnte, dass Alfred und Miss Eliza sich näher gekannt hatten. Er erzählte nur das, was auch Trish schon wusste: dass sie viele Jahre in Lake Paradise gewohnt hatte, dass sie eine warmherzige Frau und immer für alle da gewesen war und dass ihr Bananenbrot allseits beliebt gewesen war.

«Wie mir ein Vögelchen gezwitschert hat», fügte James Jones am Ende seiner Trauerrede hinzu, «haben ein paar unserer wunderbaren Stadtbewohner ebendieses süße Brot nach dem Rezept von Miss Eliza für uns nachgebacken, damit sie heute ein Stück weit bei uns ist. Aber das ist sie sowieso und wird es immer bleiben – in unseren Herzen.» Er sprach noch ein Gebet und forderte dann alle auf, Miss Eliza auf die Art zu verabschieden, die sie verdiente und die sie sich gewünscht hätte: mit einem fröhlichen Fest.

Mit Tränen in den Augen sah Trish dabei zu, wie der Sarg hinabgelassen wurde. Sie stellte sich in die Reihe der Abschiednehmenden, warf ein wenig Erde ins Grab und wünschte ihrer Freundin ewigen Frieden.

Während sie noch auf ihre Schwestern wartete, spürte sie plötzlich eine Hand in ihrer. Wyatt war in seiner Sheriffuniform neben sie getreten und lächelte sie traurig an. Doch so gut sich seine warme Hand auch anfühlte und so dankbar sie war, dass er ihr beistand, so rasch entzog sie ihm ihre Hand nach ein paar Sekunden wieder.

«Wir sehen uns später, ja?», sagte sie, ging auf ihre Schwestern zu und dann langsam mit ihnen davon.

38

Wyatt sah zu Trish hinüber, die mit Lexi und Savannah beisammenstand und lachte. Sie wieder fröhlich zu sehen, erwärmte sein Herz, nachdem sie vorhin bei der Beerdigung so schrecklich weinen musste. Er war zu ihr gegangen und hatte ihre Hand gehalten, um ihr zu signalisieren, dass er für sie da war. Immer für sie da sein würde.

Die Küsse gestern Abend waren die schönsten gewesen, die er je erlebt hatte. Er hätte die ganze Nacht weitermachen können, doch er hatte ja gewusst, dass sie sich ein wenig Ruhe gönnen mussten, weil ein weiterer anstrengender Tag vor ihnen lag. Diesmal einer, der seelisch noch viel schwerer sein würde als körperlich.

Trish tat ihm so unendlich leid. Er konnte ihr ansehen, wie sehr sie um Miss Eliza trauerte, wie viel die alte Dame ihr bedeutet hatte. Und besonders fühlte er mit ihr, weil sie ja auch ihre Eltern schon in so jungen Jahren verloren hatte.

Gerade überlegte er, ob er erneut zu ihr gehen sollte, als er seine Tochter nach ihm rufen hörte.

«Daddy!»

Er drehte sich um und sah sie auf sich zulaufen, seine Mutter folgte gleich hinter ihr, jedoch in gemächlicherem Tempo.

«Hallo, meine Süße!», sagte er und hob Abigail hoch. «Wie war es bei May?»

Seine Nachbarin May hatte angeboten, während der Beerdigung auf Abigail aufzupassen, weil sie selbst mit dem Baby zu Hause bleiben würde. Das hatte er sehr zu schätzen gewusst.

«Es war toll. Wir haben *SpongeBob Schwammkopf* geguckt, und Baby Aaron hat die ganze Zeit gelacht.»

«Na, SpongeBob ist ja auch sehr lustig.»

«Ja. Und dann hab ich immer Mr. Krabs nachgemacht, und er hat noch mehr gelacht. Und May auch.»

«Wie schön, dass ihr so einen vergnüglichen Vormittag hattet.» Er setzte seine Tochter wieder ab. «Also, meine Süße, hast du Hunger? Ich habe gesehen, es gibt frische Erdbeeren.» Die hatte einer der Farmer gespendet, und er wusste, dass seine Tochter sie liebte.

«Oh ja!», sagte sie und lief sofort zum Buffet. Wyatt sah ihr nach, und als er kurz darauf zu Trish rüberblickte, winkte sie ihm lächelnd zu.

«Singt er nicht toll?», fragte Savannah ihn eine halbe Stunde später und sah dabei schmachtend ihrem Freund Dylan zu, wie dieser auf seiner Gitarre spielte und einen Song zum Besten gab, den Wyatt zwar kannte, aber nicht betiteln konnte.

«Ja, wirklich toll», sagte er und meinte es so. Dylan war ein großartiger Musiker und eine Bereicherung für die ganze Stadt. Wyatt hatte ihn schon mehrmals in *Jamie's Food Paradise* auftreten sehen und war jedes Mal begeistert gewesen. Für gewöhnlich spielte Dylan aktuellere Songs, Pop- oder auch mal Rock-, meistens aber Countrymusik. Heute jedoch spielte er Lieder ehemaliger Jazz- und Soullegenden, eine Liste, die Trish ihm zusammengestellt hatte, wie Wyatt wusste. Und er war eigentlich nicht überrascht, dass Dylan auch das so gut hinbekam.

«Wie läuft es denn zwischen euch?» Wyatt traute sich Savannah diese Frage zu stellen, immerhin war sie eine seiner ältesten Freundinnen.

Als sie beide noch sehr jung gewesen waren, sechzehn oder siebzehn, waren Savannah und er selbst mal ein Paar gewesen. Doch sie hatten schnell festgestellt, dass sie als Freunde viel besser funktionierten, und seitdem waren sie fast wie Bruder und Schwester und immer füreinander da. Wyatt hatte sogar das Gefühl, Savannah stets beschützen zu müssen. Und als es in ihrer Ehe schwierig wurde und ihr Ex Gene sich wie ein durchgeknallter Idiot aufführte, war Wyatt sofort zur Stelle gewesen. Er hatte Gene von ihr ferngehalten, hatte ihn nach einem Angriff auf Dylan sogar in die Zelle gesteckt. Und er hatte ein offenes Ohr und eine Schulter zum Anlehnen für Savannah gehabt. Deshalb freute er sich unglaublich für sie, dass sie ihrer Ehehölle entfliehen konnte und nun in Dylan jemanden gefunden hatte, der sie glücklich machte.

«Es läuft super», erwiderte Savannah. «Wir haben ein Angebot für Ricardas Haus gemacht. Wünsch uns Glück, dass wir den Zuschlag bekommen.»

«Oh. Für Ricardas Haus? Bei wem habt ihr dafür geboten? Hast du Ricarda ausfindig machen können?»

Savannah nickte. «Ja, sie hat sich bei mir gemeldet. Sie ist bei ihrer Familie in Dallas.»

«Also ist sie tatsächlich zurück nach Texas gegangen.»

«Ja. Es ist wohl das Beste für alle.»

«Allerdings, das denke ich auch», sagte er und lächelte Savannah an. «Und ich drücke euch selbstverständlich die Daumen, dass ihr das Haus bekommt.»

«Danke.» Sie sah ihn von der Seite an. «Du, sag mal, was läuft denn da zwischen Trish und dir?»

«Was meinst du?», fragte er, konnte sich aber ein kleines Schmunzeln nicht verkneifen.

«Ha, da ist also wirklich was, oder? Dylan meinte nämlich, ihr hättet gestern miteinander geflirtet, und ich sehe doch die Blicke, die ihr euch zuwerft.»

«Ach, die bildest du dir nur ein», entgegnete er schnell. Dann zwinkerte er ihr zu und ging rüber zu Aaron und Jonah, die ihn in diesem Moment herbeiwinkten.

Es wurde ein wirklich schönes Fest, und Wyatt war sich sicher, dass es genau das war, was Trish sich für Miss Eliza gewünscht hatte. Alle aßen mit Begeisterung das leckere Bananenbrot, das auch ihm richtig gut schmeckte. Die Gäste lauschten Miss Elizas Lieblingsliedern und erzählten sich Geschichten über die alte Dame, die alle zum Lachen brachten, aber auch zum Nachdenken. Und es war spürbar, dass die Gute viele Menschen auch nachhaltig beeinflusste durch ihre Weisheit und ihre Güte.

Irgendwann wechselte Shane dann Dylan ab und legte Musik auf. Da Dylan ja nun schon die ganzen alten Lieder gespielt hatte, war es für Trish in Ordnung, dass Shane auch modernere Songs spielte. «Wenn sie angemessen sind und auf eine Trauerfeier passen», hatte sie dem Hobby-DJ gesagt. Wyatt war dabei gewesen, und er hoffte, dass Shane sich daran hielt.

Tatsächlich überraschte er ihn nun mit seiner Auswahl. Er spielte wirklich schöne, teils langsame, teils etwas temporeichere Songs, die überwiegend von Liebe oder Verlust, von Hoffnung oder Mut handelten.

Wyatt blickte sich nach Abigail um, die mit ein paar anderen Kindern Fangen spielte, dann schlenderte er zu Trish hinüber, die gerade tatsächlich mal allein dastand.

«Hey», sagte er.

«Hey», erwiderte sie und schenkte ihm ein Lächeln.

«Es ist wirklich schön geworden, dein Fest.»

«*Unser* Fest. Ja, das finde ich auch», sagte Trish glücklich.

«Es passt einfach alles. Das Essen, die Stimmung der Leute und sogar die Musik.»

Sie lachte. «Ja, dass Shane das so gut macht, hätte ich auch nicht gedacht. Ich hatte eher damit gerechnet, dass ich ihn vom Pult wegzerren und selbst übernehmen müsste.»

Nun musste auch Wyatt lachen. «Na, da hast du ja noch mal Glück gehabt.» Er griff wieder nach ihrer Hand. «Es ist wirklich alles perfekt, und das nur dank dir. Miss Eliza wäre stolz auf dich.»

Trish traten Tränen in die Augen. «Zu schade, dass sie nicht dabei sein kann.»

«Das ist sie doch. In unseren Herzen.» Er wusste, dass das schnulzig klang, aber manchmal brauchte es einfach ein wenig Schnulz.

Trish nickte. «Danke noch mal für alles, was du in den letzten Tagen getan hast. Das werde icl dir nic vergessen.»

«Ich hab dir doch schon gesagt, dass ich einfach alles für dich tun würde», erwiderte er und hätte sie am liebsten geküsst. Aber seine Tochter, seine Mutter und die halbe Stadt waren anwesend, also begnügte er sich damit, weiter ihre Hand zu halten.

«Willst du tanzen?», fragte Trish.

«Sehr gerne.»

Sie begaben sich zu den anderen, die in der Mitte des Platzes tanzten, was Bürgermeister Doyle sicher zur Weißglut brachte. Denn der Rasen war erst im letzten Jahr erneuert worden und hatte seitdem schon wieder einiges mitmachen müssen.

Ach, dann würden sie ihn halt einfach noch mal erneuern, dachte Wyatt, und er wusste, dass es niemandem etwas ausmachen würde, dafür eine weitere Sammelaktion zu starten. Die Leute in Lake Paradise liebten doch solche Sachen.

Als *A Thousand Years* von Christina Perri erklang, hielt Wyatt die Frau in seinen Armen, die er wirklich schon eintausend Jahre liebte, zumindest kam es ihm so vor. Es war, als wären sie füreinander geboren worden und als würde das Schicksal sie nun endlich zueinanderführen. Als würde Trish es endlich auch begreifen. Als würde sich endlich alles fügen.

Er genoss jede Sekunde. Genoss ihre Nähe. Sog ihren Duft ein – Trish roch nach Rosen und irgendwie auch nach Bananen. Und er musste lachen, einfach weil er so glücklich war und weil das alles so verrückt war. Nie im Leben hätte er geglaubt, dass diese Szene, von der er doch schon so oft geträumt hatte, wirklich einmal in der Realität stattfinden würde. Doch hier waren sie. Zusammen. Für immer vereint.

Trish nahm ihren Kopf von seiner Schulter und sah ihn fragend an. «Warum lachst du?»

«Ach, ich musste nur gerade an all die Bananen denken, die

wir gestern verarbeitet haben. Und dass du irgendwie immer noch danach duftest.»

Sie grinste ihn an. «Der Geruch wird bestimmt nie weggehen.»

«Das macht mir nichts aus.»

«Aber du bist doch gar nicht so der Bananenfan», erinnerte sie ihn.

«Jetzt bin ich es», sagte er und küsste sie auf die Wange. Er konnte einfach nicht anders. Ein Wangenkuss war doch harmlos, oder?

Aber im nächsten Moment erstarrte Trish. Dann trat sie einen Schritt zurück, ließ ihn los. Und lief davon.

Wyatt starrte ihr hinterher und wusste beim besten Willen nicht, was geschehen war. Sollte ihr wundervolles gemeinsames Leben etwa schon wieder vorbei sein?

39

Trish wusste nicht, wohin mit ihren Gefühlen. Gerade noch hatte sie so schön mit Wyatt getanzt, doch dann hatte er sie auf die Wange geküsst – und es hatte sie einfach überwältigt. Weil er es vor den Augen der ganzen Stadt getan hatte!

Seine Mutter war da gewesen und seine Tochter, all ihre Freundinnen, denen sie gesagt hatte, dass sie in Wyatt nicht mehr als einen guten Freund sah. Natürlich waren auch die Tratschtanten da gewesen und verdammt noch mal auch Buddy, was ziemlich sicher bedeutete, dass Trish und Wyatt das Thema seines morgigen Gedichts sein würden.

Das alles war zu viel gewesen. Das hatte sie so nicht gewollt. Und sie musste einfach weg, um nachzudenken.

Sie wusste, falls Wyatt nach ihr suchte, würde er als Erstes bei ihr zu Hause nachsehen. Also beschloss sie, sich in der Pizzeria zu verstecken. Und etwas zu trinken, etwas Starkes.

«Hey, Trish, was machst du denn hier?», fragte Tante Halle, als sie sich an die Theke setzte. «Warum bist du nicht auf der Feier?»

Das Restaurant war fast leer, nur ein einziger Tisch war besetzt. Einer der Farmer saß still da, aß eine Pizza und trank ein Bier.

«Ich brauchte eine kleine Verschnaufpause», sagte Trish, verschränkte die Arme auf der hölzernen Platte und legte ihren Kopf hinein.

Sie konnte förmlich spüren, wie Halle sie misstrauisch betrachtete. Denn ihre Tante wusste, wie sehr sie die ganze Woche auf die Abschiedsfeier für Miss Eliza hingefiebert hatte.

«Na gut. Kann ich dir was bringen?», fragte Halle schließlich.

«Einen Scotch», murmelte Trish in ihre Armbeuge. «Ach, gib mir gleich einen doppelten.»

Sie hörte Halle ein Glas holen und es füllen, dann sah sie auf. Vor ihr stand eine Cola mit Eiswürfeln.

«Das ist kein Scotch», stellte Trish fest.

«Manchmal ist Zucker besser als Alkohol. Komm mit!», sagte Halle, nahm das Cola-Glas wieder in die Hand und ging rüber zu einem der Tische.

«Was denn?» Trish wollte protestieren, folgte ihrer Tante aber.

«Erzähl mir, was passiert ist», forderte diese sie auf, als sie saßen.

«Nichts ist passiert.»

«Glaubst du immer noch, ich sehe es nicht, wenn du mich anschwindelst?»

Trish stöhnte und stützte wieder den Kopf ab. Er kam ihr einfach unglaublich schwer vor.

Halle wartete. Rührte sich nicht vom Fleck. Starrte sie einfach nur weiter an. Bis Trish schließlich nachgab, sich aufrichtete und einen Schluck Cola trank.

«Wyatt … und ich haben getanzt …», begann sie zögerlich. «Er hat mich geküsst, und ich bin durchgedreht.»

«Oh», erwiderte Halle. Sie hatte wohl mit allem gerechnet, aber nicht damit. «Wyatt und du? Tatsächlich?»

«Nein! Ja. Ach, ich weiß auch nicht.»

«Aber du musst doch wissen, ob du etwas für ihn empfindest, oder?» Ihre Tante, die ein dunkelblaues T-Shirt mit dem Logo der Pizzeria trug, blickte sie fragend an.

«Ja, klar weiß ich das. Ich empfinde etwas, aber das ist ja das Problem!»

«Ich verstehe gar nichts.»

«Na, es geht hier immerhin um Wyatt! Ich meine ... er hat mich erst neulich dabei gesehen, wie ich Simon geküsst hab. Und seine Mutter war auch live dabei!»

«Aber mit Simon ist doch Schluss, oder?» Halle schien verwirrt.

«Ja, schon. Trotzdem will ich nicht, dass Murielle von mir denkt, ich sei ein Flittchen, das jede Woche einen anderen hat. Denn weißt du was? So ist es ja tatsächlich!» Sie seufzte schwer.

«Nun mach dich mal nicht schlechter, als du bist. Nur weil du bisher ein wenig sprunghaft warst, heißt das noch lange nicht, dass du ein Flittchen bist! Es bedeutet einfach nur, dass du der Liebe noch nicht begegnet bist. Nun ja, bisher jedenfalls nicht. Denn jetzt scheint sich das Blatt ja gewendet zu haben, oder?»

Trish trank noch einen Schluck, um nicht gleich antworten zu müssen. «Aber woher weiß ich denn, dass es Liebe ist?»

Halles Gesicht nahm einen schwärmerischen Ausdruck an, und Trish war klar, dass sie an Rupert dachte. «Wenn es wahre Liebe ist», erklärte ihre Tante, «dann spürst du das einfach. Du musst immer an den anderen denken, wenn er nicht in deiner Nähe ist, und wenn er es ist, wird dir ganz warm ums Herz. Du möchtest ihm alles anvertrauen, schämst dich deiner Fehler nicht, willst mit ihm lachen und weinen und gemeinsam mit ihm in die Zukunft gehen.»

Ja. Ganz genau das empfand sie für Wyatt. Aber es war doch *Wyatt*!

«Aber selbst wenn es das wäre, was ich empfinde», sagte sie. «Dann würde es doch nicht gut gehen. Stell dir nur mal vor, ich fange was mit Wyatt an. Du kennst mich! Wenn mir irgendwas nicht passt, mache ich wieder Schluss – und das ginge hier einfach nicht! Es würden sich in Lake Paradise bestimmt Lager bilden, so wie es bei Jamie und Ricarda der Fall war. Die einen wären Team Wyatt, die anderen Team Trish. Und was, wenn ich dann dadurch Freunde verliere? Oder Kunden?»

Halle schüttelte nur den Kopf. «Ach, Trish, manchmal machst du dir das Leben echt schwer. Dabei hast du doch gerade selbst zugegeben, dass du anders für Wyatt empfindest als für deine Ex-Freunde. Warum solltest du also gleich wieder mit ihm Schluss machen wollen? Gib euch doch eine Chance.»

Trish dachte eine Weile nach, ohne etwas zu erwidern. Dann trank sie ihre Cola aus und sagte: «Ich glaube nicht, dass ich das kann.» Sie stand auf. «Danke für alles, Halle. Bis bald.»

«Ja, bis bald. Ich hoffe, du tust das Richtige.»

Ach, wer wusste schon, was das Richtige war?, dachte Trish und ging zurück zum Fest.

Schon von Weitem sah sie Wyatt auf sich zukommen.

«Wo bist du denn gewesen? Ich hab nach dir gesucht.»

«Ich war nur kurz bei Halle.»

«Oh.» Er sah sie an. «Hab ich irgendetwas falsch gemacht? Falls es der Kuss war, dann –»

«Wie konntest du mich vor allen küssen?», unterbrach sie ihn, und zwar im Flüsterton, damit das nicht auch noch alle mitbekamen.

«Tut mir leid, ich dachte, ein Kuss auf die Wange wäre harmlos.»

«Also, ich finde das gar nicht harmlos. Ich meine, hier soll es doch heute um Miss Eliza gehen, aber sicher sind wir jetzt das Gesprächsthema Nummer eins. Und worum es morgen in Buddys Gedicht geht, ist auch schon klar.»

Ungläubig schüttelte er den Kopf. «Trish, ich weiß wirklich nicht, was daran so schlimm sein soll. Ich meine, wir beide mögen uns doch, oder? Haben Gefühle füreinander. Oder habe ich mich da getäuscht?» Er hob die Schultern. «Ich hatte wirklich geglaubt, nach gestern Abend … nach diesem unglaublichen Moment in deiner Küche, wäre zwischen uns etwas Besonderes. Wären wir dabei, ein Paar zu werden.»

Sie zwang sich, ihm in die Augen zu sehen. Dort entdeckte sie jedoch nichts als Enttäuschung. Und genau deshalb konnte sie keine Beziehung mit Wyatt eingehen – weil sie ihn am Ende doch nur verletzen würde. Und dann noch viel mehr als jetzt.

«Ich kann das nicht, Wyatt … Sorry.» Mit diesen Worten ließ sie ihn stehen und ging rüber zu Becky, der Delores gerade eine Geschichte über Miss Eliza erzählte. Obwohl ihr nicht mehr nach Feiern zumute war, musste Trish diesen Tag irgendwie überstehen.

Aber sie sehnte sich jetzt schon nach ihrem einsamen Zimmer, in dem sie hemmungslos weinen konnte. Vielleicht würden die Tagebücher ihr später ein wenig Trost spenden.

Der Tag schien überhaupt kein Ende zu nehmen. Als das Fest vorbei war, mussten sie noch das Buffet abbauen, die Deko abnehmen, die Tische und Stühle zurückbringen und den Müll einsammeln. Wyatt half die ganze Zeit mit, was Trish einerseits super fand, denn er hielt sich an sein Versprechen – trotz der Spannungen zwischen ihnen. Aber es war auch schwer, die ganze Zeit in seiner Nähe zu sein, zumal er ihr immer wieder diese Blicke zuwarf. Blicke voller Verletztheit.

Sie wusste, es war alles ihre Schuld, und sie fühlte sich schrecklich. Doch es war das Beste so.

Das war es doch, oder?

Es gab Momente, da wollte Trish einfach nur zu ihm rüberlaufen und in seine Arme fallen, ihm sagen, dass es ihr leidtat. Doch damit wären sie wieder genau da, wo sie nicht hinwollte. An dem Punkt, vor dem sie Angst hatte. Fürchterliche Angst, wie ihr nun bewusst wurde. Es war die große Angst davor, endlich jemanden so richtig in ihr Leben zu lassen, nur um ihn dann doch wieder zu verlieren. Sie hatte einfach zu viele Verluste erlitten, einen weiteren könnte sie nicht ertragen.

Als endlich alles fertig abgebaut und der Stadtplatz wieder in seinem ursprünglichen Zustand war, konnten sie nach Hause gehen. Wyatt verabschiedete sich höflich von ihr und ihren Schwestern und ging dann in Richtung des Reviers.

«War irgendwas mit Wyatt?», fragte Becky, noch bevor sie

ihr Haus erreichten. Sie waren beladen mit Resten von Bananenbrot, Kuchen und Fingerfood.

«Keine Ahnung», antwortete Trish einsilbig.

«Ich hab euch vorhin gesehen», meinte Annie da. «Wie er dich geküsst hat.»

Becky machte große Augen, und Trish blieb fast das Herz stehen. «Ach, das war nur ein kleiner Kuss auf die Wange, aus Dankbarkeit, weil ich die Feier so gut organisiert habe.»

Annie schaute sie stirnrunzelnd an, und auch Beckys Blick sagte mehr als tausend Worte. Doch keine der beiden wagte, noch etwas hinzuzufügen. Stattdessen fragte Annie, ob sie einen Filmabend machen wollten.

«Klar, bin dabei», sagte Trish, bemüht fröhlich. «Aber bitte nichts Trauriges, davon hatte ich heute genug.»

«Wir könnten doch eine Komödie gucken. Mit Melissa McCarthy!», ergänzte Annie gleich, denn sie mochte die lustige Schauspielerin sehr.

«Von mir aus gerne.» Trish sah ihre andere Schwester an. «Becky? Bist du auch einverstanden?»

«Klar. Lustig ist immer gut.»

Sie stellten also das Essen in der Küche ab, und Trish bereitete schnell noch das bunte Popcorn zu, das sie alle drei so liebten, während Annie und Becky einen Film aussuchten.

Als Trish eine Viertelstunde später mit einer riesigen Schüssel Popcorn und ein paar Tellern mit leckeren Buffetüberbleibseln ins Wohnzimmer kam, hatten ihre Schwestern es sich schon auf dem Sofa gemütlich gemacht, sogar mit Wolldecken, obwohl heute ein sehr warmer Tag gewesen war. Doch wahrscheinlich war auch ihnen einfach nur nach Kuscheln und Wohlfühlen.

«Also, was gucken wir?», fragte sie.

«*Voll abgezockt*, wenn du einverstanden bist», sagte Annie.

Trish lachte. «Den hast du doch mindestens schon zehnmal gesehen.»

«Aber Becky kennt ihn noch nicht. Und er ist echt cool, ich könnte ihn noch hundertmal angucken.»

«Na gut, dann kann es losgehen.» Trish machte es sich ebenfalls gemütlich und versuchte, sich die nächsten zwei Stunden auf den Film zu konzentrieren und nicht zu viel an Wyatt zu denken, was ihr aber absolut nicht gelingen wollte.

Nachdem sie ihren Schwestern später am Abend Gute Nacht gesagt hatte, ging sie in ihr Zimmer und setzte sich in ihren Lieblingssessel. Ihr Blick fiel auf die pinkfarbene Tüte mit dem Einschulungsgeschenk, das sie gestern für Abigail besorgt hatte. Es waren eine Brotdose und Haarspangen, beides mit Schmetterlingen, weil Wyatt ihr gesagt hatte, dass die Kleine diese Tiere zurzeit am liebsten mochte.

Aber in diesem Moment wusste Trish nicht, ob sie das Geschenk jemals abliefern würde.

Sie nahm das Tagebuch in die Hand, in der Hoffnung, dass es sie auf andere Gedanken bringen würde, und schlug es an der Stelle auf, an der sie am Morgen stehen geblieben war. Sofort war sie wieder gefangen von Miss Elizas Worten. Sie las die halbe Nacht lang, weil sie einfach nicht aufhören konnte oder wollte. Und schließlich kam sie an den Tag, an dem Miss Eliza einem gewissen Alfred Highmore begegnete …

02. Mai 1956

Liebes Tagebuch,
heute bin ich dem Mann meiner Träume begegnet.
Er heißt Alfred, ist ein junger Weißer und sehr gut aussehend. Gegen Mittag kam er ins Restaurant, wo er bei mir Gumbo und Maisbrot bestellte. Er fragte mich, ob wir das Brot selbst backen würden, und als ich dies bejahte, fragte er mich, ob ich Mais gern mögen würde. Ich lachte nur und antwortete, dass ich mir darüber noch nie Gedanken gemacht hätte.
«Das sollten Sie aber», erwiderte er. «Denn Mais ist ein großer Bestandteil meines Lebens, und wenn Sie mit mir ausgehen möchten, wird er auch Teil Ihres Lebens sein.»
Ich dachte, er würde mich veralbern wollen, doch wie sich herausstellte, meinte er es todernst. Denn Alfred ist Maisfarmer! Ein Farmer, ausgerechnet! Und doch ist er anders als die, die ich kenne, klüger und charmanter. Dass er mit mir ausgehen wollte, schmeichelte mir sehr, und ich sagte zu. Am Abend waren wir dann spazieren und haben Hamburger gegessen und Milchshakes getrunken. Er hat mir von seiner Heimat Nebraska erzählt, wo er bereits mit seinen jungen Jahren einige Maisfelder besitzt. Und wo er gerade weiteres Land erworben hat, um dort noch mehr Mais anzubauen. In Atlanta sei er geschäftlich zu Besuch, um hier mit einigen Fabrikanten zu sprechen, die sein Getreide eventuell erwerben wollen. Er erzählte mir von seinem Traum, eines Tages so viele Maisfelder zu besitzen, dass es ihn zum reichsten und angesehensten Mann der Stadt macht.

Ich glaube ihm jedes Wort – und stelle mir jetzt schon vor, dabei an seiner Seite zu sein.
Für morgen Abend haben wir uns wieder verabredet, ich kann es kaum erwarten. Bis dahin werde ich von Alfred träumen, meinem Maisprinzen aus Nebraska, der mein Herz im Sturm erobert hat.
Gute Nacht,
Eliza

Auch wenn die Zeilen sie mehr als überraschten, fielen Trish irgendwann die Augen zu. Sie legte Tagebuch Nummer 3, das sie bereits erreicht hatte, beiseite und ging ins Bett. Und sie wusste, sie würde heute Nacht von Miss Eliza träumen, vielleicht auch von Alfred und dem Mais, von Atlanta und von der herrlichen Musik der Fünfzigerjahre. Vielleicht würde sich Wyatt in ihre Träume schleichen und sie zum Tanz auffordern – und diesmal würde sie ganz bestimmt nicht davonlaufen.

40

An diesem Morgen waren die Tratschtanten nur zu zweit. Delores und Sadie saßen ohne Murielle an ihrem Stammplatz im Café, weil diese zur Einschulung ihrer Enkelin wollte.

«Ich kann kaum glauben, wie groß Abigail schon ist», sagte Delores.

«Ja, die Zeit ist wirklich schnell vergangen. Ich kann mich noch daran erinnern, als Wyatt zurück nach Lake Paradise kam und die Kleine gerade mal ein Jahr alt war.»

«Ja, ich erinnere mich auch noch gut.» Delores sah aus dem Fenster und hielt Ausschau nach Murielle, Wyatt und Abigail, die auf dem Weg zur Grundschule über den Platz gehen mussten.

«Du, Delores, hast du auch von der Sache mit Wyatt und Trish gehört?», wagte Sadie zu fragen, obwohl sie wusste, dass Murielle nicht begeistert wäre, wenn sie diese Angelegenheit ohne sie besprachen.

Delores sah ihre Freundin an und schien dieselben Bedenken zu haben. Dann nickte sie jedoch langsam und flüsterte: «Ja, hab ich.»

«Aber gesehen hast du nicht, wie er sie angeblich geküsst hat?»

«Nein. Und du? Hast du irgendwas gesehen?»

Sadie schüttelte den Kopf. «Ich habe sie nur miteinander streiten gesehen. Das war vermutlich, nachdem Trish weggelaufen war.»

«War der Streit schlimm?»

«Nun, eigentlich war es gar kein richtiger Streit, sie haben nämlich nicht mal die Stimmen erhoben. Aber ihre Gesten haben für sich gesprochen, das kannst du mir glauben.»

«Welche Gesten?»

«Nun, Trish hat die Hände in die Hüften gestemmt. Und Wyatt ... der hatte völlig eingesackte Schultern und hat ausgesehen, als hätte man ihm das Herz zerschmettert.»

«Der Arme.»

«Ja. Und dabei habe ich mir so gewünscht, dass die beiden endlich zueinanderfinden. Er ist doch schon so lange in sie verliebt.»

«Ach, vielleicht wird es ja noch was, wir sollten die Hoffnung auf jeden Fall noch nicht aufgeben. Und vielleicht können wir ja sogar ein bisschen nachhelfen?»

Sadie schüttelte erneut den Kopf. «Nein, ich denke, das sollten die beiden allein ausmachen.»

«Und ohne Murielles Zustimmung solltet ihr euch sowieso nicht einmischen», sagte plötzlich jemand hinter ihnen.

Sie drehten ihre Köpfe und starrten Nolan an, der ein leeres Tablett in der Hand trug. Sein Blick war warnend.

«Ja, da hast du recht», meinte Delores.

«Setz dich doch zu uns, mein Lieber», fügte Sadie hinzu. «Wir fühlen uns heute so allein.»

Nolan nahm auf Murielles Stuhl Platz. «Ist schon ein ganz schönes Ding, oder? Das mit Trish und Wyatt?»

«Oh ja! Weißt du denn mehr? Immerhin bist du gut mit Trish befreundet.»

«Ich weiß nur, dass die beiden gestern miteinander getanzt haben und Wyatt ihr dabei einen kleinen Schmatzer auf die Wange gegeben hat. Und dass sie daraufhin davongerannt ist.»

«Hast du das mit eigenen Augen gesehen?», fragte Sadie neugierig.

Nolan nickte. «Ja. Und es war nicht schön mitanzusehen, sag ich euch.»

Delores seufzte schwer.

«Aber ...» Sadie strich sich ein paar Haare hinters Ohr. «Glaubst du, dass es das Aus für die beiden bedeutet, bevor es überhaupt so richtig begonnen hat?»

«Ich hoffe nicht. Die beiden wären ein entzückendes Paar», fand Nolan.

«Ja, und Trish wäre die perfekte Mutter für Abigail», ergänzte Delores.

«Vielleicht ist das aber auch genau das, was ihr Angst macht», vermutete Nolan. «Sie ist niemand, die sich in Sachen Männer gern festlegt. Einen alleinerziehenden Vater zu daten würde jedoch bedeuten, dass es ernst wird.»

«Da könntest du recht haben», meinte Sadie. «Aber vielleicht wird ihr ja noch klar, was sie alles verpassen würde.»

«Ja», sagten alle drei gleichzeitig, bevor sie eine halbe Schweigeminute einlegten.

Nolan ergriff als Erstes wieder das Wort. «Habt ihr schon das von Ricarda gehört?»

«Dass sie tatsächlich zurück nach Texas gegangen ist?», fragte Sadie.

«Genau. Und dass sie ihr Haus zum Verkauf anbietet. Savannah hat ein Angebot gemacht, sie und Dylan würden gerne dort einziehen.»

«Oh, das Häuschen würde einfach wunderbar zu ihnen passen!», rief Delores. «Ich drück ihnen beide Daumen, dass sie den Zuschlag bekommen.»

Sadie nickte. «Das tue ich auch.»

«Und die Sache mit dem Ketchup?», wagte Delores zu fragen. «War das wirklich Ricarda?»

In dem Moment rief Rhonda nach Nolan, weil der Milchschäumer Probleme bereitete. Er zuckte die Achseln. «Das werden wir wohl nie erfahren», sagte er und eilte seiner Mitarbeiterin zu Hilfe.

Delores blickte wieder aus dem Fenster. Der Stadtplatz sah wie immer aus, nichts wies darauf hin, dass dort gestern noch eine große Feier stattgefunden hatte. Es war ein wunderbares Fest gewesen, sie hatte den Tag wirklich genossen. Zusammen mit George hatte sie ein Stück Bananenbrot gegessen und dann sogar ein bisschen getanzt, aber nur solange ihre Knie mitmachten. Danach hatten sie und ihr Liebster sich hingesetzt und den anderen zugesehen, bis Becky sich zu ihnen gesellte und sie anfingen, einander Geschichten von Miss Eliza zu erzählen.

«Sieh mal, da ist Buddy!», rief Sadie.

Kurz darauf betrat der Stadtpoet das Café und verteilte sein heutiges Gedicht. Sadie und Delores nahmen diesmal beide eins, damit sie gleichzeitig lesen konnten. Denn sie ahnten, worum es ging, und sie hofften nur, es würde nicht allzu schlimm ausfallen.

Abschied, Abschied
Sing ein Lied
Noch vor Schluss
Ein Abschiedskuss
Ohne ein Wort
Lief sie fort
Enttäuschung pur
Und viel Aufruhr
Eliza ade
Scheiden tut weh

Delores schloss die Augen. Wenn Wyatt das las, würde es ihn sicher aufwühlen. Und Murielle auch. Sie öffnete ihre Augen wieder, und ausgerechnet da lief die Familie über den Platz: Abigail in ihrem hübschen neuen Kleid und mit einem Schulrucksack auf dem Rücken, Murielle stolz daneben und Wyatt ebenfalls. Er ging jedoch heute nicht ganz so erhobenen Hauptes, sondern ließ seine Schultern ein wenig hängen und wirkte müde. Wahrscheinlich hatte er die ganze Nacht nicht richtig geschlafen, vermutete Delores.

«Siehst du das?», fragte sie.

«Ja. Abigail sieht wirklich süß aus.»

«Das schon. Aber ich meinte Wyatt.»

«Der sieht erschöpft aus.»

Delores nickte. «Genau das habe ich auch gerade gedacht.»

In dem Moment blickte Murielle sich zu ihnen um und winkte. Abigail tat es ihr gleich.

Delores und Sadie winkten zurück und hofften nur, dass sich für die drei alles zum Guten wenden würde. Sie hätten es wahrlich verdient.

41

Wyatt stand neben seiner Mutter und all den anderen Eltern und Großeltern auf dem Schulhof und sah seiner Tochter dabei zu, wie sie, nachdem sie aufgerufen worden war, zu ihrer neuen Klassenlehrerin ging. Die Frau hieß Dana Monroe und war erst kürzlich nach Lake Paradise zurückgekehrt, nachdem sie in Chicago Lehramt studiert hatte. Abigail hatte Glück, dass sie nicht die alte Elvira Brown bekommen hatte, fand Wyatt. Aber am Ende war es eh egal, wer sie unterrichtete, da er jetzt schon wusste, dass seine Kleine sich in der Schule wohlfühlen würde. Sie hatte keine Probleme damit, sich anderen zuzuwenden und neue Bekanntschaften zu schließen. Sie war da furchtloser als er. Manchmal wünschte sich Wyatt, er wäre ein bisschen wie sie. Stattdessen hatte er sich jahrelang von allen Frauen ferngehalten, sich aber auch nicht getraut, der einen, die er wirklich mochte, seine Gefühle zu zeigen.

Er lächelte und winkte Abigail zu, die sich mit ihren neuen Mitschülern und Mitschülerinnen jetzt in einer Reihe aufstellte – obwohl ihm eigentlich zum Heulen zumute war.

Warum hatte Trish ihm das ausgerechnet gestern antun müssen? Am Tag vor der Einschulung, die doch so ein wichtiges Ereignis für seine Tochter und auch für ihn war? Warum hatte Trish ihm das *überhaupt* antun müssen? Warum hatte sie ihn erst geküsst in ihrer Küche – und das mehr als einmal –, ihn an sich herangelassen, ihn zum glücklichsten Mann der Welt gemacht, nur um ihn dann gleich wieder abzuservieren?

Er hätte es wissen müssen. Er hätte wissen müssen, dass es mit Trish einfach nichts werden konnte. Weil sie nun mal an nichts Festem interessiert war. Und doch hatte er gehofft, so sehr gehofft, dass es bei ihm anders wäre. Dass sie erkennen würde, wie viel sie ihm bedeutete. Wie sehr er mit ihr zusammen sein, sie verwöhnen, für sie da sein, sie auf Händen tragen wollte.

Nur leider hatte sie das nicht.

Stattdessen hatte sie ihn stehen gelassen und ihn zum Idioten gemacht – vor den Augen der ganzen Stadt!

Zuerst hatte er nur verdutzt dagestanden, dann war er aus seiner Erstarrung erwacht und hatte sie gesucht. Hatte es bei ihr zu Hause versucht, im Tiersalon und auch bei Nolan im Café. Doch er hatte sie nirgendwo finden können. Schließlich war er zurück zu seiner Tochter gegangen, die ihn gefragt hatte, warum er Trish geküsst hatte.

«Weil ich sie mag», hatte er geantwortet. Er wollte ehrlich sein. «So wie ich alle auf die Wange küsse, die ich mag. Dich und Granny …»

«Und Trish», hatte sie gesagt.

Wyatt hatte nur genickt, und Abigail hatte gleich wieder etwas anderes im Kopf gehabt und war spielen gegangen. Doch er hatte sich nicht so schnell ablenken können. Er fühlte sich unglaublich verletzt – und ja, auch verarscht. Wie konnte die Frau, der er sein Herz geschenkt hatte, ihn nur so behandeln?

Wie konnte sie ihm das Herz brechen?

Trotzdem war er, als sie irgendwann aufs Fest zurückgekommen war, auf sie zugegangen. Doch sie hatte noch einen draufgesetzt und noch einmal auf das Herz eingeschlagen, das eh schon so viele Sprünge hatte. Und dann, mit ihren Worten: «Ich kann das einfach nicht, Wyatt», hatte sie es endgültig zerschmettert.

Er glaubte nicht, dass er je in der Lage sein würde, es wieder zu reparieren.

Nachdem er das Abbauen und Aufräumen überstanden und ihre Nähe nur mit größter Mühe ertragen hatte, hatte er den ganzen Abend auf dem Revier traurige Musik gehört. Immer wieder den Song *To Love Someone* von Ben Abraham. Und er wünschte sich so sehr, er dürfte sie lieben.

Einfach nur das.

Als die Kinder mit ihren Lehrern in die Klassenräume gegangen waren, wandte seine Mutter sich ihm zu. «Wir müssen reden», sagte sie.

Er seufzte, aber da er an ihrem Blick erkannte, dass es eh kein Entkommen gab, sagte er nur: «Na gut.»

«Lass uns einen Spaziergang machen.»

Sie gingen zum See. Und während die Sonne warm in sein Gesicht schien und die Enten ringsum schnatterten, sprach Wyatt sich endlich alles von der Seele. Vielleicht war eine Mutter nicht die richtige Person, der man anvertrauen sollte, was man für eine Frau empfand. Aber vielleicht war sie auch genau das. Zumindest in seinem Fall. Sie beide hatten zusammen so viel durchgemacht. Waren immer nur zu zweit gewesen, bis Abigail dazugekommen war. Wenn seine Mom ihn nicht kannte, dann kannte ihn niemand. Wer könnte ihm also einen besseren Ratschlag geben als sie in Bezug auf sein gebrochenes Herz und wie er damit weiterleben sollte?

«Ich verstehe dich so gut», sagte sie, als er endlich fertig war. «Und ich fühle ehrlich mit dir. Ich wünschte, ich könnte dir den Schmerz nehmen.»

Er sah sie von der Seite an. «Aber?»

«Lass uns dort auf die Bank setzen», sagte sie, und sie gingen rüber zu der weißen Bank, die ganz nah am See stand und einen wunderbaren Ausblick bot.

Wyatt setzte sich neben seine Mom und beobachtete ein einsames Boot auf dem Wasser. Es war so einsam wie er selbst.

«Ich weiß, wie verletzt du jetzt gerade bist, Wyatt. Aber du darfst nicht einfach aufgeben.»

Er drehte seinen Kopf in ihre Richtung. «Mom! Was gibt es denn da noch zu hoffen? Sie will mich nicht, das hat sie mehr als deutlich gemacht.»

«Sie wird gute Gründe dafür haben, dass sie dich hat abblitzen lassen.»

«Na toll …» Er faltete die Hände in seinem Schoss.

«Wenn Trish nichts für dich empfinden würde, dann hätte sie dich nicht geküsst, oder? Ich glaube vielmehr, dass die Situation sie überfordert hat.»

«Ha! Und was genau überfordert sie deiner Meinung nach? Dass da jemand ist, der sie liebt, und zwar genau so, wie sie ist?»

«Ja, vielleicht. Vielleicht kann sie im Moment mit ihren

eigenen Gefühlen nicht umgehen. Denk dran, dass sie vorher immer nur flüchtige Beziehungen hatte und nie etwas Ernstes.»

«Ich bin aber keine flüchtige Beziehung.»

«Das sag ich ja gerade. Gib ihr ein bisschen Zeit, das zu erkennen.»

Wyatt seufzte erneut. Aber ihm fiel nichts mehr ein, was er darauf erwidern sollte. Er musste nachdenken. Das alles erst mal sacken lassen. Vielleicht würde er doch Geduld aufbringen können, es würde aber unglaublich schwer werden, das wusste er jetzt schon.

«Ich habe dir das nie erzählt …», begann Murielle nach einem längeren Schweigen.

Er horchte auf und sah sie überrascht an. Hatte sie wirklich das vor, was er glaubte? Nach all den Jahren?

Trotz seiner Fragen entgegnete er nichts, sondern ließ sie einfach sprechen.

«Ich weiß, was es bedeutet, einen Menschen aus tiefstem Herzen zu lieben. Und was es heißt, diesen Menschen gehen zu lassen.» Einen Moment wirkte sie sehr nachdenklich, dann fuhr sie fort: «Dein Vater war damals auf Urlaub in Lake Paradise. Er hat Freunde in der Gegend besucht, und wir haben uns bei einem Tanzfest kennengelernt. Es war Liebe auf den ersten Blick. Es war, als hätte ich den einen Menschen gefunden, nach dem ich schon mein ganzes Leben lang gesucht hatte … Wir verbrachten ein paar Wochen zusammen, es war die schönste Zeit meines Lebens. Meistens haben wir uns in Hamilton getroffen, sind etwas essen gegangen oder ins Kino. Haben uns ein Hotelzimmer genommen …»

Obwohl Wyatt Angst hatte, dass die Unterhaltung nun

zu intim werden würde, war er doch ganz Ohr. Es war das erste Mal überhaupt, dass seine Mom ihm von seinem Vater erzählte.

«Wir haben uns wirklich sehr geliebt», sagte sie. «Doch dann war seine Zeit hier zu Ende, und er musste zurück.»

«Und habt ihr euch je wiedergesehen?»

Murielle schüttelte den Kopf. «Nein. Weil er mir nämlich, sobald er zu Hause war, schrieb, dass er die Zeit mit mir zwar sehr genossen hätte und mich niemals vergessen würde, mir aber mitteilen müsse, dass es bereits eine andere Frau in seinem Leben gebe. Dass er verlobt sei und bald heiraten werde.» Murielle schluckte. «Es hat mir das Herz gebrochen. Weil ich wirklich geglaubt hatte, wir wären füreinander bestimmt. Und ich war mir so sicher gewesen, dass wir uns wiedersehen und unsere Zukunft miteinander verbringen würden.»

Wyatt konnte es nicht fassen. «Wollte er deshalb immer nur nach Hamilton? Damit euch hier keiner zusammen sieht?»

Langsam nickte sie. «So war es wohl, ja.»

«Oh, Mom, das tut mir so leid», sagte er und legte einen Arm um ihre Schultern.

Sie zuckte mit den Achseln. «Tja, und ein paar Wochen nachdem er fort war, merkte ich, dass ich schwanger war.»

«Hast du es ihm je gesagt?», fragte er.

«Nein. Aber es war für mich von Anfang an klar, dass ich das Baby bekommen wollte. Weil es trotz allem ein Geschenk unserer Liebe war. Auch wenn seine vielleicht nicht so echt wie meine gewesen war.»

Irritiert schüttelte er den Kopf. «Ich kann noch gar nicht glauben, dass du mir das nach all den Jahren erzählst.»

«Ja, vielleicht war es an der Zeit.»

«Danke, Mom.»

Sie sah ihn lächelnd an und nickte. Dann schwiegen beide eine Minute und schwelgten in ihren eigenen Gedanken.

Schließlich fragte Wyatt: «Wie war sein Name?»

«Johnny.»

«Johnny», wiederholte er.

«Wenn du willst, nenne ich dir auch seinen Nachnamen. Dann kannst du nach ihm suchen, falls du das möchtest.»

Er sah wieder zum See hinaus. «Nein. Ich denke nicht, dass ich das möchte. Ich habe *dich*, das ist mir genug.»

Seine Mom zog ihn an sich und gab ihm einen Kuss auf die Stirn. «Ich bin so froh, dass ich dich habe.»

«Das bin ich auch», sagte er.

Sie saßen noch eine Weile beisammen und genossen die Stille, die nur hin und wieder durch das Quaken der Enten oder das Flügelschlagen der Pelikane unterbrochen wurde.

«Was ich dir mit dieser Geschichte eigentlich sagen wollte …», meinte Murielle irgendwann, «… ist dies: Für Johnny und mich gab es damals einfach keine gemeinsame Zukunft. Für Trish und dich kann es aber noch immer eine geben. Lass den Kopf nicht hängen, gib noch nicht auf, ja?»

Er nickte. «Okay.»

Dann erhoben sie sich, fuhren mit der nächsten Bimmelbahn zurück ins Zentrum und gingen etwas essen, bevor es auch schon Zeit war, Abigail abzuholen.

Am späten Nachmittag saß Wyatt im Garten und sah seiner Tochter dabei zu, wie sie in dem kleinen aufblasbaren Swimmingpool planschte, als es an der Tür klingelte.

Er ging durch den Flur, machte auf und war mehr als überrascht, Trish vor seinem Haus stehen zu sehen.

«Du?!», sagte er und versuchte an die Worte seiner Mom zu denken. Doch noch immer saß die Enttäuschung tief, und er war sicher, dass sie ihm auch ins Gesicht geschrieben stand.

«Hallo, Wyatt», sagte sie. «Ich bin hier, um … um mich bei dir zu entschuldigen.»

Das zu sagen, schien ihr schwerzufallen. Er wusste nicht genau, was er davon halten sollte.

«Oh, okay. Danke», erwiderte er. Das Ganze fühlte sich merkwürdig an. Sollte er sich nicht viel mehr über ihren Besuch freuen? Über ihre Entschuldigung?

Darum war er sehr erleichtert, als dann Abigail, in ihr Handtuch gewickelt, herbeikam. «Hallo, Trish», rief sie, als sie die unerwartete Besucherin erkannte.

Auf Trishs Gesicht erschien ein Lächeln. «Hallo, meine Süße. Ich gratuliere dir zur Einschulung.»

«Danke.» Seine Tochter strahlte glücklich.

«Ich hab hier auch etwas Kleines für dich.» Trish reichte ihr eine pinkfarbene Tüte.

Sofort sah Abigail nach, was drin war. Nacheinander holte sie eine Brotdose und zwei Packungen mit Haarspangen heraus, alles war mit Schmetterlingen bedruckt.

«Wie toll! Danke!», rief Abigail und umarmte Trish auch sogleich.

«Gerne, du Große. Ich wünsch dir viele schöne Schuljahre.»

Abigail konnte gar nicht aufhören zu lächeln, und Wyatt war nun doch gerührt. Weil Trish an diesem besonderen Tag an seine Tochter gedacht hatte.

«Danke, Trish», sagte nun auch er.

Sie nickte, sah ihn an und dann gleich wieder weg. «Also, ich muss los, zurück in den Salon. Wir sehen uns ja bestimmt.»

«Ja», sagte er und blickte ihr nach, wie sie davonging in ihren Jeansshorts und dem rosa Shirt, das farblich perfekt zu Abigails Badeanzug passte.

«Daddy?», fragte seine Tochter.

«Ja, mein Schatz?»

«Ich mag sie auch.»

Er legte Abigail eine Hand auf die Schulter und seufzte innerlich, während Trish um die Ecke bog und verschwand. Dann schloss er die Tür.

Warum war das mit der Liebe nur so schwer?

42

Trish war zurück im Tiersalon und saß kraftlos auf dem Stuhl hinter dem Anmeldetresen.

Lexi sah sie besorgt an. «Ist es nicht so gut gelaufen?»

Sie schüttelte den Kopf und musste gegen die Tränen ankämpfen.

«Mist! Was hat er denn gesagt?»

«Nichts eigentlich. Und ich kann es ihm nicht einmal verübeln. Ich habe mich völlig irrational aufgeführt und muss es jetzt wohl akzeptieren.»

«Was? Dass er dir nicht verzeiht? Dass niemals etwas aus euch werden soll?» Lexi klang richtig aufgebracht.

Trish wunderte sich, es ging hier doch um ihr Liebesleben, oder? Ihre Freundin war schwanger, verliebt und überglücklich.

«Ja, vielleicht.» Sie konnte nicht vermeiden, dass ihr nun doch ein paar Tränen in die Augen stiegen.

Lexi kam zu ihr. «Süße, so geht das nicht. Willst du nicht noch mal mit ihm reden? Er hat heute Abend Dienst, richtig? Du könntest zu ihm aufs Revier gehen, da wärt ihr ungestört und …»

«Nein, Lexi!», sagte sie lauter als beabsichtigt. «Tut mir

leid, aber wenn es nicht sein soll, dann werde ich ihn bestimmt nicht anflehen, mir zu verzeihen und mir noch eine Chance zu geben.»

«Okay, okay.» Lexi betrachtete sie eingehend. «Dann geh jetzt aber wenigstens nach Hause und beruhige dich. In diesem Zustand kannst du unseren Kunden nicht begegnen.»

«Es ist aber noch nicht mal Viertel vor fünf.»

«Ist doch egal. Ich hatte in letzter Zeit so oft frei, da kannst du dir gerne mal eine Stunde Auszeit nehmen. Du brauchst sie dringend.»

«Na gut.» Trish stand auf. Vielleicht hatte Lexi recht. Sie war im Moment viel zu aufgebracht, um sich um Kunden und deren Tiere zu kümmern. «Dann sehen wir uns morgen?»

«Ja, sicher. Und falls du später jemanden zum Reden brauchst, melde dich bitte, ja?»

«Mach ich, danke», sagte Trish, holte ihre Sachen und verließ das *Animal Paradise*.

Auf dem Weg nach Hause traf sie Buddy, dessen Gedicht sie gleich heute Morgen schon gelesen hatte. Wie erwartet ging es darin um Wyatt und sie. Wütend stapfte sie auf ihn zu, sodass er zusammenzuckte und sich schnell abwandte. Doch sie holte ihn ein, versperrte ihm den Weg und funkelte ihn böse an.

«Schreib nie wieder etwas über mich, hast du gehört? Oder muss ich erst zu deiner Mutter gehen und mich bei ihr über dich beschweren?»

«Okay, ist ja schon gut», stammelte Buddy und lief eilig davon.

Und Trish stand einfach nur da und wusste nicht, was sie tun sollte. Geschweige denn was ihre Situation besser machen könnte. Also schlurfte sie nach Hause, winkte Howie, der ihr einen Gruß zurief, nur schlaff zu und ignorierte ihr Handy, das piepte.

Als sie wenig später in ihrer Küche stand, fiel ihr nichts Besseres ein, als sich ein Glas Wein einzuschenken, um damit nach oben zu gehen und weiter in den Tagebüchern zu lesen. Ihre Schwestern waren noch unterwegs, sie würde also ungestört sein.

Nachdem sie eine Weile in Miss Elizas Welt abgetaucht war, bemerkte sie, dass sie hungrig war, und ihr wurde klar, dass sie seit dem Frühstück nichts mehr gegessen hatte. Also ging sie wieder runter, sagte Annie und Emily Hallo, die inzwischen eingetrudelt waren und im Wohnzimmer saßen, und betrat die Küche, um ein paar der Reste von gestern zu essen. Als sie die übrig gebliebenen Muffins sah, fiel ihr das Versprechen ein, das sie Zac gegeben hatte. Kurz entschlossen nahm sie einen der Schokomuffins in die Hand und verließ das Haus. Sie überquerte die Straße und klopfte bei Zac an in der Hoffnung, dass er zu Hause wäre.

«Oh! Hallo!», sagte er, als er die Tür öffnete.

«Hey. Ich hab hier deinen Muffin», erwiderte sie und hielt ihm das Küchlein in der offenen Hand entgegen.

Zac lachte. «Das hat aber ganz schön lange gedauert.»

Sie zuckte die Achseln. «Darf ich reinkommen?»

«Aber klar!» Zac grinste sie an und sah dabei so gut aus. Sein schwarzes Haar glänzte, sein weißes Unterhemd hob seine Muskeln hervor, und er duftete frisch nach Minze und Zitrone. Er schien gerade aus der Dusche gekommen zu sein.

Trish trat ein und ging durch den Flur. Seit ihrem letzten Besuch vor ein paar Monaten hatte sich nichts verändert. Zac hatte das Haus von seinen Eltern übernommen, als diese in Rente gegangen und nach Kalifornien gezogen waren. Sie fragte sich oft, warum er damals nicht einfach mitgegangen war. Das lässige Kalifornien würde so viel besser zu ihm passen. Andererseits war sie auch froh gewesen, dass er in Lake Paradise, seiner Geburtsstadt, geblieben war. So lebte er weiterhin direkt gegenüber und war jederzeit erreichbar, wenn sie einen kleinen heißen Flirt suchte.

«Hast du den Muffin wie versprochen selbst gebacken?», hörte sie ihn in ihrem Rücken fragen und drehte sich um.

«Aber natürlich!», entgegnete sie, musste dann aber lachen. «Nein, der ist gestern bei der Feier übrig geblieben.»

Zac sah sie mit gespielter Empörung an. «Du schenkst mir alte Reste von einer Feier, die für eine verstorbene Frau abgehalten wurde?»

Sie rollte mit den Augen. «Warum hast du eigentlich gestern nicht vorbeigeschaut? Ich hab mir so viel Mühe mit der Organisation gegeben.»

«Wusste nicht, dass du die Verantwortliche für diese schreckliche altmodische Musik warst. Das Oma-Spektakel von Weitem zu sehen, hat mir gereicht, danke.»

«Hey! Das war ein richtig schönes Fest!», sagte sie. «Und ja, ich war dafür verantwortlich, aber nicht allein.» Unwillkürlich musste sie an Wyatt denken.

«Aha. Na, wie auch immer.» Er sah sie herausfordernd an. «Also, warum bist du hier? Etwa nur wegen des Muffins?»

«Ja. Weil ich meine Versprechen immer halte.»

Zac trat einen Schritt näher. «Dann muss ich dir wohl dafür danken», sagte er, nahm ihre Hand und zog sie an sich.

Doch es fühlte sich nicht aufregend wie sonst an. Nein,

es fühlte sich vollkommen falsch an. Und obwohl sie genau mit dieser Absicht hergekommen war, nämlich um sich ein bisschen mit Zac zu vergnügen – in der Hoffnung, dadurch all den Kummer und die Verzweiflung abzuschütteln –, konnte Trish es nun doch nicht tun. Sie wandte den Kopf ab, noch bevor Zac versuchte, sie zu küssen.

«Was ist los?», fragte er, und Trish seufzte schwer.

«Scheiße, ich glaub, ich kann das nicht mehr», sagte sie.

«Was? Mit mir schlafen?»

Sie nickte.

«Das ist aber schade. Ich habe es nämlich immer sehr genossen.»

«Ja, ich auch. Aber … es gibt da jetzt einen anderen …»

Zac grinste sie wieder an. «Es gibt doch immer irgendeinen anderen, oder? Stört mich nicht im Geringsten.»

Sie machte sich von ihm los. «Diesmal ist es aber anders. Ich empfinde ziemlich viel für ihn.»

«Wow! Trish Price ist verliebt! Dass ich das noch erleben darf.»

«Haha.»

Zac sah sie skeptisch an, während sie noch immer im Flur standen. «Und warum bist du dann überhaupt hier, Trish?»

«Das kann ich dir eigentlich auch nicht so genau sagen. Vielleicht, weil es mit dem anderen nicht so läuft, wie es sollte?»

«Darf ich fragen, wer der andere ist? Wieder irgendein Laborassistent?»

Ach, was soll's?, dachte sie. Es wusste doch eh schon die halbe Stadt Bescheid. «Nein. Es ist Wyatt.»

Zac machte große Augen. «Wyatt? Etwa unser Wyatt, der Sheriff?»

Bei Zacs Gesichtsausdruck musste Trish lachen. «Ja, genau, der.»

Zac nahm einen Meter Abstand. «Okay, da mische ich mich am besten gar nicht ein.»

«Hör auf, so blöd zu sein», sagte sie, noch immer lachend.

Zac lehnte sich an den Türrahmen zur Küche. «Wenn du Wyatt liebst, dann sag es ihm doch einfach.»

«Na ja, ob es wirklich Liebe ist, das weiß ich ja noch gar nicht.»

«Und worum geht es hier dann?» Provokativ sah er sie an.

Sie erwiderte seinen Blick, sagte aber nichts. Schließlich straffte sie die Schultern. «Danke, Zac.»

«Wofür?»

«Dass du es mir so ehrlich ins Gesicht gesagt hast.»

«Immer gerne.» Er begleitete sie zurück durch den Flur. «Trish?»

Sie hatte die Hand bereits am Türgriff, drehte sich aber noch einmal um. «Ja?»

«Ich wünsch dir alles Glück der Welt.»

Sie lächelte ihm dankbar zu und trat aus dem Haus.

Noch immer ein Lächeln im Gesicht, ging sie ein paar Schritte – bis sie sah, wer keine fünf Meter entfernt auf dem Bürgersteig stand und sie schockiert anblickte.

43

Wyatt konnte nicht glauben, was er sah. Trish trat freudestrahlend aus der Tür von Zacs Haus und schien all ihre Sorgen vergessen zu haben. Und ihn auch.

Das konnte doch nur eins bedeuten, oder?

Als er um sechs auf dem Revier eingetroffen war, um seinen Kollegen Tom abzulösen, hatte dieser ihm ausgerichtet, dass Farmer Elliot angerufen hätte und er sich bei ihm zurückmelden möchte. Sobald Wyatt seine Teekanne und seine Brotdose aus der Umhängetasche geholt hatte, hatte er zum Hörer gegriffen und Elliots Nummer gewählt.

Dem Farmer gehörten ein paar Hektar Land außerhalb der Stadt, in Richtung Swan City. Er baute Äpfel und Birnen an, und er besaß zudem zwei Dutzend Hühner.

«Elliot? Hier ist Wyatt.»

«Ah! Danke, dass du zurückrufst.»

«Wie kann ich dir helfen?», fragte er.

«Ich bin mir nicht sicher … Aber am Wochenende sind ein paar Kinder auf meinem Grundstück herumgeschlichen, und zwar bei den Hühnern. Ich habe sie verscheucht und mir auch gar nichts weiter dabei gedacht, bis ich von Bobby erfahren habe, dass seine Hühner geklaut wurden.»

Es wunderte Wyatt nicht, dass Elliot bisher nichts von den Hühnerdiebstählen gewusst hatte, da er sehr zurückgezogen lebte und auch nur ein- oder zweimal im Monat nach Lake Paradise reinfuhr, wenn er etwas aus dem Supermarkt oder der Drogerie benötigte. Oder wenn er seinen Cockerspaniel in den Tiersalon brachte.

«Tja, nicht nur die Hühner von Bobby wurden gestohlen», erzählte er ihm deshalb nun. «Hunter und Jim sind auch welche abhandengekommen.»

«Tatsache?» Elliot schien nachzudenken, dann sagte er: «Ich will hier ja niemanden in die Pfanne hauen, und ich weiß auch gar nicht, ob das eine was mit dem anderen zu tun hat, aber …»

«Sag es mir ruhig, Elliot. Dann kann ich der Sache nachgehen. Wer waren diese Kinder auf deinem Grundstück?»

Er hörte Elliot tief durchatmen.

«Du kennst Trish? Aus dem Tiersalon?»

Sein Herz hatte schneller geschlagen mit jedem Wort, das Elliot sprach. Als das Gespräch beendet war, hatte er eine Weile still dasitzen und überlegen müssen, was jetzt zu tun war.

Schließlich hatte er sich aufgemacht zu Trish – die jetzt aus Zacs Haus herausspaziert kam.

«Wyatt!» Sie wirkte ertappt.

Er konnte sie nur anstarren, brachte aber kein Wort heraus.

Trish sah zurück zum Haus, dann wieder zu ihm, und plötzlich stand da eine große Panik in ihrem Gesicht. «Es … ist nicht so, wie es aussieht, das musst du mir glauben.»

Er sammelte sich und blickte sie ernst an. «Das ist im Moment egal. Es gibt wichtigere Dinge zu besprechen.»

«Oh. Was ist denn passiert?», fragte sie verwirrt.

«Ist Annie zu Hause?»

Trish runzelte die Stirn. «Ja. Zusammen mit ihrer Freundin Emily. Wieso?»

«Na, das passt ja gut. Wir sollten uns dringend mit den beiden unterhalten.»

Trish schien durcheinander, doch sie ging voran über die Straße zu ihrem Haus.

Als Wyatt in seiner Uniform wenig später mit ihr zusammen das Wohnzimmer betrat, schaute Annie erschrocken auf. Auch ihre Freundin sprang sofort auf.

«Ich muss nach Hause», sagte Emily.

Da wusste Wyatt, dass er mit seiner Vermutung richtiggelegen hatte.

«Ich denke, es ist besser, wenn du bleibst», entgegnete er. «Könntest du deine Mutter oder deinen Vater anrufen und herbitten?»

Emily setzte sich wieder und nickte. Dann nahm sie ihr Handy in die Hand.

«Was ist denn eigentlich los?», fragte Trish.

«Das besprechen wir, sobald ein Elternteil von Emily eingetroffen ist, okay?»

«Okay.»

Trish wirkte nervös, Annie und Emily ängstlich. Als auch Becky nach Hause kam, schickte Trish sie mit ernster Miene in ihr Zimmer. Und dann, nach etwa zehn Minuten, die Wyatt wie eine Ewigkeit vorkamen, trafen endlich Emilys Eltern ein.

«Worum geht es hier?», fragte der Vater, Lance Horne, als er mit seiner Frau ins Wohnzimmer trat.

«Bitte setzt euch», sagte Wyatt.

Lance schüttelte den Kopf. «Ich will mich nicht setzen, ich will wissen, was passiert ist», sagte er scharf, während seine Frau Claudia sich wortlos auf einem Sessel niederließ.

Trish, die auf dem anderen Sessel saß, war inzwischen ganz blass im Gesicht.

«Okay, also ...» Wyatt war die Situation genauso unangenehm wie allen anderen Anwesenden. In Lake Paradise geschah so gut wie nie irgendwas, das solch ein Szenario mit sich brachte. «Ihr wisst sicher alle, dass in letzter Zeit auf mehreren Farmen Hühner gestohlen wurden. Bisher hatten wir keinen Anhaltspunkt, wer dafür verantwortlich sein könnte, doch jetzt gibt es einen.»

Alle blickten ihn gespannt an, nur die Mädchen sahen weg.

Wyatt fuhr fort: «Farmer Elliot – sein Hof befindet sich etwa sechs Meilen in Richtung Osten – hat mich heute informiert, dass sich am späten Samstagabend zwei Jugendliche auf seinem Anwesen herumgetrieben haben. Um genauer zu sein, bei den Hühnerställen. Er konnte im Licht der Dämmerung erkennen, wer da auf sein Fahrrad gesprungen ist und die Flucht ergriffen hat.»

In dem Moment nahm Wyatt den wütenden Blick von Emilys Vater wahr – und auch, wie Trish ihre Schwester fassungslos anstarrte.

«Elliot meint, genau erkannt zu haben, dass eine der Jugendlichen Annie gewesen sei», sagte Wyatt so sachlich wie möglich, da er sich auf gar keinen Fall persönlich einmischen wollte. Auch wenn es ihn durchaus selbst betraf, da es hier immerhin um Trish ging.

«Annie, verdammt!», rief sie jetzt auch prompt aus.

Ihre Schwester begann sofort zu weinen. Wohingegen Emilys Vater erklärte: «Aber meine Tochter hat er nicht erkannt, oder? Woher willst du denn bitte wissen, dass Emily mit dabei war?»

«Nun, ich weiß es nicht», sagte Wyatt. «Ich vermute es aber. Weil die beiden ständig zusammenhängen und auch weil die Beschreibung des zweiten Mädchens auf Emily zutrifft.»

«Das ist doch Blödsinn!», sagte Lance. «Immerhin war es dämmrig und –»

«Ich war es!», sagte Emily da mit tapferer Stimme, und ihr Vater hielt inne.

«Was?»

«Ja, ich war es. Ich war mit dabei, jedes Mal.» Sie straffte den Rücken. «Und ich schäme mich nicht dafür. Es war richtig, was wir getan haben.»

«Du gibst es also zu?», fragte Wyatt das Mädchen. «Du hast die Hühner auf den anderen drei Farmen gestohlen und es bei Farmer Elliot ebenfalls versucht?»

«Ich habe sie nicht gestohlen! Ich habe sie *befreit.* Die Armen wären sonst getötet und zu Brathähnchen verarbeitet worden oder sonst was.»

Nun schüttelte ihre Mutter fassungslos den Kopf. «Ich wusste doch, dass es keine gute Idee war, Vegetarierin zu werden», sagte sie.

«Genau!», rief Lance. «Hühner sind dazu da, um gegessen zu werden!» Er schrie seine Tochter förmlich an.

Doch nun mischte Trish sich ein. «Nein, Lance, das sind sie nicht. Sie sind auch nur Lebewesen, die ein friedliches Dasein verdient haben.»

Er starrte sie an. «Willst du mir etwa sagen, dass du das hier gutheißt?»

«Nein, natürlich nicht, aber …»

«Okay, stopp!», sagte Wyatt mit lauter Stimme. «Das bringt uns doch nicht weiter.» Als alle wieder still waren, ließ er seinen Blick von Emily zu deren Eltern und dann zu Annie wandern. «Annie, du musst mir bitte noch sagen, ob du auch daran beteiligt warst.»

Annie, die noch immer weinte, nickte wortlos.

«Bedeutet das Ja?»

«Ja», brachte die Kleine mühsam heraus.

«Oh, Annie …», sagte Trish.

Wyatt atmete tief durch. «Nun gut. Wenigstens sind wir endlich dabei, die Sache aufzuklären. Die beiden Mädchen bekennen sich also schuldig. Wir werden in den kommenden Tagen sehen müssen, wer von den Farmern Anzeige erstatten möchte. Einige der Hühner sind ja inzwischen wieder aufgetaucht, eins wurde überfahren am Straßenrand gefunden.»

Nun fing auch Emily an zu weinen. «Oh nein, das wollte ich nicht.»

«Ja, das passiert aber, wenn man so eine Dummheit begeht», sagte ihr Vater.

«Nun ist es aber gut!», erwiderte seine Frau und blickte ihm streng ins Gesicht.

«Jaja …» Er winkte ab.

Wyatt wandte sich jetzt direkt an die Mädchen. «Ich hoffe, euch ist klar, dass das Folgen haben wird. Selbst wenn die vier Farmer auf eine Anzeige verzichten sollten, werdet ihr die noch fehlenden Hühner in jedem Fall ersetzen müssen.»

Die Mädchen nickten.

«Und was, wenn doch einer oder mehrere von ihnen auf eine Anzeige bestehen?», fragte Trish.

«Das werden wir dann sehen.»

«Bitte, Sheriff, sag uns, was dann folgen könnte», bat nun auch Emilys Mutter.

Wyatt sah die Frau mitleidig an. «Nun, dann würde der Fall ans Gericht in Hamilton gehen, und die Mädchen könnten eine Jugendstrafe erhalten.»

«Etwa in einer Jugendstrafanstalt?», fragte Emilys Vater.

Wyatt wollte den Mann nicht noch mehr aufbringen, weshalb er schlicht sagte: «Wir sollten noch gar nicht so weit denken. Warten wir erst mal die nächsten Tage ab, ja?»

Damit waren schließlich alle einverstanden, und Emily und ihre Eltern gingen nach Hause.

Trish brachte Annie in ihr Zimmer und redete noch ein paar Worte mit ihr. Als sie zurückkam, trat sie zu Wyatt, der sich aufs Sofa gesetzt hatte. Er hatte einfach noch nicht gehen können. Weil er Trish nicht allein lassen wollte in dieser Situation. Und weil er unbedingt erfahren musste, ob da wirklich etwas zwischen ihr und Zac gelaufen war.

Es ist nicht so, wie es aussieht, hatte sie gesagt, und er wollte so sehr daran glauben.

«Danke, dass du geblieben bist», sagte sie und setzte sich zu ihm.

«Natürlich.» Er sah sie an. «Was geht in dir vor? Bist du okay?»

Sie nickte. Doch dann brach auch sie in Tränen aus.

«Oh Gott, nicht weinen», sagte er und war sich nicht sicher, was er jetzt tun sollte. Schließlich nahm er sie einfach in seine Arme.

«Ich will ja gar nicht heulen, aber … es ist einfach alles zu viel. Erst Miss Eliza, dann Annie … und dann auch noch das mit uns», schluchzte sie.

«Ist schon in Ordnung», sagte er beruhigend. «Es wird alles wieder gut.»

Sie nahm ihren Kopf von seiner Schulter und blickte ihn tränenverschmiert an. «Ja? Wird es das?»

«Na ja, ich …» Ihm entfuhr ein Seufzer.

«Es war nichts mit Zac, ich schwöre es dir. Ich hab ihm nur einen Muffin gebracht, weil er neulich meine verstopfte Toilette repariert hat und ich ihm einen versprochen hatte und –»

«Bist du wirklich nur deswegen bei ihm gewesen? Weil du ihm einen Muffin bringen wolltest?» So richtig konnte er das nicht glauben, nicht nach allem, was in den letzten 24 Stunden zwischen ihnen vorgefallen war.

Trish schluckte schwer. «Okay, du hast recht. Ich war so enttäuscht und so sauer, und ich … Vielleicht bin ich zu ihm gegangen, um mich an dir zu rächen.»

«Aber wofür denn? Was hab ich dir getan?», fragte er ahnungslos.

«Du warst heute so kalt und abweisend. Dabei wollte ich mich entschuldigen und wirklich versuchen, es wiedergutzumachen.»

«Ja, aber du musst auch meine Gefühle verstehen. Du hast mich gestern einfach stehen lassen. Vor allen Leuten. Das hat mich wirklich sehr verletzt.»

«Es tut mir leid, Wyatt. Es tut mir ehrlich leid.»

«Das weiß ich, Trish», sagte er, denn er spürte ja, dass es wirklich so war. «Aber was war denn nun mit Zac?»

«Nichts! Gar nichts! Sobald ich bei ihm war, wusste ich, dass es falsch war. Weil ich nur dich mag. Und das hab ich ihm auch gesagt.»

Erstaunt sah er sie an. «Das hast du?»

Sie nickte.

«Oh, Trish …» Er nahm ihr Kinn und führte ihr Gesicht an seins, um sie zu küssen. Ihre Lippen fühlten sich wundervoll an, wenn auch ein wenig salzig wegen der Tränen. Er wollte, dass sie nie wieder weinen musste, zumindest nie mehr seinetwegen. Dann schaute er ihr in die Augen und sagte ihr endlich das, was er ihr schon so lange hatte sagen wollen: «Ich liebe dich, Trish.»

«Ich liebe dich auch, Wyatt.»

Er konnte nicht glauben, diese Worte aus ihrem Mund zu hören! In seinen schönsten Träumen war es nicht dazu gekommen, doch das hier war wahr. Sein Traum war Wirklichkeit geworden!

Er zog Trish an sich und schwor sich selbst, sie niemals wieder gehen zu lassen, nicht solange sie bei ihm bleiben wollte. Und er würde alles dafür tun, sie glücklich zu machen. Für den Rest ihrer gemeinsamen Tage.

44

Trish drückte die Klingel, und keine Minute später öffnete Abigail auch schon die Tür.

«Trish!», rief sie. «Guck mal, ich hab deine Schmetterlinge im Haar.» Wyatts Tochter zeigte auf die beiden Spangen, die sich links und rechts über ihren Ohren befanden.

«Stehen dir wirklich super», erwiderte Trish.

«Wir haben schon auf dich gewartet. Daddy macht Nudeln. Und rate mal, welche!» Abigail strahlte sie an.

«Hmmm … Schmetterlingsnudeln?», fragte sie.

«Richtig!»

Die Kleine nahm sie bei der Hand, drückte die Tür von innen zu und brachte Trish in die Küche, wo es ganz wunderbar duftete.

«Hallo», sagte Wyatt und lächelte ihr zu.

Es war Mittwochabend, und er hatte sie zu sich nach Hause eingeladen. Das erste gemeinsame Abendessen mit Abigail. Trish war aufgeregt ohne Ende. Weil sie wollte, dass Abigail sie mochte, und auch, weil seit Montag etwas zwischen ihr und Wyatt in der Luft lag. Es war eine prickelnde Spannung, die kaum noch zu ertragen war. Wäre Abigail nicht in der Nähe, könnte sie für nichts garantieren.

«Hi», erwiderte sie und lächelte zurück.

«Wie geht es dir?», fragte er.

«Sehr gut, danke. Und dir?»

«Hervorragend. Ich hoffe, du magst Pasta mit selbst gemachtem Ratatouille?»

«Klingt perfekt!», antwortete sie. «Kann ich dir irgendwie helfen?»

«Hm, Thymian und Rosmarin habe ich selbst schon geholt, aber du könntest mit Abigail im Garten noch frisches Basilikum zum Garnieren pflücken. Und falls du zum Essen einen Salat möchtest, auch dafür ein paar Zutaten.»

«Oh mein Gott, ich darf rausgehen und mir Sachen für einen Salat zusammensammeln? Wie cool ist das denn?»

«Tja, Abigail und ich sind halt cool, oder hast du daran gezweifelt?»

«Niemals!» Sie grinste und ließ sich von Wyatts Tochter nach draußen und in den hinteren Teil des Gartens führen, den man von der Straße aus nicht einsehen konnte. Trish hatte nicht einmal gewusst, dass hier so ein magischer Bereich existierte. Natürlich hatte sie mitbekommen, dass Wyatt Kürbisse züchtete, da er im letzten Jahr am großen Wettbewerb teilgenommen hatte, aber was sie jetzt vor sich erblickte, war einfach unglaublich. Nicht nur stand am Ende des Gartens ein großes Treibhaus, in dem alles Mögliche zu wachsen schien, es gab auch mehrere Gemüsebeete, Obstbäume und -sträucher.

Trish sah sich genauer um und entdeckte Himbeeren und Brombeeren, einen kleinen Kirschbaum und einen Apfelbaum. Zu alledem standen sehr bequem aussehende Rattanstühle auf der Veranda, und es gab eine Schaukel und ein kleines Spielhaus, das Abigail ihr auch gleich zeigen wollte. Es war pink, und im Inneren befanden sich ein winziger Tisch und zwei Hocker sowie jede Menge Puppen und Kuscheltiere.

«Wow, wie schön», sagte Trish. «Ich muss sagen, ich bin ein bisschen neidisch.»

«Du kannst herkommen und darin spielen, wann du willst», sagte die Kleine ihr, und sie war ganz gerührt.

«Das ist aber lieb von dir.»

«Komm mit rein», forderte Abigail sie als Nächstes auf, und Trish folgte ihr, wobei sie sich ducken musste, um hineinzupassen.

Nachdem sie eine Weile gespielt hatten, erinnerte Trish das Mädchen daran, dass sie doch Kräuter und Salat pflücken wollten. Also krochen sie wieder aus dem Häuschen, und Abigail holte zwei geflochtene Körbe von der Veranda und zog Trish mit sich ins Treibhaus, wo sie ein wenig Basilikum pflückten. Trish sammelte auch ein paar Gurken und Tomaten und eine gelbe Paprikaschote ein, und gemeinsam pflückten sie dann noch zwei verschiedene Salatsorten aus einem der Hochbeete. Anschließend brachten sie alles in die Küche, wo das Essen bereits fertig war. Wyatt goss gerade das Nudelwasser ab.

«Magst du das Gemüse waschen und schneiden, während ich die Teller anrichte, Trish?», fragte er.

«Ja, klar.» Sie machte sich an den Salat, und zehn Minuten später saßen sie alle zusammen am Esstisch im Wohnzimmer und genossen die leckeren Speisen.

«Hier essen wir sonst nie», sagte Abigail.

«Nein? Wo esst ihr denn dann?»

«In der Küche. Aber Daddy meinte, heute ist ein besonderer Tag, und wir sollten hier essen, mit den guten Tellern.»

Trish musste schmunzeln. «Ich fühle mich geehrt.»

Wyatt wirkte ein wenig verlegen, weil seine Tochter so viel ausplauderte, denn er fragte schnell: «Schmeckt es euch beiden?»

«Superlecker!», antwortete Abigail.

«Es schmeckt unfassbar gut», sagte Trish. Sie hatte ganz ehrlich noch nie ein so gutes Ratatouille gegessen, wollte das aber nicht sagen, um Wyatt nicht noch verlegener zu machen.

«Das freut mich», erwiderte er zufrieden.

Die nächste halbe Stunde aßen sie, redeten und lachten, vor allem über die lustigen Geschichten, die Abigail sich ausdachte. Sie erzählte von einer Giraffe, deren Hals einfach nicht lang werden wollte, und von einer Maus, die einen Elefanten erschreckte. Irgendwann sagte Wyatt, er würde jetzt das Geschirr spülen gehen, und er bat Abigail, sich derweil um ihren Gast zu kümmern. Erst wollte Trish ihre Hilfe beim Abwasch anbieten, doch dann vermutete sie, dass Wyatt sich wahrscheinlich etwas dabei gedacht hatte, seine Tochter und die neue Frau in seinem Leben zusammen ins Kinderzimmer zu schicken. Vielleicht wollte er, dass sie sich besser kennenlernten.

Also folgte sie Abigail in ihr Reich und konnte nur wieder staunen, wie hübsch alles war. Das ganze Zimmer war ein Traum in Pink und Rosa und sah aus wie das Gemach einer kleinen Prinzessin.

«Ich finde Euer Zimmer wirklich überaus schön, Eure Majestät», sagte sie, und Abigail kicherte.

«Danke sehr.»

«Also, was wollen wir machen?», fragte Trish.

«Magst du malen?»

«Klar, wer nicht? Und was malen wir?»

«Ich hab ganz viele Malbücher. Du darfst dir eins aussuchen.» Abigail holte einen Stapel aus einer Schublade hervor. «Wenn du willst, gebe ich dir das *Frozen*-Malbuch, es ist mein liebstes.»

«Nein, nein, wenn es dein Lieblingsbuch ist, kannst du gerne darin malen», erwiderte sie.

«Doch. Nimm es!» Abigail legte es vor sie hin und ging die Stifte holen.

Trish verstand nicht genau, warum, aber diese Geste brachte sie beinahe zum Weinen. Abigail war einfach so lieb. Wyatt hatte wunderbare Arbeit bei ihrer Erziehung geleistet und Murielle ebenso. Fast fühlte sie sich wie ein Eindringling, weil sie nun Teil dieser kleinen heilen Welt werden sollte.

Doch dann schob sie alle Bedenken beiseite. Wyatt wollte es so und sie ebenfalls. Sie liebten einander. Und die Tatsache, dass sie sich das gegenseitig eingestanden hatten, ließ plötzlich alles klar und gut erscheinen: Der Schmerz um den Verlust von Miss Eliza war ein wenig erträglicher, Annies Fehlverhalten würde sie nicht allein geradebiegen müssen, und ihr Herz wusste endlich, was es wollte.

Beglückt sah sie, wie dieses zuckersüße Mädchen sich jetzt zu ihr an den Maltisch setzte, und sie fragte: «Sind da auch Bilder von Olaf, dem Schneemann, drin?»

Abigail nickte, nahm einen Stift in die Hand und begann, einen der Hunde aus *PAW Patrol* auszumalen.

«Perfekt», sagte Trish und lächelte.

Ja, in diesem Moment war alles perfekt, und sie wünschte sich, dass dieses Glück noch eine ganze Weile anhalten würde.

Später setzten sie sich noch zu dritt zusammen ins Wohnzimmer, um sich einen Film anzugucken. Trish und Abigail überboten Wyatt bei der Abstimmung, und so schauten sie die nächsten anderthalb Stunden *Dornröschen*. Wyatt nickte noch vor Abigail ein, und Trish konnte nur schmunzeln.

Als der Film zu Ende war, weckte sie Wyatt. «Abigail schläft. Willst du sie ins Bett bringen?»

Er rüttelte sich wach. «Oje, bin ich etwa auch eingepennt?»

Sie grinste. «Oh ja. Also, ich weiß wirklich nicht, warum ihr mich erst einladet und dann beide vor euch hin schnarcht …»

«Tut mir ehrlich leid.»

«Nicht schlimm», sagte sie amüsiert.

«Gut, warte, ich bringe Abigail kurz rüber, und dann bin ich ganz für dich da, okay?» Er stand auf und hob seine Tochter vorsichtig hoch.

«Okay.»

Sie sah Wyatt nach, der Abigail auf seinen starken Armen trug. Kurze Zeit später war er wieder zurück und setzte sich zu ihr.

Trish kuschelte sich an ihn. «Ich kann noch immer nicht glauben, dass wir beide endlich zusammengefunden haben.»

«Und ich kann nicht glauben, dass du meine Gefühle tatsächlich erwiderst», sagte Wyatt und küsste sie.

«Wyatt, darf ich dich was fragen?»

«Alles.»

«Seit wann hast du denn schon Gefühle für mich?»

«Oh. So drei oder vier Jahre?»

Sie machte große Augen. Konnte es kaum fassen. Und fand es gleichzeitig ziemlich schade, dass sie so viel Zeit verschwendet hatten. «Warum hast du denn nicht schon viel früher was gesagt?»

«Na, weil du doch immer mit irgendwem zusammen warst. Immer wenn ich endlich all meinen Mut zusammengesammelt hatte, gab es da schon jemand Neues an deiner Seite.»

Es tat ihr so schrecklich leid, dass Wyatt das durchmachen musste. Sie immer wieder mit anderen Männern zu sehen, während er sie doch selbst mochte.

Sie schaute ihm tief in die Augen. «Es wird nie mehr jemand anderen an meiner Seite geben als dich.»

Wyatt nickte wissend. Dann stand er erneut auf und hob nun *sie* in seine starken Arme. Er brachte sie in das einzige Zimmer, das sie noch nicht kannte. Das sie jedoch heute Nacht kennenlernen durfte, und zwar bis zum Morgengrauen.

45

Als Trish am Freitagabend die Tür öffnete, standen Lexi, Helena und Savannah davor und wirkten bereits ziemlich aufgekratzt. Savannah hielt eine Sektflasche in der Hand und Lexi eine mit alkoholfreiem Cidre. Trish ließ ihre Freundinnen herein und wurde von allen stürmisch umarmt.

«Ich freu mich so für dich!», rief Helena. «Ihr habt also doch noch zueinandergefunden, Wyatt und du.»

Und Savannah stimmte zu: «Du hättest dir wirklich keinen besseren Menschen aussuchen können. Und er sich auch nicht.»

Trish strahlte bis über beide Ohren und versuchte auch gar nicht erst, ihr Glück zu verstecken. Dass ihre Freundinnen sich so mit ihr freuten, bedeutete ihr sehr viel. Fast musste sie schon wieder mit den Tränen kämpfen. Zurzeit war sie sowieso so emotional, und wenn sie darüber nachdachte, warum sie ihre Freundinnen heute eingeladen hatte, wurde sie ganz nostalgisch und auch ein bisschen nervös.

Als alle eingetreten waren und es sich bequem gemacht hatten, fragte Trish, ob sie Pizza bestellen sollte.

«Was ist denn das für eine Frage?», meinte Savannah.

«Ja, und bestell lieber eine mehr, sonst isst Lexi uns alles weg», sagte Helena augenzwinkernd und wurde sogleich von ihrer Schwester angestupst.

«Alles klar.» Trish rief bei Halle an und bestellte eine große Margherita und eine mit Grillgemüse für sich und ihre Freundinnen sowie eine weitere Margherita für ihre Schwestern, die auf ihren Zimmern waren. Becky hatte an diesem Freitagabend keine Lust auszugehen, und Annie hatte Hausarrest.

Die Sache mit Annie steckte Trish noch immer in den Knochen. Wyatt hatte mehrfach mit ihr darüber geredet und versucht, ihr klarzumachen, dass das nur ein dummer Jugendstreich gewesen war – auch wenn sie beide wussten, dass es weit mehr war als das. Es war Hausfriedensbruch und Diebstahl. Zudem hatte Annie ihr Vertrauen schwer missbraucht. Und sie hoffte sehr, dass sie beide das wieder hinbekommen würden. Doch heute Abend wollte sie nicht darüber nachdenken, und sie war froh, dass keine ihrer Freundinnen das Thema ansprach.

«Wie geht es denn Leslie und Mattie?», fragte sie Helena, sobald die Pizza bestellt war. Die Lieferung würde in gut einer Stunde kommen, alles lief nach Plan.

«Oh, denen geht es bestens. Sie mögen die neue Schule.»

«Das freut mich.»

«Vermissen sie ihren Daddy sehr?», erkundigte sich Savannah behutsam.

Helena nickte und nahm dabei einen bedauernden Blick an. Sie alle dachten wohl dasselbe: Parker, der Idiot, hätte es sich lieber zweimal überlegen sollen, bevor er fremdgegangen war. Denn nun waren die Kinder die Leidtragenden.

Wahrscheinlich um die Stimmung wieder zu bessern,

fragte Lexi: «Okay, Trish, warum hast du uns heute herbestellt?»

«Welchen Film willst du uns diesmal zeigen?», fragte Helena.

«Brauchen wir wieder Taschentücher?», wollte Savannah wissen.

Trish atmete einmal tief durch und sah ihre Freundinnen dann nacheinander an.

«Okay, jetzt machst du mir Angst», meinte Lexi.

Trish winkte amüsiert ab. «Nein, nein, Angst müsst ihr keine haben. Und wir können gerne auch später noch einen Film gucken, ich habe euch aber hergebeten, um euch etwas zu zeigen.»

«Oh Gott, bitte kein Hühnerauge», sagte Savannah und verzog das Gesicht.

«Warum sollte ich euch ein Hühnerauge zeigen?», fragte Trish stirnrunzelnd.

«Neulich bin ich Delores am See begegnet», erzählte ihre Freundin. «Sie saß am Steg und hatte ihre Füße ins Wasser gesteckt. Als ich mich zu ihr setzte, um mich mit ihr zu unterhalten, meinte sie plötzlich: Ich muss dir etwas zeigen.»

Lexi kräuselte die Nase. «Sag jetzt nicht …»

Savannah lachte. «Oh doch! Sie hat ihren linken Fuß aus dem Wasser geholt und mir das größte Hühnerauge gezeigt, das ich je gesehen habe.»

Sie alle schüttelten sich und lachten. So etwas konnte doch wirklich nur von Delores kommen!

«Okay, jetzt aber mal genug von Hühneraugen», sagte Helena. «Was möchtest du uns zeigen, Trish?»

Sie lächelte geheimnisvoll, stand auf und holte einen Stapel schmaler Bücher hervor. Dann kniete sie sich auf den Boden und legte sie vor sich auf den Couchtisch. «Wisst ihr, was das ist?»

«Ich habe keine Ahnung», sagte Savannah.

«Waren die etwa in der mysteriösen Kiste?», fragte Lexi, der sie von Miss Elizas Nachlass erzählt hatte, jedoch nur, dass sie eine Kiste mit Büchern geerbt hatte.

«Welche mysteriöse Kiste?», erkundigte sich Helena.

Trish konnte ihr und den anderen ansehen, wie neugierig sie waren.

«Nun mach es nicht so spannend!», bat Savannah.

«Okay», sagte sie und legte ihre Hände auf das oberste Buch. «Miss Eliza hat mir eine Kiste vermacht, in der sich jede Menge Kochbücher und Notizhefte befanden – und diese hier.»

«Sind das etwa Tagebücher?», fragte Lexi.

Trish nickte. «Ja. Die Tagebücher von Miss Eliza. Es sind zwölf Stück. Das erste ist aus dem Jahr 1955.»

«Oh mein Gott!», sagte Savannah.

«Ich kann nicht glauben, dass Miss Eliza sie dir hinterlassen hat», meinte Helena.

«Ja, sie wollte wohl, dass ich mehr über ihre Vergangenheit erfahre. Und ich habe bereits gut die Hälfte davon gelesen. Ihr werdet staunen, was ich erfahren habe.»

«Vielleicht warum alle sie Miss Eliza genannt haben, anstatt sie einfach nur beim Vornamen anzusprechen?», fragte Lexi.

«Auch das. Aber noch viel, viel mehr. Ihr werdet völlig überrascht sein.»

«Erzähl uns, was du erfahren hast!», bat Savannah.

Während Trish sich nun ein Kissen unter den Po klemmte und es sich im Schneidersitz bequem machte, wurden die anderen ganz hibbelig. Lexi nahm sich einen Schokoriegel aus ihrer Tasche und riss ungeduldig das Papier ab, während Savannah sich an Helena kuschelte.

«Okay, Mädels, die Märchenstunde beginnt», sagte Trish. Und in den nächsten 45 Minuten fasste sie zusammen, was sie in den letzten Tagen und seit dem Aufschlagen des ersten Tagebuchs erfahren hatte. Sie erzählte von der jungen Eliza Cole, die vom Land kam und deren Vater sie unbedingt mit einem Baumwollfarmer verheiraten wollte. Von ihrem Weggang und ihrer Ankunft in Atlanta. Von ihrem Job als Kellnerin und ihrer Begegnung mit Alfred Highmore – an dieser Stelle bekamen ihre Freundinnen ganz große Augen. Trish berichtete vom ersten Date der beiden und den noch folgenden. Von Alfreds vielen Besuchen in Atlanta. Von seinem Heiratsantrag und von dem Moment, in dem Eliza herausfand, dass sie schwanger war. Von Alfred, der sie nach Nebraska holen wollte, und von seinen Eltern, die strikt gegen eine Hochzeit waren, weil Eliza schwarz war. Von all den Hürden, ihrem gemeinsamen Kampf gegen die Rassenunterschiede und von der Fehlgeburt, die Eliza erlitt. Von dem Arzt, der ihr sagte, dass sie nie wieder würde schwanger werden können. Von Elizas Schmerz und ihrer Überzeugung, sie und Alfred wären verflucht. Von Alfred, der sich schließlich beugte und seinen Eltern zuliebe eine Frau aus Lake Paradise heiratete – eine Weiße. Von seiner nicht enden wollenden Liebe zu Eliza und von seiner Scham, nicht zu ihr gehalten zu haben. Von den endlosen Briefen, die sie einander schickten. Von dem Tag, an dem Alfred einen Sohn bekam und an jenes

Kind dachte, das er und Eliza verloren hatten. Und von dem Moment zehn Jahre später, als er seiner Frau sagte, er könne nicht mit ihr zusammenbleiben, weil er eine andere liebe. Von Mary-Anne, die es die ganze Zeit geahnt hatte und die ihn dennoch anflehte, sie nicht zu verlassen, weil sie nicht zum Gespött der Leute werden wollte. Von den weiteren acht Jahren, die vergingen, bis Alfred Eliza zu sich nach Lake Paradise holte und ihr das schönste Haus der Stadt kaufte. Von Eliza, die niemals einen anderen liebte und ewig auf Alfred gewartet hätte …

«Oh mein Gott, ich kann es gar nicht glauben», sagte Lexi. «Wie traurig ist das denn bitte?»

«Allerdings!» Helena richtete sich auf. «Dann war die Ehe zwischen Alfred und Mary-Anne also nur noch eine Scheinehe, und er war eigentlich mit Miss Eliza zusammen?»

«Ja», sagte Trish. «Und keiner durfte es erfahren.»

«Arme Eliza», meinte Savannah. «Es tut mir so leid für sie, dass sie nie selbst eine Familie haben konnte.»

«Aber wenigstens hatte sie die Liebe», sagte Lexi und schniefte.

Helena reichte ihr ein Taschentuch.

«Es ist wirklich zu traurig», meinte Savannah und musste sich ebenfalls schnäuzen.

«Aber irgendwie auch schön, oder? Fast wie ein Ryan Gosling-Film», sagte Helena und blickte auf den Stapel Bücher. «Und warum hat man sie denn nun Miss Eliza genannt?»

«Weil Alfred sich gewünscht hat, dass man sie mit Respekt behandelt», erzählte Trish. «Er hat wohl einen Jungen, der im Gemischtwarenladen arbeitete, ermahnt, er solle sie mit Miss ansprechen und es weitersagen. Alfred war damals schon der reichste Mann der Stadt, und man hat anscheinend auf ihn gehört.»

«Aber warum dann Miss Eliza?», fragte Savannah. «Warum nicht Miss Cole?»

«Das kann ich euch leider auch nicht sagen. Es ist wohl einfach so entstanden, genauso wie die Tatsache, dass wir Buddy unseren Stadtpoeten nennen.»

«Oh Gott, der darf davon auf keinen Fall etwas erfahren!», meinte Lexi.

Trish nickte. «Niemals! Es ist all die Jahre ein Geheimnis gewesen und muss unbedingt eins bleiben.» Sie stand auf und begann, Teller und Servietten zu verteilen. «Ich habe euch in ihre Geheimnisse eingeweiht, weil ich euch vertrauen kann.»

«Danke, dass du uns davon erzählt hast», sagte Helena und sprang auf, als es plötzlich an der Tür klingelte.

«Pizza! Pizza!», rief Lexi.

Trish hingegen verspürte überhaupt keinen Hunger mehr, zu sehr nahm sie noch immer Miss Elizas Geschichte mit.

46

Wyatt drückte Trishs Hand und war überglücklich, dass sie es zuließ. Dass die ganze Welt erfahren durfte, dass sie zusammen waren.

Ganz besonders freute sich seine Mom darüber, die vorhin schon auf Trish losgestürmt war, sie in die Arme geschlossen und sie in der Familie willkommen geheißen hatte. Auch Abigail freute sich maßlos. Sie hatte ihn gestern Abend nach dem Vorlesen gefragt, ob Trish ihre neue Mommy sein könnte.

«Vielleicht eines Tages», hatte er etwas ausweichend geantwortet, weil das alles ja noch ganz frisch war und er auch nicht wusste, inwieweit Trish sich überhaupt einbringen wollte. All das würde sich in den kommenden Wochen und Monaten zeigen, für den Moment reichte es, dass sie ihn liebte und das auch zeigen mochte.

«Ist er nicht toll?», fragte sie ihn und deutete zu Dylan, der auf der Bühne stand und einen Song performte.

«Unglaublich gut», stimmte Wyatt ihr zu und ließ seinen Blick über den Platz wandern, der für das alljährliche Sommerfest besonders hübsch herausgeputzt worden war. Abigail stand mit seiner Mutter am Glücksrad an. Savannah hatte sich den besten Platz vor der Bühne gesichert, um ihren Dylan anzuschmachten. Delores und George saßen auf einer der Bänke und aßen ein Eis. Sogar Vincent Highmore spazierte – zu Wyatts großer Überraschung – über das Fest. Weiter hinten sah er Annie, die im *Ice Cream Paradise* aushalf und genau wie Sadie mit den Bestellungen gar nicht hinterherkam. Helena und ihre Kinder standen in der Schlange an. Becky teilte sich eine Portion Nachos mit einem Jungen, den er nicht kannte. Rupert und Halle schlenderten an Howie und Ginny vorbei, ohne ein böses Wort oder auch nur einen falschen Blick zu verlieren. Die Maisprinzessin Ashleigh saß mit ihrer Schärpe auf einem Thron und ließ sich mit den kleinen Mädchen der Stadt fotografieren. Und Nolan und Jamie tanzten ausgelassen zur Musik, als wäre es der schönste Tag des ganzen Jahres.

Und genau das fand auch Wyatt.

Hand in Hand traten Trish und er zu Lexi und Aaron, die Dylan zuhörten.

Lexi stupste ihren Freund an. «Willst du nicht auch auf die Bühne und mitsingen?»

«Nicht für hunderttausend Dollar», erwiderte Aaron und verzog das Gesicht.

Lexi lachte. «Wie schade.»

Ihr Freund legte den Kopf schief und sah sie an. «Na gut, wenn du unbedingt willst», sagte er und trabte auch schon los.

«Was hat er denn vor?», fragte Wyatt, während Lexi Aaron hinterhersah, der tatsächlich in Richtung Bühne lief.

«Ich hab keine Ahnung», antwortete sie.

In dem Moment, als Aaron zu Dylan ans Mikrofon trat, stimmte der bereits ein neues Lied an.

«Scheiße, er wird doch nicht …» Lexi krallte sich an Trish fest.

Jetzt erkannte auch Wyatt den Song, es war *Lucky* von Jason Mraz und Colbie Caillat. Er schien eine besondere Bedeutung für Lexi zu haben, denn sie schmolz geradezu dahin, als Aaron anfing, ihn zu singen.

«Das ist der Song der beiden», informierte Trish ihn.

Wyatt nickte. Und dann ahnte er auch schon, worauf das Ganze hinauslief.

Und wirklich: Nachdem Aaron den Song eher schlecht als recht zu Ende gesungen hatte, bat er Lexi auf die Bühne, die sich völlig verdattert von Trish löste und zu ihm ging. Als sie neben Aaron stand, nahm dieser ihre Hände in seine und sagte: «Lexi, Liebe meines Lebens, Mutter meines ungeborenen Kindes, beste Freundin, die ich je hatte.»

Trish schmiegte sich an Wyatt und hatte Tränen in den Augen.

«Dieser Song», fuhr Aaron fort, «den du zu unserem gemacht hast, sagt es alles. Ich bin endlich zurück in Lake Paradise. Zu Hause. Da, wo ich hingehöre. Ich möchte nie mehr woanders sein als hier bei dir. Und deshalb frage ich dich jetzt vor der ganzen Stadt, weil ich ja weiß, wie viel dir dieser schreckliche Kitsch bedeutet …» Aaron musste lachen, und das Publikum lachte mit. «… ob du den Rest deines Lebens mit mir verbringen möchtest. Willst du mich heiraten, Alexis Ursula Dawson?»

«Ja!!!», rief Lexi unter Tränen und fiel Aaron um den Hals.

«Wie romantisch», seufzte Trish und jubelte im nächsten Moment laut los, als Aaron und Lexi sich küssten.

Viele der Umstehenden taten es ihr gleich, Wyatt hingegen konnte das Paar auf der Bühne einfach nur anstarren. Wo Aaron den Mut zu solch einem Auftritt hergenommen hatte, war ihm ein Rätsel, aber er bewunderte ihn sehr dafür.

Trish sah ihn an und grinste breit. «Keine Ahnung, wann die Hochzeit stattfindet, aber ich frag dich jetzt schon, ob du meine Begleitung sein willst.»

«Hmmm … das muss ich mir noch mal überlegen.»

Sie kniff ihn neckisch in die Taille, und er schrie übertrieben auf.

«Okay, okay, ich bin dein Begleiter.»

«Das wollte ich hören.» Sie schmiegte sich wieder an ihn.

Er sah sie an, seine Traumfrau, und küsste sie aufs Haar. «Nur damit du es weißt: Ich werde von nun an immer dein Begleiter sein, bei allen noch so albernen Veranstaltungen. Beim Witze-Spektakel oder sogar dem Maiskolbenwettessen, wenn du willst, und ganz besonders bei so wichtigen Ereignissen wie der Hochzeit deiner besten Freundin.»

«Ich kann es kaum erwarten», entgegnete sie und küsste ihn auf den Mund. «Ich hoffe nur, du weißt, auf was du dich da einlässt.»

«Oh ja, das weiß ich. Und ich freue mich auf jeden einzelnen Tag mit dir.»

Trish umarmte ihn und drückte ihn so fest, dass es ihm beinahe wehtat. Doch es fühlte sich besser an als alles, was er kannte.

Epilog

Es war ein sonniger Tag im September, das Wetter wirkte zwar noch sommerlich, und die Blätter hingen nach wie vor an den Bäumen, aber jeder wusste, dass der Herbst schon vor der Tür stand. Es war zu kalt zum Baden geworden, und so saßen die Bewohner von Lake Paradise an diesem Sonntagnachmittag einfach nur beim Picknicken auf ihren Decken oder machten einen Spaziergang um den See. So auch das bekannteste Tratschtrio der Stadt.

«Sag mal, Murielle, wie geht es Abigail?», fragte Delores.

«Ganz gut so weit. Es war alles halb so schlimm», erzählte Murielle. Ihre Enkelin war vor ein paar Tagen von der Schaukel gefallen und hatte sich das Knie aufgeschürft. Murielle hatte sie gleich zu Eric in die Praxis gebracht, aber zum Glück musste nichts genäht werden. Ein paar Pflaster hatten völlig ausgereicht.

«Da bin ich aber erleichtert», sagte Delores.

«Ich auch.» Sadie war ebenfalls mit von der Partie, denn da Annie sich in der Eisdiele sehr gut machte, konnte sie sich jetzt ab und zu eine kleine Auszeit nehmen. «Und sagt mal, habt ihr das von Ricarda gehört?», fragte sie.

«Nein, was denn?», erkundigte sich Murielle.

«Sie ist doch zurück nach Texas gegangen …»

«Ja, und?» Murielle war ganz Ohr.

«Dort in Dallas soll sie sich neu verliebt haben. Und jetzt ratet mal, in wen! In einen Zoowärter!», posaunte Sadie es schon aus, bevor ihre Freundinnen die Gelegenheit zum Raten bekamen.

«Ist es zu fassen?», sagte Delores.

«Also, ich gönne es ihr», meinte Murielle. «Jamie hat sein Glück mit einem anderen gefunden, da soll Ricarda das auch.»

«Ja. Apropos Jamie … Ich habe gehört, dass Nolan und Jamie sogar an Adoption denken», erzählte Delores.

«Was? Wo hast du das denn her?», wollte Murielle wissen.

«Von Howie. Sie haben sich bei Ginny danach erkundigt, die doch beim Jugendamt in Hamilton arbeitet.»

«Na, das wäre ja was!», erwiderte Sadie.

«Also, ich fände es schön», sagte Delores, die es am liebsten hätte, wenn alle Stadtbewohner ganz viele Babys bekommen würden. Sie freute sich schon riesig auf das Kind von Lexi und Aaron und hoffte, dass bald auch Savannah und Dylan nachziehen würden. Und vielleicht sogar Trish und Wyatt. Sie wusste, es würde Murielle mehr als glücklich machen, noch einmal Grandma zu werden.

«Bald findet das *Corn Festival* statt», sagte Murielle. «Was glaubt ihr denn, wer dieses Jahr die Wahl zur Maisprinzessin gewinnt?»

«Ich denke, Becky hat gute Chancen», meinte Sadie.

«Ja, das kann ich mir auch gut vorstellen», stimmte Delores ihr zu.

«Ich bin auf jeden Fall gespannt», sagte Murielle. «Habt ihr schon gehört, dass die Farmer der gestohlenen Hühner alle auf eine Anzeige verzichten? Annie und Emily sind damit aus dem Schneider.»

«Na ja, aus dem Schneider nicht ganz», widersprach Sadie. «Die beiden müssen die Hühner ersetzen, die noch immer nicht gefunden wurden. Was bedeutet, dass Trish und Emilys Eltern erst mal dafür aufkommen müssen – und dass die Mädchen sehr lange kein Taschengeld bekommen werden.»

«Ach, hilft Annie deshalb so oft bei dir aus?», fragte Delores.

«Ich denke schon. Aber die Arme will nicht über das Thema sprechen, sie schämt sich wahrscheinlich immer noch für ihre dummen Taten.»

«Ja, da hat sie wirklich Mist gebaut», meinte Murielle. «Aber es sind Kinder. Sie können noch aus solchen Dummheiten lernen.»

«Das werden sie bestimmt.» Da war Delores sich ganz sicher.

Sie spazierten weiter und sahen einem Pelikan dabei zu, wie er über den See flog und sich auf dem Steg niederließ.

Sadie blickte hinüber zum *Paradise Inn*. «Um noch einmal auf Ricarda zu sprechen zu kommen … Ich bin so froh, dass Savannah den Zuschlag für ihr Haus bekommen hat.»

Delores nickte. «Ja, das ist wirklich schön. Es wird Zeit, dass Savannah und Dylan ein eigenes Zuhause haben. Sie können ja nicht ewig im Hotel wohnen bleiben.»

«Allerdings!», sagte Murielle. «Dylan soll ja sehr viel beim Umbau von Alfreds Villa mitarbeiten. Aaron hat mir erzählt, er sei eine große Hilfe.»

«Das ist doch wunderbar», meinte Delores. «So kann er

sich ein bisschen was dazuverdienen, denn der Einzug in Ricardas Haus wird bestimmt einiges kosten.»

«Ja», sagte Murielle. «Obwohl die beiden natürlich auch einfach in Savannahs altes Haus ziehen könnten. Gene wird ja jetzt wohl nicht mehr nach Lake Paradise zurückkehren.»

Vor etwa einer Woche hatten sie erfahren, dass Savannahs Ex-Mann bei einer Maisauslieferung nach Illinois eine neue Frau kennengelernt und spontan entschlossen hatte, zu ihr zu ziehen. Sie alle hofften nur, dass er sie besser behandeln würde als Savannah.

«Ich kann das aber schon verstehen, dass Savannah nicht wieder dort einziehen möchte», sagte Delores. «Es würde zu viele Erinnerungen hochholen.» Und zu Sadie gewandt, fügte sie hinzu: «Was deine Nichte wirklich braucht, ist ein Neuanfang.»

Ja, da war Sadie einer Meinung mit ihr. Manchmal war ein Neubeginn das einzig Richtige.

«Oh, guckt mal!», rief Murielle. «Da vorne sind Wyatt und Abigail, zusammen mit Trish.» Sie betrachtete die beiden wichtigsten Menschen in ihrem Leben, zu denen nun ein dritter gestoßen war, den sie fast schon genauso liebte.

Ihre Freundinnen sahen in die Richtung, in die sie deutete.

Wyatt und Trish kamen ihnen in einiger Entfernung entgegen. Sie gingen nebeneinander und hielten Abigail jeweils an einer Hand in ihrer Mitte. Mit jedem fünften Schritt hoben sie die Kleine hoch in die Luft, woraufhin diese begeistert jubelte. Die drei wirkten äußerst glücklich, was Murielle und selbstverständlich auch Sadie und Delores sehr freute.

«Er hätte wirklich keine Bessere finden können», sagte Sadie, auch wenn sie das in den letzten Wochen schon des Öfteren gesagt hatte.

«Ja, da gebe ich dir recht», meinte Murielle. «Trish ist ein wahrer Engel. Sie lässt meinen Wyatt nach all der Zeit wieder so richtig strahlen.»

«Er hat es so verdient», fand Delores.

Sadie stimmte ihr nickend zu.

Als die drei sich näherten, entdeckte Abigail ihre Grandma und lief fröhlich auf sie zu. Wyatt dagegen nahm nun Trishs Hand und hielt sie so fest, als wolle er sie nie wieder loslassen.

Und Murielle wünschte sich von Herzen, er würde es auch niemals tun.

Trishs Playlist

1234 – Feist
The Show – Lenka
New Soul – Yael Naim
My Darling – Wilco
All the World (I Tell Myself) – Correatown
New Morning – Alpha Rev
You Know It's True – Jules Larson
April Fools – Rufus Wainwright
Put Your Records On – Corinne Bailey Rae
I Wanna Dance with Somebody – Scott Matthew
A Thousand Years – Christina Perri
Lucky – Jason Mraz & Colbie Caillat
Conversations in the Dark – John Legend
To Love Someone – Ben Abraham
All This Time – OneRepublic
Longer – Clare Bowen & Sam Palladio
Summer Child – Dar Williams
Big Yellow Taxi – Counting Crows & Vanessa Carlton
When I'm Gone – Kate Voegele
Drops of Jupiter – Train

Rezepte aus Lake Paradise

Trishs Chili sin Carne

ZUTATEN FÜR 4 PERSONEN

1 kleine rote Zwiebel
2 EL Olivenöl
250 g Sojahack
1 TL Salz
½ TL weißer Pfeffer
1 TL Paprikapulver
½ TL Kurkuma
½ TL Oregano
½ TL Knoblauchpulver
¼ TL Chilipulver
1 TL Tomatenmark
150 g Mais aus der Dose
250 g Kidneybohnen aus der Dose
1 Dose geschälte Tomaten (400 g)
300 ml Gemüsebrühe

Die Zwiebel schälen, würfeln und in dem Olivenöl scharf anbraten. Das Sojahack dazugeben und ebenfalls anbraten. Die Gewürze hinzufügen und alles vermengen. Das Tomatenmark, den Mais, die Bohnen und die Tomaten hinzugeben und alles mit der Brühe ablöschen. Umrühren und 30 Minuten köcheln lassen.

In Schüsseln anrichten, mit frischer Petersilie oder Koriander garnieren, dazu Maisbrot reichen.

Miss Elizas Bananenbrot

ZUTATEN FÜR 6–8 PERSONEN

3 große sehr reife Bananen
100 ml Rapsöl
100 ml Milch (oder pflanzliche Alternative)
200 g Weizenmehl
150 g Zucker
2 gehäufte EL Maisstärke
2 Tütchen Vanillezucker
1 Tütchen Backpulver
2 TL Zimt
Prise Salz

Den Backofen bei 180 Grad vorheizen. Die Bananen in eine Rührschüssel geben und mit einer Gabel oder einem Kartoffelstampfer zerdrücken (nicht zu fein), mit dem Öl und der Milch vermengen. Das Mehl, den Zucker, die Maisstärke, den Vanillezucker, das Backpulver, den Zimt und das Salz untermischen. Den Teig in eine eingefettete Kastenform geben und bei 180 Grad für ca. 45 Minuten backen.

Das Bananenbrot warm oder kalt, pur, mit Schlagsahne oder Butter servieren.

Trishs buntes Popcorn

Sonnenblumenöl oder Rapsöl
Popcornmais
Puderzucker
Lebensmittelfarbe

Ein wenig Öl in einen Topf geben. Popcornmais dazugeben, bis der Boden etwa halb bedeckt ist. Den Deckel auf den Topf setzen und den Mais bei mittlerer Hitze aufpoppen lassen. Dabei den Topf ein wenig hin und her bewegen, damit die noch nicht gepoppten Körner auf den Boden rutschen. Das Ganze bis zur gewünschten Menge Popcorn wiederholen. Puderzucker mit sehr wenig Wasser und der jeweiligen Lebensmittelfarbe verrühren. Eine Portion Popcorn zusammen mit der gewünschten farbigen Zuckermasse in einen großen Tiefkühlbeutel geben, diesen gut verschließen und schütteln, bis das Popcorn die Farbe annimmt. Alles auf Backpapier trocknen lassen.

Das bunte Popcorn eignet sich gut für Kindergeburtstage oder, auf eine Schnur gezogen, als Weihnachtsbaumdekoration.

Danksagung

Neben meiner Agentin Anoukh Foerg, meiner Lektorin Ditta Friedrich und allen anderen Verlagsmitarbeiter*innen bei Rowohlt, den Buchhändler*innen und Bibliothekar*innen, all meinen lieben Kolleg*innen, Freund*innen und natürlich meiner Familie möchte ich diesmal vor allem meinen Lesern und Leserinnen danken: für die jahrelange Treue, die vielen wundervollen Nachrichten, die zauberhaften handgeschriebenen Briefe, die Postkarten aus dem Urlaub, die Geschenke zu Weihnachten, die Treffen auf Buchmessen, die Teilnahme an Lesungen, die Rezensionen, die Empfehlungen, die vielen Reisen in meine Bücherwelten und die Vorfreude auf Nachschub.

Es ist noch lange nicht vorbei – ich verspreche es euch!